Schoko-Engel

Petra Scheuermann

Schoko-Engel

Kriminalroman

Bibliografische Informationen der Deutschen Nationalbibliothek:
Die Deutsche Nationalbibliothek verzeichnet diese Publikation in der Deutschen Nationalbibliografie, detaillierte bibliografische Daten sind im Internet über dnb.dnb.de abrufbar.

TWENTYSIX – Der Self-Publishing-Verlag
Eine Kooperation zwischen der Verlagsgruppe Random House und BoD – Books on Demand

© 2019 Petra Scheuermann

2. Völlig neu überarbeitete Auflage 2019

Alle Personen und Handlungen sind frei erfunden. Eventuelle Ähnlichkeiten mit lebenden oder verstorbenen Personen oder tatsächlichen Begebenheiten sind rein zufällig.

Umschlaggestaltung: Atelier Reichert, Stuttgart
Schoko-Engel auf dem Cover: Horchheimer Scheune, Worms

Herstellung und Verlag: BoD – Books on Demand, Norderstedt

ISBN: 978-3-740728-79-3

1

Mit dem verklärten Blick einer Fernsehwahrsagerin belehrt uns Birgit: »Die Engel sind Boten des Himmels und sie werden geschickt, um euch zur Seite zu stehen, sie helfen und beschützen euch in allen Lebenslagen.«

Biggi lebt mit dem Engelkult ihren neuesten Esoteriktick aus und natürlich muss sie ihre besten Freundinnen, Stefanie und mich, in ihre angelesene Mystik einführen. Ich bin nicht sehr empfänglich für diese Art Geheimlehren, aber manchmal ängstigen mich Birgits Weissagungen doch, besonders, wenn sie mir mal wieder orakelt, der Tod befinde sich in meiner unmittelbaren Nähe.

»Die Engel sind imstande, alle Fragen, die heiß auf eurer Seele brennen, zu beantworten.«

»Na, das ist doch mal eine klare Ansage!«, stelle ich fest.

Steffi nippt an ihrer heißen Schokolade *Weiße Weihnacht* und stöhnt ein wenig. Die neuste Schokoladenkreation kommt bei meinen Freundinnen und Kunden sehr gut an.

Birgit greift sich eine Cappuccino-Praline, bevor sie mit ihren Erläuterungen fortfährt: »Die Himmelsboten sind überall, neben uns, über uns ...«

»Autsch! Aua!«, schreit Stefanie mit schmerzverzerrtem Gesicht. Sie presst ihre rechte Hand fest auf ihren linken Unterbauch.

»Was 'n los?«, wollen Birgit und ich gleichzeitig sehr besorgt wissen.

»Mist, eben hat mich so ein blöder Engel in den Bauch geboxt.«

»Box ihn doch zurück«, schlage ich belustigt vor.

Biggi sieht uns grimmig an. »Mädels, euch fehlt eindeutig der spirituelle Ernst.«

»Allerdings, der spirituelle Jonas ist mir weitaus lieber.«

Wir lachen.

»Tja Steffi, das kann ich mir nur zu gut vorstellen, dass du einen jungen, attraktiven Lover und somit eindeutig einen Bengel, den Engeln vorziehst«, lästere ich.

Birgit hat es schon schwer mit uns beiden. »Mensch, die Engel können euch nicht berühren, die haben Astralkörper, die gehen durch euch hindurch und ihr durch sie.«

»Stimmt, das habe ich schon einmal in einem Spielfilm gesehen. Da ist ein Sportwagen mitten durch einen Engel gefahren.« Grinsend bestätige ich die Aussage unserer Eso-Freundin. »Biggi, sag dass du diesen Quatsch, den du uns hier erzählst, nicht tatsächlich glaubst«, insistiere ich. Langsam beginne ich, mir Sorgen um unsere gemeinsame Freundin zu machen.

»Ja, ja, ich gebe zu, man muss das bildlich gesprochen sehen. Die Engel sind mehr als eine Art Beistand gedacht, quasi als Hilfe, um uns selbst zu helfen.«

Das beruhigt mich doch etwas. Ich hatte schon die schlimmsten Befürchtungen.

Birgit mischt einen kleinen Stapel Karten.

»Das sind meine Engel-Karten. Insgesamt habe ich hier dreiunddreißig Bilder mit verschiedenen Himmelsboten. Es gibt mehrere Möglichkeiten, mit ihnen in Kontakt zu treten. Da ihr beide noch sehr ungeübt darin seid, die Engel um Rat zu fragen, würde ich euch vorschlagen, zunächst die Himmelsboten, die sich in eurer unmittelbaren Nähe aufhalten, kennenzulernen. Hierzu muss jede von euch drei Karten ziehen, aber nacheinander. Und die Karten müsst ihr langsam aussuchen, damit ihr den richtigen Engeln auch die Möglichkeit gebt, euch zu finden.«

Stefanie beginnt.

Birgit hat den Stapel aufgefächert mit verdeckten Bildern auf dem Bistrotisch verteilt. Steffi sucht drei Karten aus und legt sie vor sich auf den Tisch.

Jetzt nimmt Biggi die erste der drei Karten auf.

»Der Engel der Hingabe.«

»Na, das passt doch, Stefanie. Sogar der Himmel weiß, dass du mit deinem jungen Liebhaber Joans nächtelang wilden Sex hast.« Ich bin beeindruckt vom Wissen der Engel.

»Hör ich da ein klein wenig Neid heraus?«

»Nein, nein, ich gönne dir deinen Bengel Jonas. Ehrlich! Und den nächtelangen wilden Sex auch.«

Stimmt nicht so ganz, natürlich beneiden Biggi und ich unsere gemeinsame Freundin um ihr wildes und reges Sexleben. Ich wäre allerdings schon froh, wenn ich überhaupt mal wieder mit einem männlichen Wesen Sex hätte, der müsste nicht einmal besonders wild und auch nicht nächtelang sein. Cem wäre hierzu genau der Richtige. Spätestens seit dem zweiten Pralinenseminar, welches wir gemeinsam in der Schokoladen-Akademie in Mannheim besuchten, ist Cem der Traum meiner schlaflosen Nächte. Schade, aber aus irgendeinem Grund kommt bei uns beiden immer etwas dazwischen. Noch vor zwei Wochen waren wir mal wieder ganz kurz davor. Wir lagen schon nackt nebeneinander im Bett und dann schrillte Cems Smartphone. Mister Superwichtig musste auf der Stelle zurück nach Berlin. Aus welchen Gründen auch immer konnte oder wollte der Mann meiner Träume das alles nicht näher erläutern. Ich erfuhr lediglich, dass Cems umfangreiche Kenntnisse als Profiler unerlässlich seien. Und ehe ich bis drei zählen konnte, lag ich mutterseelenallein in meinem Kingsize-Bett. Warum nur habe ich mein Single-Bett ausgetauscht?

Birgit sieht uns an und schüttelt den Kopf. Da ich meinen eigenen Gedanken nachhing, habe ich nicht allen ihren Ausführungen folgen können, ich nehme an, es fehlt uns mal wieder an spirituellem Ernst.

»Der Engel der Hingabe bewahrt außerdem deine und die Geheimnisse der Menschen um dich herum. Auch deinen spirituellen Weg erweitert er.«

»Oh je, Steffi, da hat das arme himmlische Wesen aber eine Menge zu tun, wenn es deinen spirituellen Weg erweitern muss«, sage ich und greife zu einer Weihnachtspraline in Form eines Tannenbaums.

»Mich würde die Sache mit den Geheimnissen mehr interessieren. Hat Jonas ein Geheimnis vor mir? Und wenn ja, welches?«

»Steffi, so läuft das nicht. Du hörst einfach zu, was ich dir über die Engel in deiner Nähe zu berichten habe. Nachfragen werden nicht beantwortet. Du kannst in einer ruhigen Stunde den Engel der Hingabe um seinen ausführlichen Rat bitten.«

»Also ich bezweifle stark, dass der bereit ist, mir mehr zu erzählen als du.«

Birgit hat diesen strengen Deutschlehrerinnenblick, während sie die nächste Karte herumdreht.

»Der Engel des Lichts. Er hilft Dinge aufzudecken, die bis dato im Dunkeln lagen. Oft kommt es mit seiner Hilfe zu einer Umkehr. Begrenzungen, Tabus, aber auch Beziehungen werden mit seiner Gunst neu definiert.«

»Ich nehme an, auch das legst du mir nicht näher dar.«

»Nee, Steffi, da musst du dir schon selbst Gedanken zu machen.« Jetzt nimmt Birgit die letzte Karte zur Hand.

»Der Engel der Einsicht. Tja, mit seinem Beistand wirst du neue Erkenntnisse erfahren und auch annehmen können. Er hilft dir, Irrwege zu vermeiden und wieder auf den richtigen Pfad zu finden. Du kannst ihm voll und ganz vertrauen. Er wird dich führen.«

»Es wird auch Zeit, Steffi, dass du wieder auf den richtigen Pfad kommst«, gebe ich meinen Senf dazu.

»Und das war's jetzt, oder was?« Stefanie ist eindeutig enttäuscht.

»Ich finde, du hast eine Menge von mir oder besser den Engeln erfahren; jetzt musst du ihre Anwesenheit nur noch annehmen und dich von ihnen führen lassen. Und wie gesagt, in einer ruhigen Stunde, kannst du sie um detaillierte Auskunft bitten.«

»Isch glaab joh, des wärd nix mit denne Engel un mir.« Stefanie rutscht, seitdem sie mit Jonas zusammen ist, der in ihrer Geburtsstadt Ludwigshafen lebt, immer mal wieder ins pfälzische Platt. Sie lässt eine ihrer Lieblingspralinen, einen Baileys-Trüffel, zwischen ihren weinrot geschminkten Lippen verschwinden.

Jetzt komme ich dran; wieder fächert Birgit ihre Karten auf den Tisch. Ich nehme bewusst langsam drei Karten und lege sie verdeckt vor mich hin.

Biggi nimmt die erste Karte auf und dreht sie sehr bedächtig um. »Der Engel der Gerechtigkeit. Durch dein Zutun, Tanja, wird jemand Gerechtigkeit erfahren. Dieses himmlische Wesen wird dir bei der Bewältigung der Aufgabe zur Seite stehen.«

»Mensch Tanja, bestimmt ermittelst du wieder in irgendwelchen Fällen.« Zu Biggi gerichtet sagt Steffi: »Sorry, ich bin ja schon still.«

Diese wirkt äußerst konzentriert, während sie meine zweite Karte aufdeckt. »Der Engel der Erkenntnis. Mit seiner Unterstützung gelingt es dir, Wahrheiten zu sehen, die andere nicht wahrnehmen können. Er gibt dir die Kraft und die Ausdauer, für deine Meinung einzustehen und dein Gegenüber von ihr zu überzeugen.«

»Gerechtigkeit und Erkenntnis, nicht schlecht.« Ich bin gespannt auf den Dritten im Bunde.

Ich sehe Biggi erwartungsvoll an, während sie meine letzte Karte zur Hand nimmt. »Dein persönlicher Schutzengel. Er wird in der nächsten Zeit mehr als sonst auf dich aufpassen müssen, da du dich in sehr große Gefahr begeben wirst. Aber –, Tanja, keine Angst, dein Schutzengel ist da. Er öffnet dir die Augen und schärft deine Sinne.«

»Danke, Biggi«, sage ich, »das war tatsächlich sehr interessant. Und klingt doch gar nicht so schlecht.« Obwohl bei dem Gedanken an die sehr große Gefahr, in die ich mich begeben werde, ist mir doch wieder mulmig zumute. Aber mir fällt gerade noch rechtzeitig ein, dass ich an diesen Mumpitz überhaupt nicht glaube. Ehrlich nicht! Nicht die Bohne!

Die Tür meiner Chocolaterie geht auf und Frau Burghardt, eine Stammkundin, tritt ein. Stoppelkurze Haare. Wo ist ihre lange, weit über die Schultern reichende, blonde Pracht geblieben? Die Frau sieht Jahre älter aus. Bislang habe ich sie auf fünfunddreißig geschätzt, jetzt tendiere ich eher zu fünfundvierzig. Die meisten Frauen sehen mit kurzen Haaren jünger aus, auf meine Kundin trifft dies eindeutig nicht zu.

»Oh, Ihre schönen Haare sind ja so kurz«, sage ich mit unverhohlener Enttäuschung zu ihr.

»Es wurde Zeit, mich zu verändern. Nach der Scheidung musste das einfach sein.« Sie strahlt uns an.

»Das kenne ich nur zu gut. Nach meiner Scheidung eröffnete ich den Schoko-Traum.«

»Na, da verdanken wir Ihrem Mann all diese vielen Köstlichkeiten.« Frau Burghardt blickt sich im Laden um.

»So weit würde ich jetzt nicht gehen«, sage ich, während ich eine schwarze Pralinenbox mit den von ihr ausgesuchten Schoko-Spezialitäten befülle. »Mein Ex hasst Süßigkeiten, besonders Schokolade.« Wir lachen.

»Wissen Sie, so ein Kurzhaarschnitt hat ja nur Vorteile, die Haarwäsche geht rascher, der Friseurbesuch ist kürzer. Und billiger!«, betont die Kundin. »Mit kurzen Haaren wird man auch nicht so schnell vergewaltigt. Hatten die beiden Frauen, die letztes Jahr in Heidelberg diesem Monster in die Fänge geraten sind, nicht lange blonde Haare?«, fragt die Kundin in meine und auch in die Richtung meiner Freundinnen gewandt.

»Stimmt, ich erinnere mich«, sagt Steffi. »Im letzten Jahr sind zwei Frauen, im Abstand von wenigen Tagen vergewaltigt worden.«

Der Täter konnte verhaftet werden, zumindest kann ich mich daran erinnern, das in der Zeitung gelesen zu haben.

Nachdem Frau Burghardt den Laden verlassen hat, meint Biggi: »Der Verbrecher ist doch gefasst, die gute Frau hätte sich doch nicht so verschandeln müssen.«

»Das ist ja wieder klar, wenn Frauen kurze Haare tragen, sehen sie verschandelt aus. Riecht nach Feminismus, gell? Oder schlimmer, nach einer Lesbe«, ereifert sich Steffi.

»Mensch, mach doch nicht gleich eine politische Demonstration draus. Die sah mit ihrer Langhaarfrisur eindeutig besser aus«, verteidigt sich Biggi.

»Und jünger. Kommt, greift euch eine meiner neu kreierten Weihnachtspralinen und ich koche uns schnell noch eine Anti-Kummer-Schokolade.«

Stefanie schaltet – gefühlt – zum hundertsten Mal ihr Smartphone ein und blickt auf das Display.

»Erwartest du einen Anruf?«, will ich wissen.

»Ach, ich weiß auch nicht. Jonas ruft nicht zurück. Vielleicht hat er Stress im Tattoo-Studio. Das brummt wieder ganz gut.« Stefanie wechselt das Thema: »Habt ihr gelesen, in zwei Tagen beginnt der Prozess gegen diese Bestie, die letztes Jahr die Frauen vergewaltigt hat. Stellt euch vor, der beharrt immer noch auf seiner Unschuld, obwohl ihn beide Frauen eindeutig erkannt haben.«

Während ich eine mir unbekannte Kundin bediene, höre ich, wie Birgit sagt: »Na, die werden dem schon den Prozess machen. Wisst ihr, ich bin ja für Schnipp-schnapp-alles-ab.«

»Ach, Sie reden von dem Vergewaltiger. Bei mir bräuchte der keinen Richter. Rübe ab und gut«, mischt sich jetzt meine etwa sechzig Jahre alte Kundin ein.

Biggi und Steffi pflichten ihr bei.

»Und, in Indien gibt es die Todesstrafe. Nützt das was? Ich meine, das ist doch keine Abschreckung«, sage ich, während ich die verschiedenen Artikel in die Kasse eingebe. Ich bin der Meinung, so ein Thema darf man nicht zu einseitig sehen.

»Aber gerecht ist das«, beharrt die Pralinenkäuferin.

Während ich ihr das Wechselgeld herausgebe, will ich wissen: »Und was ist, wenn es mal den Falschen trifft?«

Steffi zuckt mit den Schultern, sieht den Baileys-Trüffel in ihrer Hand an und bemerkt ungerührt, während sie hineinbeißt: »Kollateralschaden.«

Die Käuferin stimmt ihr zu und auch Biggi nickt heftig.

Nachdem die Kundin die Chocolaterie verlassen hat, stelle ich fest: »Ihr macht es euch zu einfach.«

»Mensch Tanja, so einer macht das doch wieder und wieder. Der kommt nach ein paar Jahren raus und die nächste Frau muss dran glauben. So einer hat einfach kein Recht mehr zu leben; er hat es verwirkt.« Birgit geht mit ihrer leeren Kakaotasse zum Kaffeeautomaten und drückt energisch auf Cappuccino. »Die Frauen sind auf ewig traumatisiert, so was vergisst du dein Leben lang nicht mehr. Rübe ab und Schluss! Das ist bei so einem Typen die einzige Präventionsmaßnahme.« Sie hat sich richtig in Rage geredet, ihr Gesicht ist purpurrot und ihre Hände zittern.

»Mensch Mädels, ihr seid heute echt radikal unterwegs.« Ich finde, dass die beiden etwas heftig reagieren. Und diese Rübe-ab- und Todesstrafediskussion geht mir allmählich auf die Nerven.

»Du immer mit deiner Sucht nach Gerechtigkeit.« Biggi teilt heute gewaltig aus.

»So ein Quatsch«, verteidige ich mich. »Ich finde nur, dass jeder Mensch einen fairen Prozess verdient.«

Steffi kontert: »Jetzt redest du schon wie dein Ex.«

»Wenn man so lange mit einem stadtbekannten Strafverteidiger verheiratet war, färbt das halt ab«, spottet Biggi.

»Ihr vergesst, dass ich selbst einmal vier Semester Jura studiert habe.«

»Ja, bevor du dir zwei Kinder von dem Herrn Anwalt hast andrehen lassen.« Birgit sieht mich kampfeslustig an. Warum ist die denn heute so aggressiv?

»Andrehen ist vielleicht nicht richtig ausgedrückt.« Meine fast erwachsenen Kinder Alina und Lucas sind schließlich mein ganzer Stolz, auch wenn das Zusammenleben mit zwei Pubertieren für das Muttertier nicht immer einfach ist.

»Bereust du es manchmal, dass du dein Jurastudium nicht wieder aufgenommen hast?«, will Birgit jetzt mit sanfterer Stimme wissen.

»Na ja, es gab mal eine Zeit, da habe ich es ein bisschen bereut. Aber inzwischen weiß ich nicht, warum ich darüber traurig sein sollte. Ich habe mir mit dem Schoko-Traum meinen sehnlichsten Wunsch erfüllt.«

»Stimmt«, pflichten mir beide Freundinnen bei, bevor sie sich verabschieden und mir einen schönen Abend wünschen. Ehe sie das Geschäft verlassen, steckt sich jede schnell noch eine ihrer jeweiligen Lieblingspralinen in den Mund.

Ich räume meinen Laden auf, säubere die Kaffeemaschine, stelle das Geschirr in die Spülmaschine und schließe den Schoko-Traum ab.

Auf meinem Weg nach Hause pfeift mir ein kalter Wind um die Ohren. Gefühlt sind die Temperaturen schon unter null, obwohl uns der Wetterbericht ein goldenes Oktoberende versprochen hat.

2

Am nächsten Morgen holt Lucas freiwillig die Zeitung von unten aus dem Briefkasten, normalerweise ist das mein Part. Er legt die Tageszeitung auf den Küchentisch.

»Das glaube ich nicht!« Auf der ersten Seite prangt das Bild meines Stammkunden Theo Maier. Er soll derjenige sein, der die beiden Frauen vergewaltigt hat. »Das kann nicht sein. Maier ist ein Eigenbrötler, aber dieser Mann ist eine Seele von Mensch. Der einzige Trieb, der bei dem ein bisschen aus dem Ruder läuft, ist sein Schoko-Trieb. Er ist ein astreiner Schokoladen-Junkie. Maier ist der allerletzte Mann, dem ich zutraue, dass er einer Frau Gewalt antut.«

»Der Allerletzte, also traust du mir das eher zu als dem?«, frotzelt Lucas und zieht gekünstelt eine beleidigte Schnute.

»Okay, Maier ist der zweitletzte Mann, dem ich so etwas zutraue. Zufrieden?«

»Ich bin krank«, sagt Lucas unvermittelt, während er herzhaft in sein dick mit Leberwurst beschmiertes Vollkornbrot beißt.

Er sieht mitnichten krank aus. »Krank, was hast du denn?«, will ich daher wissen.

»Kopfschmerzen. Ich kann heute nicht zur Schule gehen. Schreibst du mir eine Entschuldigung?«

»Vielleicht solltest du eine Kopfschmerztablette nehmen, dann wird das schon wieder«, schlage ich vor.

»Geht nicht. Erstens möchte ich nicht grundlos Drogen nehmen und zweitens schreiben wir heute Mathe, wenn ich die Klausur versaue, wäre echt blöd.«

Auf einmal möchte mein Sohn nicht *grundlos* Drogen nehmen. Also, das sind ja vielleicht neue Töne.

»Aber wenn du zu Hause bleibst ...«

»Kann ich später, wenn ich gesund bin, die Arbeit nachschreiben.«

Irgendwie leuchtet das sogar mir ein, wahrscheinlich hat er zu wenig für die Matheklausur gelernt.

Alina poliert ihren Nasenring sowie ihre zahlreichen Piercings und verabschiedet sich in Richtung Schule. Meine Tochter trägt wieder ihr volles Grufti-Outfit, ganz in Schwarz gekleidet und geschminkt, mit dicken schwarzen Augenringen, als hätte sie nur noch wenige Tage zu leben. Auch ihre pechschwarzen Haare konkurrieren mit dem tiefschwarz ihrer Fingernägel. Das Kind sieht so aus, seit sie mit diesem Vampir Fynn befreundet ist.

Lucas verschwindet wieder ins Bett.

In Ruhe lese ich den Bericht in der Zeitung. Der Täter soll äußerst geplant und brutal vorgegangen sein. Die erste Vergewaltigung fand bei helllichtem Tag auf dem Bergfriedhof statt. Der zweite Tatort befand sich unweit der Haltestelle Bergfriedhof, hinter einer Paketstation. Die Hände des zweiten Opfers fesselte er auf dem Rücken mit einem Kabelbinder, bevor er sich an der Frau verging. In beiden Fällen hätte er sich vor der Tat in einen gelben Schutzoverall gehüllt, der an einer bestimmten Stelle aufgeschnitten war, zudem habe er dünne Gummihandschuhe, einen Mundschutz und eine Maske getragen, sowie ein Kondom benutzt. Hierdurch hätten die ermittelten Beamten wenig Beweismaterial sicherstellen können. An den Tatorten habe kurz nach den Verbrechen ein Regenschauer eingesetzt, sodass auch dort keine Spuren mehr vorhanden waren. Beide Frauen hätten sich auch erst Tage nach der Vergewaltigung bei der Polizei gemeldet. Lediglich eine blaue Wollfaser wurde sichergestellt. Jedoch konnte darauf keine DNA des Täters identifiziert werden. Die Maske habe er allerdings in beiden Fällen erst angezogen, nachdem die Frauen sein Gesicht gesehen hatten. Der Grund hierfür sei für die ermittelnden Beamten unklar. Bis jetzt gehe die Polizei von der Annahme aus, dass er gesehen werden wollte, aber warum die Maske? Beide Frauen hatten Theo Maier unzweifelhaft als den Täter erkannt. An dem jeweiligen Ort des Verbrechens ließ er einen geköpften Schoko-Engel zurück. Dem Engel hatte er den Kopf abgebrochen und die beiden Teile am Tatort abgelegt. Die ermittelnden Beamten gehen davon aus, dass dies als Warnung an die Frauen gedacht gewesen sei. So wie es scheint, hatten die geköpften Engel ihre Wirkung nicht verfehlt, denn das erste Opfer zeigte die Straftat mit einer Verspätung von drei Tagen an und die zweite Frau meldete sich erst nach zwei Tagen bei der Polizei.

Maier! Unmöglich! Diesem Mann traue ich eine derart brutale Tat nicht zu. Einmal, als ein Mann seine Frau in der Fußgängerzone geschlagen hatte, war Maier dazwischen gegangen. Der Mann hatte ihn krankenhausreif geschlagen. Aber Maier sagte, er würde sich jederzeit wieder für Schwächere einsetzen. Keiner hätte das Recht, einem anderen Menschen Gewalt zuzufügen.

Immer, wenn ich an diesem Tag im Schoko-Traum keine Kunden bediene, muss ich an Herrn Maier denken. Das alles ist unvorstellbar für mich. Aber, man steckt nicht drin, in den Männern, würden meine Freundinnen sagen.

Einige Tage später sitze ich in der Mittagspause zu Hause am großen Esstisch vor einem Teller mit Bratkartoffeln und Rührei.

Im *Rhein-Neckar-Funk* wird über den zu Ende gehenden spektakulären Vergewaltigungsprozess berichtet. Eine Journalistin erläutert, dass Maier heute Vormittag freigesprochen worden sei. »In dubio pro reo«, hätte der Richter gesagt. Im Zweifel für den Angeklagten. Die Skatfreunde von Maier und die Wirtin seiner Stammkneipe hätten ausgesagt, dass er an den fraglichen Tagen bei der wöchentlichen Skatrunde gesessen und das Lokal nicht vor vierundzwanzig Uhr verlassen habe. Die Staatsanwaltschaft sei zunächst davon ausgegangen, dass dies Gefälligkeitsaussagen für Maier seien, die im Prozess leicht zu erschüttern wären. Es konnte jedoch den Zeugen nicht nachgewiesen werden, dass sie die Unwahrheit gesagt hatten. Maier wurde nicht deshalb freigesprochen, weil der Richter an seine Unschuld glaubte, sondern weil die Zeugenaussagen nicht zu widerlegen waren.

Ich bin erleichtert, denn ich habe mir niemals vorstellen können, dass dieser Mann zu solchen Verbrechen fähig ist. Obwohl, die Frauen scheinen ihn eindeutig erkannt zu haben. Jetzt, nach seinem Freispruch, wird die Polizei sicherlich nicht mehr so einseitig ermitteln. Bestimmt klärt sich bald alles auf, sodass sich Maiers Unschuld herausstellen wird.

Kurz nachdem ich im Schoko-Traum angekommen bin, betritt Hauptkommissar Rauenberg mit seinem Cocker Spaniel den Laden. Wie meistens ist der Polizist mit Bluejeans und einem legeren Sakko begleitet.

Während ich den Wassernapf und Leckerli für Brunetti richte, will der Polizist wissen: »Wo ist denn Max Bleibtreu?«

»Der hilft Vanessa beim Umzug.«

»War ihr Mann Philipp nicht einer der beiden toten ehemaligen Drogenabhängigen mit der Überdosis ...«

»Ja! Sie ziehen in eine Art Wohngemeinschaft«, erläutere ich. »Ob zwischen Vanessa und Max eine feste Beziehung entsteht, wird sich zeigen. Ich glaube, Max mag die beiden Frauen sehr.«

Rauenberg sieht mich irritiert an.

»Vanessa und ihre Tochter Mia«, schiebe ich nach.

»Schon tragisch, dass diese junge Frau so früh Witwe wurde und das Kind ohne seinen Vater aufwachsen muss.« Nach einer kurzen Pause fügt er hinzu: »Ich brauche dringend eine Tasse Denk-Schok.«

»Vielleicht sollte der im Fall Maier zuständige Kommissar auch eine größere Menge Denk-Schok trinken«, schlage ich vor.

Natürlich versteht Rauenberg nicht, was ich meine. Ich versuche, es ihm zu erklären. Auch er hält Theo Maier eindeutig für schuldig.

Ich stelle unsere beiden Tassen an den hinteren Bistrotisch, da sich zurzeit keine Kunden in meiner Chocolaterie aufhalten, setze ich mich zu dem Kommissar. Brunetti, der Polizeicocker, bekommt noch ein Leckerli und ich kraule ihn hinterm Ohr. Sobald ich damit aufhöre, stupst er mich mit seiner kalten nassen Schnauze so lange an, bis ich ihn weiter kraule. Schon überredet! Ich teile Rauenberg meine Zweifel an Maiers Schuld mit.

Er jedoch hält mich für naiv. »Ach, Frau Eppstein, man kann doch nicht in die Menschen reinsehen. Glauben Sie mir, was ich da schon alles erlebt habe! Sehen Sie sich diesen Hund an, er kann nicht lügen. Aber die Menschen … da könnte ich Ihnen was erzählen.« Der Kommissar blickt mich bedeutsam an.

»Maier ist eine Seele von Mensch, ich kann mir das nicht vorstellen. Nie und nimmer kann der einer Frau Gewalt antun.« Ich trinke einen Schluck heiße Schokolade.

»Ich habe schon einige Seelen von Menschen erlebt, Frau Eppstein, diese Männer und Frauen sahen allesamt aus, als könnten sie keiner Fliege was zuleide tun. Und wenn jemand bei denen auf einen bestimmten Knopf drückte, wurden die zu einer reißenden Bestie.«

Ich werde nachdenklich. Na ja, vielleicht hat der Mann recht, er ist schließlich Hauptkommissar und hat da so seine Erfahrungen. Ich bin oft etwas leichtgläubig, Naivität hat mir früher schon meine Mutter, nicht zu Unrecht, vorgeworfen.

Rauenberg trinkt seine heiße Schokolade aus. »Ich muss leider schon wieder los.«

Bevor er geht, kauft er für sich noch eine Dose Denk-Schok.

Mir fällt auf, dass dies unsere erste Begegnung war, in der wir nicht miteinander gestritten haben. Komisch! Möglicherweise lag es daran, dass er mich wegen Maier ins Grübeln brachte. Das stimmt natürlich, man kann nicht in die Menschen hineinsehen, und bei vielen sind bestimmte Knöpfe vorhanden, wenn man da draufdrückt, rasten sie aus. So gut kenne ich Herrn Maier auch wieder nicht.

Später kommt Max in den Schoko-Traum. Morgen würde er den Rest erledigen und nächste Woche will er mit Vanessa zu Ikea, um noch einige Möbel zu besorgen.

»Das Kinderzimmer ist auf jeden Fall schon fertig.« Max hat es in einem zarten Grünton gestrichen. Die kleine Mia wird sich dort garantiert wohlfühlen. Er geht ins Lager, um die neuen Berge von Pralinenschachteln und Schokoladen fürs Weihnachtsgeschäft einzuräumen.

Ich bin froh, dass die drei nach Neuenheim gezogen sind. Nach dem Tod ihres Mannes hatte Vanessa zunächst überlegt, Heidelberg zu verlassen, weil sie hier so vieles an ihn erinnert. Aber dann entschied sie sich genau aus diesem Grund dafür, hierzubleiben. Im Fall ihres Umzugs wäre Max sicherlich mit ihr fortgezogen. Das wäre ein sehr großer Verlust gewesen. Max ist als Hilfe in der Chocolaterie nicht mehr wegzudenken. Obwohl ich ihn ja nur meiner Tochter zuliebe eingestellt habe, damals, als er Schmuck und Geld der toten Frau von Lingenthal gestohlen hatte. Zu dieser Zeit war er heroinabhängig. Inzwischen lebt Max drogenfrei. In zwei Wochen findet jedoch die Verhandlung wegen dem gestohlenen Schmuck und Geld statt. Dass sich die Eröffnung eines Gerichtsverfahrens immer so lange hinziehen muss, ist schon ärgerlich. Jetzt soll Max für eine Tat bestraft werden, die er quasi in einem anderen Leben beging. Ich glaube, er hat ganz schön Muffensausen vor dem Prozess. Nun, der Spruch: ›Vor Gericht und auf hoher See sind wir alle in Gottes Hand‹ ist nicht so verkehrt. Immerhin hat er mit Oliver einen guten Strafverteidiger. Denn auch, wenn mein Ex als Ehemann eine Niete war und auch als Vater nicht so der Brüller ist, als Strafverteidiger ist er ein Ass. Es wird ihm hoffentlich gelingen, den Jungen aus der Sache herauszupauken. Mir ist bewusst, dass Max nicht ewig im Schoko-Traum arbeiten wird. Er möchte sein Abitur nachholen und danach studieren, eventuell Sozialarbeit. Ich hoffe sehr, dass er auch während seiner Schulausbildung und des Studiums bei mir im Geschäft aushelfen wird. Er ist ein genialer Verkäufer, ohne ihn wären meine Einnahmen sehr viel bescheidener.

Bevor ich mich auf den Heimweg mache, kontrolliere ich noch schnell mein Handy. Inzwischen bin ich schlimmer als Steffi. Ständig krame ich mein Mobiltelefon hervor, um zu sehen, ob mir Cem eine Nachricht geschickt hat. Ich fühle mich verliebt wie ein Teenager. Umso rarer sich Cem macht, umso seltener er anruft, umso spärlicher seine Nachrichten bei mir ankommen, umso mehr scheint meine Liebe zu ihm zu wachsen. Das ist doch grotesk. Typisch Frau! Ein Mann würde sicher nach dem Motto handeln: Aus den Augen, aus dem Sinn. Und was mache ich? Ich schmachte nach Cem, ich verzehre mich nach einem kurzen Telefonat, nach einer Mini-SMS. Das ist doch nicht normal. Nein, würde Steffi sagen, normal ist das nicht. Verliebtheit ist ein extrem schwerer Virus, ähnlich einer echten Grippe. Und wie bei einer schweren Grippe durchläuft man verschiedene Stadien, in denen die Symptome unterschiedliche Ausprägungsgrade zeigen, von den ersten kleinen Anzeichen bis zum hohen Fieber mit Halluzinationen. Das Positive an einer Virusgrippe ist, sie verläuft in der Regel sehr viel harmloser als eine Verliebtheit und sie ist auch viel schneller überstanden.

Abends auf dem Nachhauseweg begegnet mir in der Fußgängerzone Maier. Er sieht verändert aus. Erst auf den zweiten Blick bemerke ich, dass dies an seinem Dreitagebart liegen muss. Schon von Weitem sehe ich ihn und lächle ihm aufmunternd zu. Auf Höhe der Providenzkirche bleibe ich stehen und warte auf ihn. Er sieht durch mich hindurch, als würde er mich nicht erkennen, und geht grußlos an mir vorbei. Ich überlege, ob ich ihm hinterherlaufen soll, um ihm zu sagen, dass ich ihn für unschuldig halte, aber er war so ... ich weiß auch nicht, so fremd, dass ich von meinem Vorhaben Abstand nehme. Der Mann hat eine Menge durchgemacht, da muss man verstehen, wenn der mit seinen Gedanken woanders ist.

In der Luft liegt Schnee. Im Schwarzwald hat es heute Nacht geschneit. Laut Wettervoraussage könnte der Schnee morgen auch bei uns liegen bleiben.

In unserem Zuhause streiten sich meine Sprösslinge schon wieder über Fleischkonsum. Ich höre gerade noch, wie mein Sohn zu seiner Schwester sagt: »Lass mich doch mit deiner Gemüseideologie zufrieden, du Graspflücker.« Kurz danach höre ich einen Knall, die Zimmertür meiner Tochter.

Die Winterjacke habe ich noch nicht ausgezogen, als mein Sohn sich an mich wendet: »Eh, Mama, kannst du mal 'nen Zwanziger abdrücken, ich muss zum Kopfgärtner.«

»Wohin musst du?«, frage ich irritiert.

»Na, zum Kopfgärtner.« Lucas greift sich dramatisch in seine Haarpracht und erläutert: »Zum Friseur natürlich.«

Kinder nein! Woher haben die nur immer diese Ausdrücke? Schon zücke ich meine Geldbörse. Alina kommt aus ihrem Zimmer, sie braucht auch noch Geld für den Schulausflug und flugs ist in meinem Portemonnaie wieder die übliche Ebbe.

Am nächsten Tag habe ich Max noch einmal freigegeben. Es ist Samstag und Alina vertritt mich von elf bis zwölf Uhr im Schoko-Traum, da Oliver ein Gespräch mit mir in einem Café vereinbart hat. Einen genauen Grund für diese Unterredung hat er mir nicht genannt, ich nehme an, es geht um unsere Kinder.

Der wenige Schnee, der heute Morgen die Erde und die Hausdächer wie mit Puderzucker bestreute, ist inzwischen völlig weggetaut. Man kann ihn nicht einmal mehr erahnen. Es sieht vielmehr so aus, als würde sich heute noch die Sonne zeigen.

Aus der wahrscheinlich längsten Kuchentheke Heidelbergs, die keinen einzigen Wunsch offenlässt, suche ich mir ein Stück Schoko-Sahnetorte aus. Mir läuft das Wasser im Mund zusammen. Über zehn Minuten sitze ich hier schon im beheizten Wintergarten und komme mir vor, wie bestellt und nicht abgeholt. So war das früher ständig. Mein Exmann musste immer noch einen wichtigen Termin oder ein dringendes Telefonat zu Ende zu führen. Der bekannte Strafverteidiger denkt, er könne sich das erlauben. Bei mir aber nicht! Nicht mehr! Ich sehe auf die Uhr und beschließe, dass ich exakt in fünf Minuten das Café verlassen werde. In der Zwischenzeit schaue ich zum zehnten Mal auf mein Handy. Wieder keine Nachricht von Cem.

Da kommt Oliver um die Ecke gehetzt in einem mir unbekannten taubengrauen Anzug, sieht fast maßgeschneidert aus, kann ich mir bei dem Sparbrötchen gar nicht vorstellen. Und mit diesem Hemd ist unzweifelhaft er der Boss, wenn auch nicht Hugo. Beim Friseur war er auch. Da steckt eine neue Praktikantin dahinter. Könnte ich drauf wetten!

»Sorry, Tanja, ich habe versucht, pünktlich zu sein, doch … du weißt ja.«

Ja, ich weiß! Ein »Na, wie geht es deiner neuen Praktikantin?« kann ich mir nicht verkneifen.

»Lass uns nicht streiten, Tanja. Wir sind hier, um das Weihnachtsfest zu besprechen.«

Das Weihnachtsfest? Es war damals auch kurz vor Weihnachten, als ich ihn in der Kanzlei mit einer zwanzigjährigen Praktikantin beim Blowjob an seinem Schreibtisch erwischte. Das klassische Klischee. Nun ja, eigentlich hätte ich mir ja denken können, dass irgendwann so etwas passieren wird, schließlich war ich auch einmal Praktikantin in Olivers Kanzlei. Mein Ex hatte damals so komisch reagiert, als ich zur Tür reinkam. Bei unserer Unterhaltung war er fahrig und ständig nestelte er unter dem Tisch herum. Aus Blödsinn sagte ich lachend: »Man könnte meinen, die neue Praktikantin sitzt unter deinem Schreibtisch und bläst dir einen.« Daraufhin lief Oliver feuerrot an, sein Gesicht glühte derart rot, dass ich kurzzeitig überlegte, einen Notarzt zu rufen. Stattdessen wagte ich, sehr ungläubig, einen Blick unter den Schreibtisch. Und was ich dort sah, machte mich zunächst sprachlos. Ich musste zweimal hinsehen, um es zu glauben. Dort saß tatsächlich die neue Praktikantin bei der Arbeit. Tja, Oliver ist halt ein Mann von Welt, ganz Clinton. Aber: Schwamm drüber!

»Ich möchte, dass wir alle zusammen Weihnachten feiern.« Mein Exmann strahlt mich an wie ein Honigkuchenpferd.

»Alle zusammen? Wer sind denn *alle zusammen*?«, will ich skeptisch wissen.

»Na wir, die Kinder, meine Eltern, deine Eltern und …«, er räuspert sich, »und meine neue Lebensgefährtin.«

»Du meinst jetzt aber nicht dieses blutjunge Ding, das nicht viel älter aussieht als unsere Tochter?«

»Tanja, bitte!«

Tanja bitte! Nein danke, möchte ich sagen. Ich will weder ein Weihnachtsfest mit dir feiern, noch mit deinen schrecklichen Eltern und schon gar nicht mit dieser Lolita. Deshalb hat er den Grund des Gesprächs geheim gehalten, er wusste, wenn er mir das zuvor gesagt hätte, säßen wir hier nicht zusammen.

»Bitte Tanja, lass uns das doch wie Erwachsene handhaben.«

Wie Erwachsene? Dass ich nicht lache!

Mein Handy klingelt. Soll es doch klingeln, denke ich, halte es aber nicht lange aus. Alina hat mir diesen schrecklich schrillen Retro-Klingelton eingespeichert. Wieso können die Kinder nicht ihre Finger von meinem Handy lassen?

»Geh ruhig ran«, sagt Oliver großzügig,

Die Nummer meiner Schwester. Wir haben vor einigen Wochen nach zwanzigjährigem Nicht-miteinander-reden zum ersten Mal telefoniert. Ich drücke das Gespräch weg und wende mich wieder meinem Ex zu.

»Auf diese Art Weihnachtsfest kann ich liebend gerne verzichten. Die Kinder sind schließlich nicht mehr drei. Wir müssen uns nicht als Großfamilie einträchtig um eine geschmückte Nordmanntanne gruppieren und *Oh du Fröhliche, oh du Selige* singen und so tun, als hätten wir uns alle wahnsinnig lieb.«

»Die Kinder würden sich freuen.«

»Hast du sie gefragt?«

»Ja, das habe ich. Sie haben beide gesagt, dass es ihnen so am liebsten wäre.«

»Ist das wahr?« Ich lege die Kuchengabel zur Seite.

»Ja, das hast du nicht für möglich gehalten, stimmt's?«

Stimmt. Aber ich kann keine Antwort geben, mir hat es die Sprache verschlagen, was nicht oft vorkommt. Selbst die leckere Schoko-Sahnetorte schmeckt mir nicht mehr, ich stochere lustlos in meinem Rest herum.

Wir einigen uns darauf, dass ich mir das Ganze noch einmal durch den Kopf gehen lasse. Ich muss zunächst ein Wörtchen mit Alina und Lucas wechseln. Die beiden hätten ja mal was sagen können, wenn sie sich diese Art Weihnachtsfest wünschen.

Als ich den Schoko-Traum betrete, stürmt Alina auf mich zu und umarmt mich. »Mama, endlich bist du wieder da. Stell dir vor, dieser Vergewaltiger war hier und hat eingekauft. Igitt, ist der unangenehm. Der hat mich Mäuschen genannt. Nur weiße Schokolade hat er gekauft, die andere schmecke ihm nicht.«

»Er hat nur weiße Schokolade gekauft? Alina du musst dich irren, das war nie und nimmer Maier. Der mag nur Zartbitterschokolade. Der würde auch niemals Mäuschen zu dir sagen, das ist ein ganz Netter.«

»Also nett geht anders. Der ist ein ganz schmieriger Kerl. Dem möchte ich auf keinen Fall nachts irgendwo begegnen.«

Ich versuche, Alina davon zu überzeugen, dass es nicht Maier gewesen sein kann, aber sie besteht darauf, dass er haargenau so aussah wie der auf dem Foto in der Zeitung, nur mit Dreitagebart.

Nachmittags kommt eine Kundin in den Laden und erzählt mir, dass sich die Studentin Jennifer Uhlig, das zweite Opfer des Verdächtigen Maiers, umgebracht hätte. Eine Nachbarin hätte ihr das berichtet, die wiederum hätte eine Freundin und die hätte es von ihrer Schwester erfahren, die wohne in der Nachbarschaft des Opfers.

»Kann mir einer sagen, wieso die dieses Monster freigelassen haben? Also wissen Sie, meinetwegen könnten die für so einen die Todesstrafe wieder einführen. Was soll man den noch in den Knast stecken, hat der doch gar nicht verdient, lebt dort nur auf unsere Kosten.«

»Herr Maier wurde freigesprochen, da er jeweils ein wasserdichtes Alibi für die Tatzeiten aufwies. Er konnte nicht der Täter sein, wenn dem so wäre, hätten die ihn behalten.«

»Ach wissen Sie, unsere Gerichte taugen doch nichts mehr. Die Richter sind doch alle viel zu weich. Ruckzuck schafft es einer dieser Rechtsverdreher, jeden Schuldigen freizubekommen.«

Gelegentlich fällt es mir schwer, ruhig zu bleiben. Man muss sich in einem Geschäft manchmal Dinge anhören!

Dass sich diese junge Frau umgebracht hat, ist allerdings sehr tragisch.

Abends höre ich, wie Alina in der Küche zu Lucas sagt: »Besser, du redest mit Mama, sie muss es doch irgendwann erfahren.«

»Was muss ich erfahren?«

Zunächst betretenes Schweigen, dann sagt Lucas: »Ach, äh ... nix.«

Alina sieht ihren Bruder unsicher an. Mir fällt auf, dass meine Tochter keinen Nasenring und statt dem obligatorischen schwarzen T-Shirt ein grünes trägt.

»Ich habe doch gehört, dass Alina gesagt hat: ›Besser, du redest mit Mama‹«

»Nee, nee, da hast du was falsch verstanden. Sie hat gesagt: ›Besser, du redest mit Manni‹«

»Aha!«

»Ja, ähm, Manni macht am Samstagabend Party und äh ... ich will da nicht hin. Also nicht, dass ich jetzt eine Partyschranke bin, aber bei dem kommen immer krass viele Partyparasiten, das läuft immer schnell aus dem Ruder.«

»Wer ist denn dieser Manni?«, frage ich interessiert.

»Ach, das ist einer aus der Mathe-Nachhilfe.«

Von einem Manni habe ich noch niemals irgendetwas gehört. Ich könnte schwören, dass Alina *Mama* gesagt hat. So, wie es aussieht, erfahre ich hier und heute nichts. Daher lasse die Sache auf sich beruhen und befrage die beiden wegen Weihnachten. Natürlich war alles ganz anders, als Olivers Schilderung nahelegte. Von wegen, die Kinder wünschen sich ein Weihnachtsfest mit allen Familienmitgliedern. Er hatte die beiden einzeln angerufen und jeweils bearbeitet, indem er heuchelte, dass sich die anderen ein gemeinsames Weihnachtsfest so sehr wünschen. Zu Alina log er: »Dieses Weihnachtsfest ist ein Herzenswunsch deiner Mama und Lucas hat auch schon zugestimmt.« Bei Lucas, der noch nichts von seinem Glück wusste, machte er es umgedreht.

Wir beschließen, uns gemeinsam eine kleine Gemeinheit für Oliver auszudenken. Strafe muss sein!

3

Zwei Tage später öffnet sich am Nachmittag die Tür und Maier kommt herein. Ich erschrecke, der Mann sieht Jahre – ungelogen Jahre – älter aus. Seine Augen, umrahmt von großen schwarzen Ringen, seine Haut fahl, sein Gesicht zerknautscht und darin glüht eine fast so dicke, rote Nase wie die von Lucas vor Kurzem. Außerdem sieht er aus, als hätte er monatelang nicht mehr geschlafen.

»Verkaufen Sie überhaupt Pralinen an ein Monster, wie ich eines bin?«, fragt er und lacht höhnisch. In dieser Art habe ich ihn noch nie lachen gehört.

»Ach, Herr Maier, das tut mir alles so leid. Ich habe das nie geglaubt und jetzt wurden Sie doch freigesprochen.«

»Frei, wie soll ich jemals wieder frei sein? Freigesprochen, aufgrund der Zeugenaussagen, die von allen angezweifelt werden.«

Ich serviere ihm sogleich ungefragt eine Anti-Kummer-Schokolade, die hat der Mann bitter nötig. Dankbar nimmt er sie an. Wir setzen uns zusammen an einen Bistrotisch.

»Wissen Sie, mit mir redet ja keiner mehr. Selbst meine Kneipenfreunde, mit denen ich zur Tatzeit Skat gekloppt habe, meiden mich. Und gerade die müssten es doch am besten wissen.« Er nippt an der heißen Schokolade. »Ach, Frau Eppstein, ich hätte das niemals für vorstellbar gehalten, dass so etwas in unserem Rechtsstaat möglich ist, dass man als völlig unschuldiger Mensch in so eine Maschinerie geraten kann. Ich habe mich in den letzten Monaten immer wieder gefühlt, als wäre ich Matt Damon in *Die Bourne Identität*. Kennen Sie den Film?«

Ich nicke nur und lasse ihn weiterreden. Wenn die Menschen reden müssen, soll man sie reden lassen. Ich schiebe lediglich das kleine Porzellantellerchen mit seinen Zartbitter-Lieblingspralinen in die Nähe seiner Tasse. Maier greift dankbar zu.

»Wissen Sie, was das Schlimmste ist?«

Diesmal schüttle ich den Kopf.

»Das Schlimmste ist, dass ich schon selbst beginne, an meiner Unschuld zu zweifeln. Wenn die ganze Welt gegen einen ist, dann ...«

»Herr Maier, die Wogen werden sich glätten. Die Menschen vergessen schnell.«

»Nein, da wird nichts vergessen. Ich bleibe die Bestie, solange ich lebe. Mein Leben wird niemals mehr so sein wie zuvor. Es ist zerstört. Völlig vernichtet. Abends passen Sie mich ab und verprügeln mich, an meine Fenster und meine Tür haben sie mit roter Farbe geschrieben: ›Zieh aus, du Sau!‹ Sogar meinen Job haben sie mir gekündigt. Als Vertreter bin ich nicht mehr tragbar, aufgrund der vielen Kundenkontakte. Keine Frau lasse mich, nach diesem Prozess, noch in ihre Wohnung. Die Kündigung kann ich dem Chef nicht mal verübeln.«

Ich lege meinen rechten Arm auf seinen linken. Der Mann tut mir leid.

»Das Kabel des Festnetzanschlusses stecke ich gar nicht mehr in die Dose und solche Mengen Post habe ich noch nie im Leben bekommen. Alles Drohbriefe. Zu Beginn habe ich jeden einzelnen gelesen. Jetzt werfe ich sie ungeöffnet in den Müll. Mein Leben ist wie ein Haus, nach einem schweren Erdbeben. Aufbauen lohnt sich nicht. Die Statik trägt nicht mehr, da hilft nur noch abreißen.«

»Aber, Herr Maier, Sie dürfen nicht so negativ denken. Das Leben geht weiter und sicherlich wird sich bald alles aufklären.«

Herr Maier sieht mich resigniert an. »Da wird sich nichts dran ändern. Mein altes Leben existiert nicht mehr. Selbst, wenn die Polizei die Wahrheit ans Licht brächte, bei so einer Sache bleibt was hängen. Immer.«

»Sie dürfen nicht aufgeben.« Ich biete Maier eine weitere seiner Lieblingspralinen an.

»Wenn ich nur verstehen könnte, warum mich diese Frauen beschuldigten, ich habe sie noch nie zuvor in meinem Leben gesehen.«

Mir kommt da eine Idee: »Vielleicht haben Sie einen Doppelgänger?«

»Es ist mir noch keiner begegnet. Auch die Polizei konnte keinen ermitteln. Aber eine Nachbarin von mir, die will einen gesehen haben.«

»Darf ich Sie etwas fragen, Herr Maier?«

»Sie dürfen mich alles fragen, Frau Eppstein.«

»An dem Tag, an dem Sie freigesprochen wurden, gingen Sie da abends die Hauptstraße entlang?«

»Am letzten Prozesstag? Nein, ganz sicher nicht. Mein Anwalt hat mich direkt vom Gerichtsgebäude nach Hause gefahren. Vor meinem Haus lagerte diese Boulevard-Journaille in großer Anzahl. Da ich denen nicht in die Hände fallen wollte, bin ich durch das Nachbarhaus rein, dort kann man über den Hinterausgang zu unserem Kellereingang gelangen. Ich schlich von dort in meine Wohnung und habe gleich alle Rollläden geschlossen, damit ich diese Meute vor dem Haus nicht mehr sehen musste. Danach habe ich mich erst mal drei Tage nicht vor die Tür gewagt.«

»Aber an diesem Tag, da ist mir ein Mann begegnet, der sah Ihnen ähnlich, wie aus dem Gesicht geschnitten, lediglich etwas verändert, mit einem Dreitagebart.«

»Tja, vielleicht habe ich tatsächlich einen Doppelgänger.«

»Dann könnte der doch der Täter gewesen sein. Sie müssen jetzt stark bleiben, alles wird sich klären.«

»Danke Frau Eppstein, das Gespräch mit Ihnen hat mir gutgetan.«

Maier kauft noch eine Packung Pralinen, ich schenke ihm eine Dose Anti-Kummer-Schokolade und er schlurft zusammengesunken aus dem Geschäft. Er erinnert mich an Atlas, der niedergekrümmt die ganze Welt auf seinen Schultern trägt.

Als ich nach Hause komme, fegt Blockwart Grantler den Hauseingang.

»Was sagen Sie denn zu dem Vergewaltiger?«, will er wissen.

»Herr Maier wurde freigesprochen.«

»Ja, weil er sich die Zeugen gekauft hat.«

»Hören Sie, Herr Grantler, Herr Maier ist einer meiner Stammkunden und ich glaube nicht, dass er sich Zeugen kaufen musste. Ich kann mir nicht vorstellen, dass dieser Mann irgendjemandem auch nur ein Haar krümmen könnte.«

»Das glaubt man immer nicht, bis es so weit ist. Ich kenne das aus den Krimiserien im Fernsehen. Dort sind auch immer diejenigen die Verbrecher, die man für am unschuldigsten hält.«

»Na ja, das steht halt so im Drehbuch.« Ich wechsle das Thema: »Wie geht es Ihnen sonst, Herr Grantler?«

»Gut. Danke noch einmal, dass Sie die Sache mit der Post nicht den Nachbarn erzählt haben.«

»Sollte ich Sie allerdings noch einmal dabei erwischen, dass Sie ein Poststück in der Hand halten, welches nicht Ihr eigenes ist, dann: Gnade Ihnen Gott.«

»Ich hab mich so geschämt. Man liest nicht die Post seiner Nachbarn. Weiß ich doch. Aber, ich krieg ja sonst nichts mit. Mich mag doch keiner.«

»Ach, Herr Grantler, wenn Sie nicht immer so muffig sind, wird das schon.« Ich nehme die Post aus unserem Briefkasten. »Die Krankenschwester Katharina, die mag Sie. Laden Sie die doch mal zum Essen ein.« Ich lächle ihm aufmunternd zu.

»Meinen Sie wirklich, dass die mit mir essen geht?«

»Zu der Krimi-Lesung ist sie doch auch in den Schoko-Traum gekommen.«

»Aber doch nicht wegen mir.«

»Ja, glauben Sie, dass Schwester Katharina *mich* sehen wollte?«

»Hmm!« Im Gehirn unseres Hausmeisters rattert es, ich kann es förmlich hören.

»Laden Sie sie ein«, schlage ich ihm noch einmal aufmunternd vor.

»Mach ich. Danke, Frau Eppstein.«

Ich glaube, jetzt habe ich unserem Blockwart Grantler eine knifflige Aufgabe gestellt.

In den nächsten Tagen muss ich immer wieder an Maier denken. Dieser Mann tut mir leid; er ist völlig ohne Hoffnung. Ich habe Angst, dass er sich etwas antut. Wenn ich jemanden kennen würde, der mit ihm befreundet ist oder einen Verwandten von ihm, aber ich kenne niemanden.

Ich weiß nicht genau weshalb, aber ich beschließe, mir in der Mittagspause die beiden, nicht weit voneinander entfernten Tatorte, anzusehen. In der Zeitung wuren beide genau beschrieben.

Ich fahre mit der Straßenbahn-Linie 23 Richtung Leimen bis zur Haltestelle Bergfriedhof. An der rechten Seite der Rohrbacherstraße, in der Nähe der Haltestelle, geschah die zweite Tat. Hier, da ist das Studentenwohnheim und daneben ist die Paketstation. Vielleicht wohnte die Studentin hier und wollte noch ein Paket abholen. Auf jeden Fall lauerte ihr der Täter hier auf. Als sie das Paket entnehmen wollte, hat er sie von hinten bedrängt und in den Bereich hinter die Paketstation gezwungen. Hier an dem ehemals angelegten Platz, der inzwischen recht trostlos wirkt, verging er sich an ihr. Jetzt scheint die Sonne und alles sieht so friedlich aus. Am späten Abend wird es hier einsamer sein. Der Mann hatte ihr gedroht, wenn sie schreie, wäre das ihr Todesurteil.

Das erste Opfer wollte nur das Grab des Mannes ihrer Nachbarin auf dem Bergfriedhof gießen. Die Grabstätte liegt unweit der Kapelle. Sie hatte ihn nicht gehört, plötzlich warf er sie aufs Grab. Auch dieser Frau hatte er sogleich gedroht, sie würde sterben, wenn auch nur ein einziger Laut ihrer Kehle entweiche. Sie hatte Angst, große Angst, auch sie hat nicht geschrien. Ich besehe mir den Weg, an dem es passiert sein muss. Hier kommen nicht viele Menschen vorbei.

Ich nutze die Zeit meiner Mittagspause, um noch einen Spaziergang über den Bergfriedhof zu machen. Dieser Friedhof ist der Schönste, den ich kenne. 1844 wurde er seiner Bestimmung übergeben. Und auch heute noch wird er für Beisetzungen genutzt. Viele bekannte Persönlichkeiten sind hier auf dem ehemaligen Weinberg begraben. Hier das Grab von Friedrich Ebert und dort liegt Robert Wilhelm Bunsen. Ich marschiere weiter den Berg hinauf, um die Grabstätte der Dichterin Hilde Domin aufzusuchen. Die Ruhe hier ist einmalig. Der Bergfriedhof ist zu jeder Jahreszeit einen Besuch wert. Im Frühling, wenn alles blüht, ist er besonders schön, aber auch im Herbst hat er seinen Reiz. Hier oben am Grab von Hilde Domin ist wirklich keine Menschenseele. Es ist mir ein bisschen unheimlich.

Ich laufe hinab, durchquere den Bergfriedhof und verlasse ihn zum Hauptausgang. Hier steige ich in die Linie 23 und fahre zurück zum Bismarckplatz.

Nach einigen Tagen erreiche ich endlich Hauptkommissar Rauenberg am Telefon. Er hatte Urlaub. Ich schildere ihm die Begegnung mit dem mutmaßlichen Doppelgänger und lasse auch Alinas Zusammentreffen mit ihm im Schoko-Traum nicht unerwähnt.

»Mensch, Frau Eppstein, wollen Sie sich schon wieder in einen Kriminalfall einmischen? Geben Sie bloß NICHT WIEDER DIE MISS MARPLE!«

Rauenbergs Stimme ist immer lauter geworden. Muss der mich so anschreien?

»Sie können mir glauben, der Fall ist bei meinem Kollegen Bouffier in den besten Händen. Machen Sie Ihren Job und wir machen unseren. Haben Sie mich verstanden, Frau Eppstein?«

Er bezweifelt, dass mir Maier die Wahrheit gesagt hätte, als er behauptete, dass er nach dem Prozess nicht durch die Fußgängerzone gegangen sei. Aber warum sollte mich der Mann anlügen? Ich will wissen, ob sein Kollege Bouffier noch an dem Fall arbeite, aber Rauenberg teilt mir mit, die Ermittlungen seien eingestellt worden, der Fall ad acta gelegt. Ich schreie ihn ein bisschen an und dann erst bemerke ich, dass er einfach aufgelegt hat. Na, der wird was erleben, wenn der wieder auf eine Tasse heiße Schokolade vorbeikommt. Ich ärgere mich richtig in Rage.

Endlich! Cem meldet sich. Ich will wissen, wieso er nicht zurückruft und mir so selten eine Nachricht zukommen lässt. Er sei gerade ziemlich im Stress. Sie seien dabei, eine ganz große Sache aufzuklären, an der sie schon seit fast vier Jahren arbeiten. Bei seinem nächsten Besuch werde er mir alles genau erklären. Wir flirten noch ein klein wenig, bevor Cem das Telefonat beendet.

Cem ist schon ein toller Mann. Irgendwie scheint er mit seinen deutschen und türkischen Wurzeln eine ganz besondere Mischung in sich zu vereinen. Er sieht fantastisch aus, ist intelligent, eloquent, belesen, hat gute Manieren, liebt die Oper, man kann sich hervorragend mit ihm unterhalten und er hat Humor. Dieser Mann hat das gewisse Etwas, das, was den meisten Männern fehlt. Kurz: ein Traummann. Mein Traummann.

Abermals läutet mein Handy. Ich freue mich und denke, es ist noch einmal Cem. Aber es ist die Nummer meiner Schwester. Diesmal drücke ich das Telefonat nicht weg. Yvonne will mit mir den Termin ihres Besuchs in Heidelberg absprechen. Ich hatte sie zu einer Weihnachtsfeier in den Schoko-Traum eingeladen. Ihre Hochzeit findet im neuen Jahr statt. Meine und die Teilnahme meiner Kinder habe ich schon zugesagt. Es ist ein komisches Gespräch. Wir beide sind sehr zaghaft, so, als könnte das dünne Band zwischen uns schon beim ersten nicht geflüsterten Wort reißen. Immerhin ist es erst unser zweites Telefonat nach zwanzig Jahren. Ich weiß nicht, ob ich meiner Schwester jemals verzeihen kann, dass sie mir damals den Freund ausgespannt hatte, von dem ich schwanger war. Ich entschied mich für eine Abtreibung, nachdem ich bemerkt hatte, dass die beiden ein Paar waren. Manchmal kann ich ganz schön nachtragend sein. Ich glaube, bei Yvonne habe ich es übertrieben. Vielleicht sind zwanzig Jahre ohne Kontakt etwas lange. Obwohl, beste Freundinnen werden meine Schwester und ich niemals, dazu sind wir viel zu verschieden. Muss ja auch nicht sein, denke ich großzügig.

Abends sitzt Alina mit Fynn, ihrem augenblicklichen Freund, am Holzküchentisch. Beide essen Leberwurst. Ich wundere mich. Meine Tochter isst seit zwei Jahren keine Leberwurst mehr. Totes Tier kommt ihr nicht aufs Brot.

»Ihr esst Leberwurst?«, frage ich daher irritiert.

»Ma-ma!«, sagt meine Tochter, mit dieser Betonung, als sei ich der dümmste Mensch in Heidelberg, möglicherweise sogar im ganzen Universum. »Das ist doch vegane Leberwurst.«

»So etwas gibt es? Sieht echt echt aus.«

Ich schneide mir auch eine Scheibe Brot ab und setze mich an den Tisch.

»Die schmeckt voll krass gut, Frau Eppstein.« Fynn schiebt mir die Dose rüber.

Ich schmiere mir zunächst nur die halbe Brotscheibe mit der veganen Wurst. Wer weiß, was da alles für ein Mist drin ist. Ich sehe mir die Zutatenliste an, die Wurst besteht zum großen Teil aus Kidneybohnen. Na gut.

»Hmm«, ich bin erstaunt, »das schmeckt ja fast wie Leberwurst. Die könnten wir glatt deinem Bruder als neue Leberwurstsorte andrehen.«

»Ach der, wenn kein totes Tier drin ist, isst der das doch nicht.«

Nach dem Essen verschwinden die beiden in Alinas Zimmer.

Erst spät am Abend verlässt uns Fynn. Ich habe mich zurückgehalten und sie nicht gestört, obwohl ich gerne wüsste, ob die beiden schon Sex hatten oder nicht. Aber, so etwas hat eine Mutter nicht zu interessieren.

Am nächsten Tag kommt im Laden ein Kunde auf Maier zu sprechen. Er erzählt, dass er ihn in einem Lokal gesehen hätte, in Begleitung mehrerer Männer. Maier hätte ziemlich zotige Witze gerissen und das gesamte Lokal unterhalten. Also das kann ich mir nur schwerlich vorstellen, da müsste der Mann schon schizophren sein. Ich lasse mir den Namen des Lokals und den Stadtteil sagen und frage nach, wann er Maier dort gesehen hätte. Das sei letztes Jahr im April gewesen. Unterhalten hätte er sich nicht mit ihm. Seitdem hätte er Maier im *Bella Susi* nicht wiedergesehen, allerdings verkehre er nur sporadisch in diesem Lokal.

Was, wenn das ein Doppelgänger von Maier war, vielleicht der, den ich am letzten Prozesstag gesehen habe, der, der am liebsten weiße Schokolade isst? Diesmal nehme ich Abstand davon, Hauptkommissar Rauenberg darüber zu informieren.

Das Weihnachtsgeschäft steht bevor. Daher vervollständige ich in der Mittagspause meine Weihnachtsdekoration des Schoko-Traums, nebenbei höre ich den Sender *Rhein-Neckar-Funk*.

Das Schaufenster habe ich mir schon letzte Woche vorgenommen. Jetzt kommt noch der Laden an die Reihe. Ich drapiere zahlreiche Tannenzweige, die ich mit kleinen farbigen Päckchen behänge.

Im Radio wird eine Reportage über Theo Maier gesendet, es wird über die Vergewaltigungen und auch den Prozess berichtet, ebenso über die Aktionen von Selbstjustiz, denen er, seit seinem zweifelhaften Freispruch ausgesetzt ist. Auch ein Interview von ihm wird eingeblendet, welches der Sender vor knapp zwei Jahren mit ihm führte, als er eine junge Frau verteidigte, die von ihrem Mann in der Fußgängerzone brutal geschlagen wurde. Maier versuchte, die Schläge zunächst verbal zu unterbinden. Der andere ließ von der Frau ab. Stattdessen schlug er Maier krankenhausreif. Dieser sagte dazu: »Ich würde jederzeit wieder eine Frau verteidigen, die von einem Mann geschlagen wird.« Die Reporterin wollte von Maier wissen, ob er sich für diese Frau auch dann einsetzen würde, wenn er wüsste, dass er die Aktion mit seinem Leben bezahlen müsse. Die Antwort lautete: »Niemand hat das Recht, einem schwächeren Menschen Gewalt anzutun. Ich hoffe sehr, dass ich auch in diesem Fall genügend Zivilcourage besitzen würde.«

Nein, ich kann nicht glauben, dass Maier der Täter war.

Im Telefonbuch suche ich die Adresse des Lokals heraus, in dem sich Herr Maier angeblich im letzten Jahr aufgehalten haben soll.

Eigentlich habe ich jetzt im Weihnachtsgeschäft alle Hände voll zu tun. Aber ich will die Wahrheit wissen. Ich muss die Wahrheit wissen.

4

Biggi und Steffi verbringen ihre Mittagspause in meiner Chocolaterie. Ich freue mich, denn die beiden haben vom Libanesen auch für mich ein leckeres Lamm-Couscous mitgebracht. Ich liebe Lamm-Couscous! Schnell decke ich den hinteren Bistrotisch ein.

»Und wo ist Max?«, will jetzt Steffi wissen, da sie auch für ihn Essen besorgt hat.

»Der hat doch heute seinen Prozess. Aber sicherlich ist er, wenn er später kommt, hungrig. Er kann sich das Essen ja aufwärmen.« Ich nehme Steffi die Portion für Max aus der Hand. »Ich hoffe, es geht alles gut.«

»Warum sollte ihn ein Richter in den Knast stecken? Als er der Schoko-Leiche Geld und Schmuck geklaut hat, war er heroinabhängig. Jetzt nimmt er keine Drogen mehr, arbeitet fleißig in deinem Laden und ist dabei, sich ein gemeinsames Leben mit Vanessa aufzubauen.« Stefanie stellt unser Essen auf dem Tisch ab.

»Meiner Meinung nach kann der Richter das auch nur so sehen.« Ich verteile Messer und Gabeln. »Aber Max hatte vor dem Prozess eine gehörige Portion Angst. Er sagte, er habe schon bei mehreren Ex-Junkies erlebt, dass sie zu hohen Gefängnisstrafen verurteilt wurden. Zum Teil seien sie lange nach den Delikten abgeurteilt worden und mussten ins Gefängnis, obwohl sie, schon seit zwei Jahren clean gewesen seien.«

»Ich kann mir auch nicht vorstellen, dass es einen Richter auf der Welt gibt, der das nicht würdigt, was Max in den letzten Monaten geschafft hat.«

»Ja, Biggi, das habe ich Max auch gesagt.«

Als wir zu essen beginnen, fragt Stefanie: »Meinst du, die beiden schaffen es, eine Beziehung aufzubauen?

Ich zucke mit den Schultern. »Wenn ich das richtig verstanden habe, leben die drei erst einmal in einer Art

Wohngemeinschaft. Vanessa und Max legen sich da noch nicht fest. Was draus wird, muss man sehen.«

»Komischer Ansatz für ein gemeinsames Leben«, stellt Birgit fest.

»Ich denke, so kurz nach Philipps Tod will Max Vanessa auf keinen Fall zu irgendetwas drängen.« Ich atme den exotischen Geruch des Gerichts ein, nehme eine große Gabel Lamm-Couscous und stöhne. Ist das lecker! »Das kann ich schon verstehen. Und Vanessa muss den Tod ihres Mannes ja auch erst mal verkraften. Einfach ist das alles nicht für sie. Ein neues Leben, ohne den Mann, den sie liebte, ein neuer Job und die kleine Mia. Ich glaube, wenn die drei erst mal zusammenleben, wird das langfristig schon was werden.« Ich könnte mich ins Essen setzen, so lecker ist das. »Wie läuft's mit Jonas?«, frage ich und sehe in Steffis Richtung.

Meine Freundin winkt ab: »Ich weiß nicht, wenn wir zusammen sind, ist alles wie immer, aber danach meldet er sich länger nicht. Früher hat er ständig angerufen oder gesimst, aber inzwischen, ich weiß auch nicht. Wenn ich ihn anrufe, erreiche ich ihn nicht, manchmal ruft er mich zurück, aber nicht immer.«

»Liebe Steffi«, Birgit hört auf, zu essen, »die erste Liebe ist verflogen, das kennst du doch. Danach ist die Beziehung den Männern nicht mehr so wichtig, das ist nichts Neues. Vielleicht ...«

»Ja, ich weiß, was jetzt kommt, du willst mir sagen, dass er eine andere, jüngere, hat. Aber das ist doch Blödsinn. Ich meine, wenn wir uns sehen, ist alles wie immer.«

»Ich meine ja nur ...« Biggi kratzt ihren Teller aus.

»Also bei Cem und mir ist ja noch alles am Anfang und trotzdem, in der letzten Zeit, da meldet er sich immer seltener und oft erreiche ich ihn nicht, weil sein Mobiltelefon ausgeschaltet ist.

»Willkommen im Klub der Nichtzurückgerufenen«, sagt Steffi. »Mensch, was ist nur mit den Männern los?«

Ich hole das Schälchen mit Pralinen: Bailys-Trüffel für Steffi, Cappuccino-Trüffel für Biggi und Süße Sünde für mich. »Was möchtet ihr denn für einen Kaffee zum Nachtisch?«

Beide möchten einen Espresso. »Drei Espressi«, sage ich, als nehme ich eine Bestellung auf und begebe mich zum Kaffeeautomaten.

Beim Verteilen der Tassen erzähle ich meinen Freundinnen, dass am Vormittag ein Mann im Laden war, der angeblich Maier im letzten Jahr in einem Lokal in Heidelberg gesehen haben will. »Er hätte dort obszöne Witze erzählt und die gesamte Kneipe unterhalten. Das kann ich mir beim besten Willen nicht vorstellen. Maier ist ein Eigenbrötler, der ist immer zurückhaltend. Der würde niemals in einer Kneipe den Angeber-Macho raushängen lassen. Das glaube ich einfach nicht.«

»Tanja, was möchtest du uns damit sagen?« Biggi sieht mich skeptisch von der Seite her an.

»Vielleicht ist er schizophren, dein Stammkunde Maier«, schlägt Stefanie als Erklärung vor.

»Auf diese Idee bin ich auch schon gekommen. Aber, nein, das glaube ich nicht. Ich habe an dem letzten Prozesstag einen Mann gesehen, der wie Maier aussah, nur mit einem Dreitagebart. Und dann hat der im Schoko-Traum bei Alina eingekauft, als ich diese Unterredung mit Oliver hatte. Meine Tochter sagte, er hätte behauptet, er esse nur weiße Schokolade, Maier hingegen mag ausschließlich zartbitter. Das spricht doch alles für einen Doppelgänger.«

»Oder für eine ausgewachsene schizophrene Störung«, beharrt Steffi.

»Ach Quatsch, der Maier ist nicht schizophrener als wir drei«, sage ich.

»Verrenn dich da mal nicht in was. Das ist mir echt zu hoch, dass du diesen Vergewaltiger unbedingt in Schutz nehmen musst«, bei den Worten schnappt Birgit ihre Tasche und ihre Jacke. Steffi tut es ihr gleich und weg sind die beiden.

Mein Handy läutet, es ist Oliver: »Hallo Tanja, ich wollte dir schon mal Bescheid geben, das mit dem Prozess ist nicht so gut gelaufen.«
»WAS?«, schreie ich in den Hörer.
»Ja, jetzt reg dich nicht gleich auf.«
»Aber Oliver, du bist der beste Strafverteidiger, den Max bekommen konnte!«
Mein Ex atmet mehrmals schwer ein und aus, wie immer, wenn er schlechte Nachrichten zu verbreiten hat: »Also der Richter hat Max zu achtzehn Monaten Gefängnis verurteilt.«
»WIE BITTE?« Das glaube ich jetzt nicht. »Ja, spinnt der denn völlig?«
»Ich sag doch, das ist blöd gelaufen. Der hat Max schon einmal Bewährung gegeben und … Irgendwie hatte der ihn auf dem Kieker. Da war nichts zu machen.«
»Konntest du den nicht als befangen ablehnen oder so?«
»Das wusste ich ja vorher nicht. Bisher hatte ich mit ihm noch keinerlei Probleme. Aber alles nicht so schlimm, ich werde Berufung einlegen, somit bekommen wir einen anderen Richter und alles wird gut.«
»Na, deine Worte in Gottes Gehörgang. Pauk den Jungen da raus. Kann doch nicht sein, dass Max ins Gefängnis soll!«
»Das wird schon werden.«

Als Max eine Stunde später das Geschäft betritt, lotse ich ihn an den hinteren Bistrotisch, hier stehen schon Tassen und eine Thermoskanne mit Anti-Kummer-Schokolade bereit. Davon braucht der Junge jetzt erst mal einen Liter. Ich bediene die Kundin zu Ende, begebe mich zu Max und umarme ihn.

»Alles wird gut, Max. Oliver geht in Berufung und dann bekommst du sicherlich Bewährung. Dieser Richter hat doch eine ausgewachsene Macke, wenn er dich ins Gefängnis stecken will.«

»Mensch, wenn ich jetzt in den Knast einfahre, werde ich vielleicht wieder rückfällig und mache alles kaputt. Ich weiß nicht, ob ich die Kraft hätte, dort keine Drogen zu nehmen. Das ist so schon schwierig genug. Aber im Knast?«

»Max, versuche, dich nicht verrückt zu machen. Das wird schon. Ich weiß, das ist leichter gesagt, als getan.«

»Jetzt hängt weiter alles in der Schwebe. Ich möchte endlich mit dieser Vergangenheit abschließen.«

Ich lege meine rechte Hand auf Max' Schulter.

»Der Richter ist voll der Arsch. Selbst der Staatsanwalt war mit einer Bewährungsstrafe einverstanden und dieser Richter haut so einen Hammer raus.«

Ich schenke Max noch eine heiße Schokolade ein und schiebe das Tellerchen mit verschiedenen Nugatpralinen, seine Favoriten, in unmittelbare Nähe.

Der Richter hätte im Urteil ausgeführt, dass Max sich die Verurteilungen in der Vergangenheit nicht zu Herzen genommen habe. Vielmehr sei er erneut straffällig geworden. Daher müsse diesmal zu drastischeren Mitteln als einer Bewährungsstrafe gegriffen werden.

»Dieser verdammte Simpel!«, sage ich.

Das Schälchen mit Lamm-Couscous, das noch für Max im Kühlschrank steht, gebe ich ihm später mit nach Hause, nach dem Prozess war ihm der Appetit vergangen.

Beim Abendessen ist zunächst Max' Prozess Hauptgesprächsthema. Alina und Lucas regen sich schrecklich auf und schimpfen auf unser Justizsystem und benutzen alles andere als jugendfreie Worte.

Max berichtete mir am Nachmittag nochmals von mehreren Freunden, denen es ähnlich ergangen sei, auch sie seien zu hohen Gefängnisstrafen verurteilt worden, obwohl sie inzwischen ein drogenfreies Leben geführt hätten. *Einmal Junkie, immer Junkie,* sei das Motto vieler Staatsanwälte und Richter. Irgendwie habe ich mir unser Rechtssystem etwas gerechter vorgestellt, aber wahrscheinlich bin ich da mal wieder ziemlich naiv.

Später erzähle ich meinen beiden Kindern von der Unterhaltung mit diesem Mann, der angeblich Maier in einer Kneipe gesehen hätte.

»Ja, das passt. Genauso hat der sich auch im Schoko-Traum benommen. Unangenehmer Mensch. Ein klassischer Macho.«

»Aber so ist der Maier nicht. Er ist zurückhaltend. Der würde niemals solche Witze in einer Kneipe reißen und seine Kumpels unterhalten. Das passt einfach nicht zu dem.«

»Mama, er wurde doch freigesprochen, also was soll das Ganze?« Lucas stochert appetitlos im überbackenen Schafskäse rum.

»Du kennst den doch gar nicht richtig.« Das stimmt.

Vielleicht hätte ich meinem Sohn lieber ein Steak in die Pfanne hauen sollen, aber er wollte auch überbackenen Käse. Als ich die Teller wegräume, sind die meiner beiden Kinder noch fast voll.

Am nächsten Morgen berichte ich Max von diesem Mann.

»Tanja, wenn du meinst, wir sollten der Kneipe mal einen Besuch abstatten; ich bin dabei.«

Max versteht mich.

»Verrenne ich mich da in was? Es stimmt, dass ich den Maier nicht besonders gut kenne. Aber irgendetwas an der Sache ist faul. Dieses Gefühl lässt mich nicht los.«

Max und ich verabreden uns für abends.

Am Nachmittag stehe ich in der kleinen Küche und stelle Pralinen für das Weihnachtsgeschäft her. Ich höre ein *Pling* in meinem Handy. Eine Nachricht von Cem.
»Hallo Tanja! Ich hoffe, dir geht es gut. Dieses Wochenende klappt es leider nicht, aber am nächsten. Ich werde schon am Freitag zu Hause sein. Am Samstagabend könnten wir beide – ohne meine Oma! – endlich die Oper besuchen. Mannheimer Nationaltheater? Gib mir doch kurz Bescheid, ob dir der Termin passt. Kann leider nicht telefonieren. GlG Cem«
Mein Herz schlägt Purzelbäume. »Mist!« Vor lauter Cem habe ich nicht auf die Temperatur der Schokolade geachtet. Die ist nicht mehr zu gebrauchen, außer für eine Anti-Kummer-Schokolade.
Komisch ist das schon, dass Cem immer wochenlang unterwegs ist und nicht einmal telefonieren kann. Ich meine, er als Profiler. Man kann doch selbst in einer Besprechung mal kurz rausgehen und anrufen. Na ja, so richtig kann ich mir seine Arbeit nicht vorstellen. Es hört sich immer an, als sei er Tag und Nacht im Einsatz. Entspricht das den Tatsachen? Keine Ahnung. Ich dachte, dass diese Fallanalytiker oft auch in einem Kämmerchen sitzen, Informationen sammeln und lesen, Vergleiche mit anderen Fällen anstellen und viel recherchieren und analysieren. Aber dann könnte er doch auch ein kleines Telefonat führen. Ich beschließe, ihn beim nächsten Treffen danach zu fragen. Und nun werde ich mich vollständig der Herstellung meiner Schoko-Engel zuwenden.

Abends wollen Max und ich dieses *Bella Susi* besuchen; wir treffen uns am Bismarckplatz. Da sich das Lokal unweit der Czernybrücke befindet, fahren wir wenige Minuten mit der Straßenbahn Linie 22 Richtung Eppelheim. Von der Haltestelle aus ist es nicht mehr weit. Allerdings spanne ich meinen Stockschirm auf und halte ihn über uns beide, denn inzwischen hat es angefangen zu nieseln. Was vom sternenlosen Himmel herunterkommt, ist eine Mischung aus Regen und Schnee.

Max sieht es zuerst. »Oh, oh!«

Ich weiß zunächst nicht, was er meint. Aber dann sehe ich das Schild am Haus. Die Fenster sind in rotes Licht getaucht.

»Ist das ein Puff?«

»Keine Ahnung. Ich habe den Namen schon mal gehört, ein Freund von mir hat früher einen Barkeeper öfter beliefert.«

»Beliefert?«

»Mit Drogen. Ich glaube, das ist eine Bar. Schon mit Anmache und so, aber mit den Männern gehen die nach nebenan.«

»Na, da bin ich aber beruhigt«, sage ich süffisant.

Tatsächlich! In der Bar sind außer mir nur noch drei Frauen und diese sind unverkennbar mit eindeutigen Absichten hier. Wir setzen uns an den Tresen und bestellen etwas. Bei den Preisen vergeht mir allerdings ganz schnell der Durst. Der Typ rechts von mir ist um die fünfzig, dicker Bierbauch, Koteletten wie in den Siebzigern und er stinkt aus dem Mund.

Das bemerke ich, als er in meine Richtung lallt: »Was macht denn 'ne Stunde bei dir, Süße? Oder muss ich deinen Chef fragen.«

Mit Chef meint er wohl Max.

»Lass die Dame in Frieden«, sagt mein Begleiter und setzt sich sofort zwischen mich und den Betrunkenen.

»Danke Chef«, hauche ich in Max' Richtung.

Nach dem dritten Getränk versuche ich, mit dem Barkeeper ins Gespräch zu kommen. Ich erzähle von Maier und ich bin mir absolut sicher, der weiß sofort, wen ich meine, aber er gibt die drei Barkeeper-Affen: nichts sehen, nichts hören, nichts sagen oder so ähnlich. Ich versuche mein Glück, indem ich ihm, in einem völlig unbeobachteten Moment, einen Geldschein zustecke.

Er gibt mir das Geld sogleich zurück: »Lady, ich sag doch, ich weiß von nichts. Stecken Sie den wieder ein.«

Max und ich verlassen diese Bar.

»Der Besuch war ein Satz mit x, war wohl nix«, sagt Max.

»Na ja, einen Versuch war's wert.«

5

In der Mittagspause am nächsten Tag betrete ich mit zwei vollen Einkaufstüten unser Haus, an den Briefkästen treffe ich auf Grantler. Wir kommen ins Gespräch und landen schnell bei Maier. Ich weiß auch nicht warum, aber ich erwähne, dass ich am Abend zuvor mit Max der Bar *Bella Susi* einen Besuch abgestattet habe. Zu meiner Verwunderung kennt Grantler diese Bar. Ein ehemaliger Klassenkamerad aus Schifferstadt sei der Eigentümer.

»Damals war der Siebert nicht gerade die hellste Kerze im Kronleuchter. Aber man glaubt es nicht, heute gehören dem mehrere Bars und äh ... auch so andere Läden.«

»Meinen Sie Puffs?«

Unser Hausmeister nickt. Soll er doch gleich sagen, was er meint und nicht um den heißen Brei herumreden.

»Also, wenn Sie wollen, Frau Eppstein, kann ich mich mal umhören oder wir gehen dort zusammen hin, vielleicht erfahren wir etwas. Der Siebert kann doch zu seinem Barkeeper sagen, dass er alles ausspucken soll, was der weiß. Und Sie können mir glauben, wenn der das befiehlt, macht sein Mitarbeiter das.«

Ich stelle meine Einkaufstüten ab, meine Arme sind schon ganz lang geworden.

»Wissen Sie, als Kind wurde der immer gehänselt, der Georg, das war so ein kleiner, schmächtiger. Alle nannten ihn immer *de Schorschel*. Heute würde man sagen, der war ein Opfer. Aber irgendwann hat der mit Kampfsport begonnen und später, das können Sie mir glauben, hatten alle Angst vor dem. Mich mag er. Ich habe ihn mal aus den Fängen eines älteren Schülers gerettet, mit zwölf oder so.«

»Na gut, versuchen Sie mal Ihr Glück. Am liebsten komme ich mit, natürlich nur, wenn das möglich ist.«

Unser Hausmeister verspricht, sich zu melden.

Ich habe die berechtigte Befürchtung, dass der Grantler und ich noch Freunde werden, wenn das so weitergeht. Seit ich ihm seine Habseligkeiten ins Krankenhaus gebracht und auch seine Unterhosen und Schlafanzüge gewaschen habe, ist zwischen uns ein Band entstanden und ich bin für ihn eine Art Bezugsperson geworden. Obwohl ich ihm keineswegs verziehen habe, dass er die Post aller Hausbewohner gelesen hat, nicht zuletzt meine eigene. Ich könnte immer noch fuchsteufelswild werden, sobald ich daran denke. Auch wenn ich weiß, dass der Grantler ja eigentlich eine einsame Sau ist. Immerhin scheint der Mann lernfähig zu sein. Und er kennt einen Unterweltkönig. Wer hätte das gedacht?

In unserem Zuhause höre ich zufällig, wie Lucas am Telefon sagt: »Maren, das ist doch alles eine große Verarsche von dir. Du lügst doch, wenn du den Mund aufmachst. Maren, MAREN! ... Hat diese Scheißbitch einfach aufgelegt. Schlampe!«

»Lucas, was war das denn?«

»Mensch Mama, hast du mich angewanzt?«

»Deine Tür stand offen, auch wenn ich es nicht wollte, habe ich dein Gespräch mit anhören müssen. Also, was war das bitte?«

»Ach nichts, Mama.«

Das ist die Standardantwort meines Sohnes bei unangenehmen Nachfragen durch seine Mutter.

»Lucas, das hat nicht nach *nichts* geklungen. Du scheinst handfeste Probleme mit dieser Maren zu haben. Und was ist mit deiner Freundin Hülya?«

»Mit Hülya bin ich nicht mehr zusammen. Das hab ich dieser Schlampe Maren zu verdanken. Mama, sorry, aber ich muss jetzt los.«

Und weg ist er, mein Sohnemann. So ist das immer, wenn er Probleme hat, man muss ihn erst einige Zeit weichkochen, bis er endlich damit rausrückt. In dieser Hinsicht ist er ganz sein Vater.

Wer ist dieses wunderschöne Mädchen mit der roten langen Mähne, das gerade unser bescheidenes Heim betritt? Alina kommt in die Küche; ich erkenne sie fast nicht wieder.

»ALINA?«, sage ich völlig entzückt. Sie hat nicht nur ihre Haare hennarot gefärbt, sondern auch ihre Grufti-Schminke abgelegt. Das Kind hat rosige Wangen wie seit Wochen nicht mehr. Weder schwarz geschminkte Augenringe, noch schwarz lackierte Fingernägel. Sie trägt eine weite grüne Tunika und Jeans. Noch heute Morgen sah das Kind aus, als hätte es nicht mehr lange zu leben. Und jetzt? Das blühende Leben! Ich denke, da steckt ein neuer Freund dahinter. Oder wurde Vampir Fynn auch neues Leben eingehaucht? Nein, eher nicht. Ich wette, der gehört noch zu der Clique der Untoten. Vielleicht ist Fynn schon Vergangenheit? Ich beginne, zu frohlocken. Aber sicherlich sollte ich mich nicht zu früh freuen. Wenn ich recht überlege, ist Fynn ein netter Vampir. Wer weiß, was nachkommt? Mütter sind schrecklich! Meine war genauso. Und habe ich mir nicht geschworen: So werde ich nie. Na ja, so ist das mit den guten Vorsätzen.

Meine Tochter tut, als sei alles ganz normal und als könne sie nicht nachvollziehen, was ihre grenzdebile Mutter jetzt schon wieder von ihr will.

Sie verschwindet in ihr Zimmer. Ich begebe mich in die Küche. Ich putze Feldsalat, richte eine leckere Senfsoße mit Joghurt und haue mehrere Eier für zwei Omeletts in die Pfanne. Dann rufe ich meine Tochter zum Essen.

Die kommt in die Küche und rümpft erst mal die Nase.

»Das esse ich nicht«, konstatiert sie.

»Wieso willst du kein Omelett essen? Kein totes Tier drin.«

»Mama, ich habe beschlossen, ab heute vegan zu leben.«

»Aber du bist doch schon Vegetarierin.«

»Ja, aber das reicht nicht. Ich werde ab heute auch keinerlei tierische Produkte essen, keine Eier, keine Milch, keine Sahne, keine Butter, keine Gelatine und keinen Honig.« Alina sitzt am Tisch und kaut auf einem trockenen Stück Brot herum.

»Aber Salat geht noch, ich meine, der lebt ja auch – irgendwie«, vergewissere ich mich.

»Salat ist okay.«

»Kind«, sage ich ganz die besorgte Mutter, »da bleibt ja nicht mehr viel an Essen übrig, wenn du alles, was du gerade aufgezählt hast, nicht mehr essen willst.«

»Da muss ich mich halt umstellen. Vieles kann man einfach durch ein anderes Lebensmittel ersetzen. Milch zum Beispiel durch Soja-, Mandel-, Hafer- oder Reismilch. Da gibt es echt viele Möglichkeiten. Joghurt durch Sojaghurt, Butter durch Margarine.«

»Und Eier?«

»Da gibt es einen Ei-Ersatz.«

»Aber Alina, ich bezweifle, dass man damit auch ein Omelett zubereiten kann, geschweige denn Rührei.« Bis jetzt hat meine Tochter, die ja schon seit zwei Jahren auf Fleisch verzichtet, immer gerne Omelett, Rühr- oder Spiegeleier gegessen.

»Ich brauche kein Omelett«, stellt sie fest und isst ihr trockenes Brot mit Feldsalat.

Ich verzichte bewusst auf die Bemerkung, dass ich die Soße mit Joghurt zubereitet habe, vielleicht würde sie dann nur noch auf dem trockenen Brot herumkauen.

»Darf ich fragen, mein Schatz, weshalb du auf alle diese Nahrungsmittel verzichten willst?«

»Mama, die Menschen haben nicht das Recht, den Hühnern ihre Eier und den Kühen ihre Milch zu stehlen.«

»Alina, das sind Nutztiere.« Ich sehe meine Tochter hilflos an.

»Ich hab da einen Film gesehen. Das kannst du dir nicht vorstellen. Der Film wurde heimlich mit versteckter Kamera in den USA gedreht. In diesen Fleischfabriken mit Massentierhaltung, da gehen die unvorstellbar grausam mit den Tieren um. Tiere sind auch Lebewesen, die wir zu achten haben.«

Ach Gott, denke ich, ist das Kind jetzt in eine vegane Sekte geraten?

»Echt, das musst du dir mal ansehen. So etwas kannst du dir nicht vorstellen! Nehmen wir mal die Küken, die männlichen. Weißt du, was mit denen passiert, nach der Geburt? Die werden einfach bei lebendigem Leib geschreddert oder vergast. Allein in Deutschland sind das vierzig Millionen Küken jährlich. Das ist doch unvorstellbar. Millionen von Küken müssen grausam sterben, nur weil wir unser Frühstücksei essen wollen.«

»Aber ...« Was soll ich dazu sagen? »Wir kaufen doch zum großen Teil Biolebensmittel. Die Bioeier, die sind doch von glücklichen Hühnern.«

»Vergiss es, Mama. Glückliche Hühner müssen ihre Eier nicht hergeben. Und auf den meisten Biohöfen ist auch nicht alles koscher. Ich meine, glaubst du, dass die vielen Bioeier, die zum Beispiel in den Discountern verkauft werden, alle von glücklichen Hühnern stammen? Nee, echt jetzt? Das glaubst du nicht wirklich!«

»Ganz sicher gibt es da auch eine Menge schwarzer Schafe.«

Bei dem Wort *Schaf* fällt mir sofort auf, dass Alina in ihrer Aufzählung den Käse vergessen hat. In den letzten beiden Jahren hat das Kind zum großen Teil von Käse gelebt, auch von Schafskäse. Meine Tochter hat ja sicherlich gar nicht so unrecht, mit dem, was sie gesagt hat. Aber deshalb gleich auf alles zu verzichten?

»Aber Käse isst du noch?«, frage ich nach.

»Ma-ma!« Alina spricht mit mir, als sei ich schwer von Kapee. »Natürlich nicht! Keine Milch, keinen Käse, keine

Eier, keine Sahne, keinen Joghurt, keine Butter, keinen Honig.«

»Was bleibt denn da noch?«

»Brot. Salat. Gemüse.«

»Und was schmierst du dir aufs Brot?«

»Marmelade.«

»Morgens, mittags und abends Marmelade, ich wage zu bezweifeln, dass das gesund ist.«

»Mama, der Film war derart grausam, ich …« Alina schnieft, wirft sie ihr Besteck zur Seite und rennt in ihr Zimmer.

Ich warte drei Minuten, dann gehe ihr hinterher und klopfe sachte an die Tür.

»Alina, mein Schatz, darf ich reinkommen?«

Meine Tochter hat ganz verweinte Augen. Ich nehme sie in die Arme und streiche behutsam über ihre samtweichen hennaroten Haare.

Ich sehe die Spätnachrichten, als Lucas nach Hause kommt. Er verschwindet in der Küche und sitzt wenige Minuten später mit einer dick mit Leberwurst beschmierten Stulle vor mir. Ich berichte ihm von den neuen Anwandlungen seiner Schwester.

Schmatzend sagt er: »Frauen und Hormone«, und schüttelt den Kopf.

»Lucas, dein Telefonat mit dieser Maren …«

»Du Mama, sorry, ich bin hundemüde, ich verschwinde mal. Gute Nacht!«

Und weg ist er. Ich nehme noch einmal mein Mobiltelefon zur Hand. Eine Nachricht von Cem. Er flirtet, was das Zeug hält und freut sich auf unseren Opernbesuch. Nach seiner SMS hatte ich ihm sogleich die Nachricht zukommen lassen, dass mir Samstag als Termin hervorragend passe und ich mich sehr auf unseren gemeinsamen Besuch im Nationaltheater Mannheim freue, auch wenn er leider ohne seine Oma stattfinden wird.

Mein Sohn verbreitet, entgegen seinen sonstigen Gepflogenheiten, auch am nächsten Morgen wieder schlechte Laune. Essen will er nichts. Stattdessen schimpft er auf die Schule und alle Lehrer.

»Diese verfickte Schule nervt voll krass mit diesen Hirnpimpern.«

Ich enthalte mich einer Nachfrage und nehme an, dass mit *Hirnpimper* wohl seine Lehrer gemeint sind. Ich glaube, dass seine schlechte Stimmung mit dieser Maren zusammenhängt. Irgendetwas ist zwischen ihm, Hülya und Maren vorgefallen. Ich werde ihn einfach in Frieden lassen, er wird schon mit der Sprache rausrücken, wenn er nicht mehr anders kann.

Bei meiner Tochter fallen die ersten beiden Schulstunden aus. Sie nutzt die Zeit, um mich aufzuklären. Ich muss mir diesen Film, der in den USA mit versteckter Kamera gedreht wurde, auf ihrem Computer ansehen. Der zeigt tatsächlich unvorstellbare Grausamkeiten an Tieren. Es wird gezeigt, wie den Ferkeln ihre Hoden ohne Betäubung herausgerissen werden und Tausende von Küken bei lebendigem Leib geschreddert werden. Auf den Tieren wird herumgetrampelt, sie werden an der Wand totgeschlagen. Manche Menschen scheinen ihre Aggressionen direkt und unverblümt an den Tieren auszulassen. Nach Aussage der Filmemacher sei dies ein ganz normaler Umgang mit Nutztieren. Nun, wahrscheinlich entspricht das alles den Tatsachen. Alina zuzelt an ihrem Lippenpiercing und weint schon wieder.

»Mein Schatz, sollen wir den Film ausmachen?«

»Nein, wenn man Milch trinkt, Fleisch, Käse und Eier isst, dann muss man sich das auch ansehen.«

Damit meint sie wohl mich. Meine Tochter isst das ja alles nicht mehr. Also sehe ich mir diesen fünfzehnminütigen Film bis zum bitteren Ende an.

Ich nehme meine Tochter in den Arm, streiche wieder sanft über ihre hennaroten Haare. »Das ist wirklich alles sehr, sehr grausam. Aber sicherlich wird nicht überall und immer so unmenschlich mit den Tieren umgegangen.«

»Doch, immer, das ist ganz normal«, beharrt meine Tochter trotzig.

»Alina, aber ich weiß nicht, ich könnte trotzdem nicht auf alles verzichten. Wir sollten noch mehr Biolebensmittel kaufen, welche, wo wir den Hof kennen und sie anständig mit den Tieren umgehen.«

»Mama, ich habe mich entschieden. Ich werde vegan leben. Nie wieder möchte ich die Schuld auf mich laden, an dieser grausamen Tier-Ausbeutungs-Maschinerie beteiligt zu sein.«

Ich dachte, dass ich meine Tochter vielleicht noch umstimmen könnte. Aber jetzt bemerke ich, da wird nichts draus. Sobald sich Alina erst einmal eine festgefasste Meinung zu einem Thema gebildet hat, bringt sie so schnell keiner davon ab. So war das auch damals, als sie nach Hause kam und verkündete, dass sie jetzt Vegetarierin sei. Zu Beginn aß sie monatelang eisern weder Fleisch noch Wurst, erst allmählich gestand sie sich in seltenen Fällen bei einem Hähnchen- oder Putenschnitzel eine Ausnahme zu.

»Und was soll ich jetzt für dich einkaufen?«

»Ich weiß ja auch nicht so recht. Halt Sojamilch, Margarine und so.«

Mir kommt eine Idee: »Wie wäre es denn, wenn wir beide heute Abend zusammen im Naturkostladen einkaufen?«

»Das geht in Ordnung.«

Sie packt ihre Schultasche und macht sich auf den Weg. Ich sitze noch einige Minuten in Gedanken versunken, bevor ich mir meinen Rucksack über die Schulter werfe und mich in den Schoko-Traum begebe.

Mit Steffi und Biggi bin ich mittags bei unserem Lieblingsitaliener verabredet. Giovanni empfiehlt uns das Tagesessen: »Zur Vorspeise eine Minestrone, gefolgt von einem kleinen, gemischten Salat und als Hauptspeise eine Lasagne.«

Ja, das nehmen wir. Alle drei.

Ich berichte von dem gestrigen Abendessen mit meiner Tochter und von dem grausamen Film, den wir uns zusammen am Morgen angesehen haben.

»Stellt euch vor, die schreddern oder vergasen allein in Deutschland vierzig Millionen männliche Küken pro Jahr bei lebendigem Leib, weil sie für die Produktion nutzlos sind.«

Steffi hält mit dem Löffeln in ihrer Minestrone inne. »Möglicherweise sollte man dieses Verfahren auch mal bei männlichem Nachwuchs anwenden.«

»Gar keine so schlechte Idee«, pflichtet ihr Biggi bei.

Meine beiden Freundinnen sind heute mal wieder etwas extrem in ihren Ansichten. Ich wette, Stefanie hat Stress mit ihrem jungen Lover Jonas, aber dann muss sie ja nicht gleich den gesamten männlichen Nachwuchs bei lebendigem Leib bestialisch ermorden. Immer dieses ständige Generalisieren.

»Ich weiß, ich weiß, das war dir wieder zu radikal«, sagt Steffi jetzt spitz.

»Nur wenn du mit Jonas Stress hast, muss ja nicht die gesamte männliche Nachkommenschaft dran glauben.«

»So ein Blödsinn. Ich hab keinen Stress mit Jonas. Alles im grünen Bereich. Alles super.«

»Sonst ist mit Lucas und Alina hoffentlich alles in Ordnung«, will Birgit wissen.

»Seit meine Tochter zum Veganismus konvertiert ist, trägt sie immerhin rote Haare und hat ihre Grufti-Schminke abgelegt. Das Kind sieht Jahre jünger und viel gesünder aus. Seitdem kann ich mir den morgendlichen Impuls, einen Notarzt zu rufen, verkneifen. Meine Alina ist das blühende Leben.« Danach berichte ich davon, dass Lucas ein Mädchen am Telefon als Schlampe und Scheißbitch tituliert hat, und dass er nur noch schlechte Laune verbreite, weil diese Maren daran schuld sei, dass Hülya die Beziehung mit ihm beendet habe. »Genaueres weiß ich nicht. Der muss immer erst einige Zeit mit seinen Problemen schwanger gehen, bevor er damit rausrückt.«

»Mensch, wenn ich deine Horrorberichte immer höre, bin ich gerne kinderlos.« Steffi nun wieder.

»Na ja«, rudere ich zurück, »so schlimm ist es mit meinen Kindern auch nicht. Ich werde ja auch mit vielen schönen Momenten belohnt.«

Biggi sieht das auch so, schließlich steht sie wieder in Verbindung zu ihrer Tochter und ist froh, dass sie Kontakt zu ihrer Enkelin hat.

Als ich meinen Freundinnen von der Absicht berichte, dass ich mit unserem Hausmeister gemeinsam diese Bar noch einmal wegen Maier aufsuchen werde, läuft Biggis Gesicht unvermittelt rot an.

»Kannst du mir sagen, wieso du unbedingt diesen Vergewaltiger reinwaschen musst? Das kapier ich nicht. Es reicht doch schon, dass er freigesprochen wurde.«

Wir bekommen uns in die Wolle und ein Wort gibt das andere. Bislang habe ich mich noch nie mit meiner Freundin Birgit gestritten. Ich verstehe das nicht.

Alina und ich machen uns später auf zum Naturkostladen. Sie belädt den Einkaufswagen mit Unmengen veganer Brotaufstriche. Die jeweiligen Zutaten liest sie immer ganz genau durch. Sie will sichergehen, dass sich da auch ja kein tierischer Grundstoff hineingeschmuggelt hat. Ich hege die Befürchtung, das gemeinsame Essen wird demnächst heiter werden! Die ganze Tragweite der Entscheidung meiner Tochter beginne ich erst allmählich zu begreifen.

6

Jana und Alina stehen am Samstagmittag in der Küche am Herd und kochen.

»Hallo Jana«, sage ich etwas überrascht. Seit meine Tochter mit Fynn zusammen ist, habe ich Jana nicht mehr gesehen. Irgendwann hatte ich Alina auf diesen Umstand hin angesprochen, da erläuterte sie mir, Jana *disse* sie wegen ihres Outfits, in Wirklichkeit stehe Jana auch auf Fynn und alles sei reine Eifersucht.

»Ihr wart doch lange gute Freundinnen und jetzt mobbt sie dich?«, hatte ich ungläubig angemerkt. Nun, wie es aussieht, ist Jana auch mit dem Vegan-Virus infiziert, daher scheinen die Querelen zwischen den beiden Mädchen vorbei und vergessen.

»Dauert noch zehn Minuten, Mama«, verkündet meine neu geborene Tochter. Ich bin immer noch irritiert, wenn ich das Kind mit den hennaroten Haaren und den rosigen Wangen sehe. Inzwischen hat sie sich sogar ihres Nasenrings entledigt.

Es riecht lecker. Ich wage einen Blick in die Kochtöpfe. Die beiden klären mich auf, dass heute vegane Bratlinge und gemischtes Gemüse auf der Speisekarte stehen.

Wir sitzen zu dritt am Tisch und ich muss gestehen, es schmeckt köstlich. Die Bratlinge sehen aus wie Shrimps, schmecken allerdings völlig anders, jedoch lecker. Ich kann gar nicht mehr damit aufhören, die beiden Mädchen zu loben.

Wir trinken Kaffee, als es klingelt. Alina springt gleich auf, sie hätte eine Internetbestellung getätigt, das sei bestimmt der Paketbote.

Wenigstens ist der Kaffee noch erlaubt, auch bei veganer Ernährung. Meine Tochter trinkt ihn jetzt allerdings mit Sojamilch.

Es ist mitnichten der Paketdienst, sondern unser Hausmeister. Er möchte mich sprechen. Unter vier Augen. Ich gehe mit ihm in mein Zimmer. Dort setzt er sich in meinen Sessel, ich nehme einen Hocker aus der Ecke des Zimmers und setze mich ihm gegenüber.

»Hier wohnen Sie also.«

»Darf ich Ihnen etwas zu trinken anbieten, Herr Grantler?«

»Nein danke, ich weiß ja, Sie müssen gleich wieder in Ihren Laden.«

Stimmt, wenn ich pünktlich öffnen möchte, müsste ich schon unterwegs sein.

»Ja, ähm, ich habe mit meinem früheren Klassenkameraden gesprochen, diesem Unterweltkönig. Er hat gesagt, wir beide sollen einfach mal vorbeikommen. Er ist immer nur am Samstagabend im *Bella Susi*, also ginge es heute oder nächste Woche.«

Nächsten Samstag habe ich hoffentlich einen anderen Termin, nämlich mit Cem. »Von mir aus könnten wir da heute hingehen«, sage ich daher. »Wie sieht es denn bei Ihnen aus?«

»Wissen Sie, mein Kalender strotzt nicht gerade vor Terminen. Also, ich wäre heute frei.« Grantler verzieht seinen Mund zu einer Art Lächeln. Das ist das erste Mal, dass ich diesen Mann lächeln sehe.

Wir verabreden uns für einundzwanzig Uhr.

Meiner Tochter teile ich mit, dass ich mich für heute Abend mit Grantler zu einem Barbesuch verabredet habe.

»Nee Mama, das glaub ich jetzt nicht. *Du* hast ein Date mit Blockwart Grantler? Sag, dass das nicht wahr ist!«

»Also ein Date würde ich das nicht nennen. Wir wollen uns nur mal den Barkeeper vornehmen.«

»Das hat doch bestimmt mit diesem Maier zu tun.« Meine kluge Tochter, sie lacht. »Ich sehe euch zwei schon vor mir, Grantler nimmt den Barkeeper in den Schwitzkasten und du drohst dem, wenn er nicht sofort mit der Wahrheit rausrückt, gibt's Rührei.«

Jetzt weiß ich immerhin, wie sich meine Tochter eine gemeinsame Verabredung von Grantler und mir vorstellt.

Im Schoko-Traum bin ich allein. Max hat heute und nächste Woche Urlaub, er will mit Vanessa die restliche Wohnung einrichten. Ich finde, die beiden machen ein bisschen viel Wind um Möbel und Einrichten. Bei uns geht so etwas immer schneller. Hin zu Ikea, rein ins Auto, zusammengebaut, aufgestellt und gut. Aber sicherlich wollen die beiden einfach ein wenig Zeit miteinander verbringen. Allerdings bemerke ich erst jetzt wieder, wie sehr mir Max im Laden fehlt. Ich bediene und stehe nur an der Kasse. Ich komme nicht dazu, nebenher Pralinen-Spezialitäten zu fertigen. Das muss ich in der nächsten Woche während meiner Mittagspause oder am Abend erledigen. Morgen am Sonntag werde ich den ganzen Tag Pralinen herstellend in der Chocolaterie verbringen, sonst schaffe ich es nicht, mich ausreichend auf das Weihnachtsgeschäft vorzubereiten. Auch sonst fehlt mir Max. Normalerweise würde ich den Besuch im *Bella Susi* intensiv mit ihm vorbesprechen. Dieser Junge ist immer für ein gutes Gespräch zu haben. Und nicht nur ich, sondern auch die Kunden vermissen ihn.

Am Abend stolpere ich in der Küche über Lucas, aber er verschwindet sofort in sein Zimmer, als er mich kommen sieht. Ich glaube, der hat regelrecht Panik, dass ich ihn noch einmal auf das Telefonat mit dieser Maren anspreche. Männer!

Später kommt er in die Küche, um sich eine Cola zu holen.

Er setzt sich kurz an den Tisch, sieht auf seine Armbanduhr und sagt: »Oh Mann, ich muss noch wiksen.«

»WIE BITTE?«, frage ich etwas entsetzt.

»Ich muss noch wiksen, für die Schule.«

Erstaunt sehe ich meinen Sohn an: »Du musst für die Schule *wichsen*?«

»Mama, ich glaube, du verstehst da etwas diametral falsch. Ich muss noch was aus Wikipedia abkupfern und mit meinen eigenen Worten beschreiben, das nennt man wiksen, mit k.«

»Aha!« Na, da bin ich aber beruhigt.

»Ein Referat über den Ersten Weltkrieg«, fügt er erklärend hinzu, bevor er in seinem Zimmer verschwindet. Manchmal komme ich mir schon ganz schön alt vor. Haben wir in diesem Alter auch mit so vielen Begriffen um uns geworfen, die unsere Eltern nicht verstehen konnten? Wahrscheinlich schon.

Ich will mich umziehen, weiß aber nicht, was ich für diese Bar anziehen soll. Auf keinen Fall ein ausgeschnittenes Dekolleté, sonst halten mich die Gäste wieder für eine Professionelle. Aber wahrscheinlich ist es egal, wie ich mich kleide, die halten mich auf jeden Fall für eine Prostituierte, weil in dieser Bar keine anderen Frauen verkehren. Ich entscheide mich für eine schwarze Jeans und eine weiße Jeansjacke.

Grantlers Tür öffnet sich wie von Geisterhand, noch bevor ich überhaupt geklingelt habe. Hat der irgendwo im Hausflur eine Kamera installiert oder hat der durch den Türspion geschaut, weil er mein Kommen nicht abwarten konnte? Ein Blick auf meine Armbanduhr zeigt mir, dass ich just in time bin. Unser Hausmeister hat sich einen schwarzen dünnen Mantel übergeworfen. Ich wusste gar nicht, dass der so etwas besitzt. Aber ich wusste ja einiges nicht über unseren Blockwart Grantler, zum Beispiel, dass er mit einer Rotlichtgröße zur Schule gegangen ist.

Als wir losgehen, kommt uns die Nachbarin Lauer mit ihrem Mülleimer hinterher. »Wo geht's denn hin?«, will sie neugierig wissen.

Ist das schön, wenn man so aufmerksame Nachbarn im Haus hat!

»In eine Bar«, antwortet Grantler vielsagend.

»In eine BAR?«, wiederholt Frau Lauer entsetzt.

Ich sehe unseren Hausmeister an, der grinst sich eins.

»Also die Frau Lauer, die kann jetzt aber nicht ins Bett, bevor wir beide wieder zu Hause sind«, sage ich. »Außerdem kommt die jetzt aus dem Grübeln nicht mehr raus.«

Wir lachen.

Am Bismarckplatz steigen wir in die Straßenbahn Richtung Eppelheim. Nach wenigen Minuten verlassen wir sie wieder. Grantler hat mir alle möglichen Fragen über meine Chocolaterie gestellt. Er wirkt nervös. Sicherlich hat er diese Bar noch niemals gemeinsam mit einer Frau betreten. Höchstens mit einer Frau verlassen. Keine Ahnung. Zutrauen würde ich es ihm, warum sonst ist der so durch den Wind.

Wir betreten das *Bella Susi* und alle Blicke sind auf uns gerichtet.

Am Tresen setzen wir uns auf einen Barhocker und starren etwas unsicher in der Gegend herum. Der Barkeeper, der mir bei meinem letzten Besuch das Bestechungsgeld zurückgab, da er angeblich nichts wusste, taxiert uns. Noch bevor wir eine Bestellung aufgeben können, stolziert aus einer Seitentür ein gut gekleideter Mann im dunkelblauen Anzug mit Krawatte, der sehr viel jünger aussieht als sein Schulfreund. Er geht direkt auf uns zu, dabei nickt er in Grantlers Richtung und gibt zuerst mir die Hand.

Wir stellen uns gegenseitig vor, dann erst begrüßt er seinen Schulkameraden: »Tach Kall, wie geht's de'rn so? Alles klar? Kummt erschd emol in moi Bürro.«

Büro ist gut. In einem riesigen Raum steht in einer Ecke eine rote ausladende Ledergarnitur. Grantler setzt sich auf das Sofa, ich lasse mich neben ihm nieder. *De Schorschel*, Herr Siebert, der überhaupt nicht klein wirkt, setzt sich auf einen Sessel uns gegenüber. Dieser Rotlichtkönig sieht völlig anders aus, als ich ihn mir vorgestellt hatte. Ich hatte einen Zuhältertypen erwartet, Goldkettchen, *Prolex* und so weiter. Wahrscheinlich kostet die Uhr an seinem Handgelenk ein Vermögen, aber sonst könnte der auch in einer Sparkasse arbeiten, so einen seriösen Eindruck macht er.

»Also, wie konn isch eisch helfe?«

Ich erkläre kurz, dass ich mich dafür interessiere, wann und mit wem Herr Maier die Bar besucht habe. Ich zeige ihm das Bild in der Zeitung.

»De Vergewaldischer!«, stellt Siebert fest.

Ich erkläre ihm etwas umständlich, dass ich davon ausgehe, dass der Mann in der Bar vielleicht ein Doppelgänger von Maier gewesen sein könnte.

Siebert will wissen: »Warum üwerlosse Se des net de Bolizei? Isch meen, die is doch defier do.«

Gute Frage! Eine leicht bekleidete Dame kommt mit gefüllten Sektgläsern herein.

»Isch därf eisch doch zu em Schambus oilade?«

Wir nicken nur.

»Ich zweifle daran, dass Maier der Täter ist«, beginne ich.

Herr Siebert sieht mich interessiert aber skeptisch an. Das kann ich ihm nicht verdenken.

Ich versuche, mich weiter zu erklären. »Gesetzt dem Fall, es existiert ein Doppelgänger Maiers und dieser hätte die Taten begangen, dann läuft der wirkliche Verbrecher da draußen immer noch frei herum. Und es ist nur eine Frage der Zeit, wann er zum nächsten Mal zuschlägt.«

»Frau Eppstein«, kommt mir jetzt Grantler zur Hilfe, »hat schon zwei Kriminalfälle aufgeklärt.«

Jetzt will Siebert meinen Beruf wissen.

Ich setze ihn davon in Kenntnis, dass ich eine Chocolaterie besitze.

»Weißt du«, erläutert Grantler, »Kriminalfälle sind quasi das Hobby meiner Nachbarin.«

»Ei heere Se mol, Frau Ebstee, ich will uff kenn Fall, dass de werklische Täder do drauße frei herumlaafe dut. En Achebligg, isch red nur mol korz mi´m Personal.«

Wir nippen am Schampus. Schmeckt nach Champagner. Auch Grantler leckt sich die Lippen.

Es dauert keine zwei Minuten, bis Siebert mit dem Barkeeper im Büro steht.

Im Gegensatz zum ersten Besuch kann der sich heute sehr wohl an Maier erinnern. Er sei im letzten Frühjahr zweimal an unterschiedlichen Tagen in der Bar gewesen. Zwischen den Besuchen hätte etwa ein Monat gelegen. »Jedes Mal besuchte er die Bar mit fünf oder sechs anderen Männern. Weder Maier noch die anderen Männer hatte ich zuvor schon einmal in der Bar gesehen.«

»Können Sie sich daran erinnern, ob sich ein Stammkunde oder jemand, der öfter in die Bar kommt, mit Maier oder einem der anderen Männer damals unterhalten hat?«, will ich wissen.

Er blickt zunächst zu Herrn Siebert, dieser nickt und gibt quasi die Information frei.

»Ja, es gab jedes Mal einen anderen Stammkunden, der längere Zeit mit Maier sprach.«

»Wer war das?« Der Barbesitzer scheint mit seinem Personal hochdeutsch zu sprechen.

»Das waren der Windisch und der Zahltag.«

Ich frage: »Befindet sich einer der Männer heute hier?«

»Nein«, sagt Siebert, »keiner der beiden ist heute hier.«

»Haben Sie irgendetwas von dem Gespräch zwischen den beiden Männern mitbekommen?«, will ich wissen. »Unfreiwillig natürlich«, setze ich nach.

»Nein, die saßen alle an einem der größeren Tische. Ich habe sie dort nur bedient und daher die Unterhaltung zwischen ihnen nicht gehört.«

»Was war das für ein Typ?«

»Dieser Maier?«

Ich nicke.

»Ein Angeber war das. Er hat die Männer um ihn herum mit schlechten Witzen unterhalten. Und beim ersten Mal, da hat der eine Runde für die geschmissen. Unangenehmer Mensch, wenn Sie mich fragen. Er hat ja wohl auch zwei Frauen vergewaltigt.«

»Haben Sie seinen Namen mitbekommen?«, insistiere ich weiter.

»Das war dieser Maier, der die Frauen vergewaltigt hat. Das wusste ich damals natürlich nicht. Seinen Namen hat er nicht gesagt.«

»Danke, vielen Dank!

Sein Chef nickt und der Barkeeper verschwindet wieder nach draußen.

»Isch hoff, des hott aisch gholfe.«

Wie auf Knopfdruck erscheint die Bedienung und fragt nach, ob sie uns die Gläser noch einmal vollschenken darf. Warum nicht, wenn wir schon mal hier sind.

Grantler unterhält sich mit seinem Klassenkameraden über alte Schulzeiten. Bevor wir gehen, bitte ich Herrn Siebert, ob er mich anrufen könne, wenn sich einer dieser beiden Männer wieder in der Bar aufhalte. Auf der Rückseite einer Visitenkarte des Schoko-Traums notiere ich meine Handy- und Festnetznummer.

Der Barbesitzer will wissen, ob ich nicht doch eine Privatdetektivin sei und dieser Schoko-Laden ausschließlich als Tarnung diene, so wie bei Wilsberg das Antiquariat.

»Nein, nein«, versichere ich ihm, »ich bin lediglich Inhaberin einer Chocolaterie.«

»Ich glaube«, sagt Grantler, »Unrecht kann die Frau Eppstein nicht ertragen, da wird sie fuchsteufelswild.«

Wir verabschieden uns.

Auf dem Nachhauseweg bedanke ich mich vielmals bei Grantler für seine Vermittlung. Vielleicht erfahre ich ja über einen der beiden Stammkunden etwas mehr über diesen Mann in der Bar, der unmöglich Maier gewesen sein konnte. Unser Hausmeister erzählt mir einige Schwänke aus seiner Kindheit, ich glaube, der ist ein bisschen beschwipst. Na gut, das bin ich auch, nur ein klein wenig. Aber der Schampus hatte Klasse.

Als ich an der Tür unserer Nachbarin Lauer vorbeigehe, tut es einen Schlag. Ich wette, die hat beim Schlüssellochschauen ihren Messingschirmständer umgeworfen.

7

Cems Mobiltelefon ist ausgeschaltet, als ich am nächsten Morgen versuche, ihn zu erreichen. Ich hatte gestern überlegt, ob ich mit ihm über Maier reden sollte. Bislang habe ich ihm gegenüber, diese Angelegenheit nicht thematisiert, schließlich musste ich ihm vor Kurzem hoch und heilig versprechen, dass ich mich in Zukunft in keine polizeilichen Ermittlungen mehr einmischen werde. Jetzt spreche ich ein paar Sätze auf seine Mobilbox, in denen ich Maier allerdings nicht erwähne.

Am Sonntagvormittag bringe ich zwei Stunden im Schoko-Traum damit zu, meine Pralinen-Spezialitäten für meine Weihnachtskalender zu fertigen. Ich habe den Verkauf verschiedener Kalender mit eigenen Spezialitäten geplant. Es gibt Kalender mit Alkohol-Pralinen und ohne Alkohol, außerdem gibt es Exemplare mit kleinen und welche mit großen Pralinen. Zusätzlich biete ich zwei verschiedene Sorten Weihnachtskalender für Kinder mit selbst gefertigten Schokoladenfigürchen an. Natürlich muss ich heute Morgen immer wieder aufpassen, dass ich nicht zu sehr vor mich hinträume. Cem geht mir einfach nicht aus dem Kopf, keine Minute. Birgit würde anhand der eindeutigen Anzeichen und den zeitweisen geistigen Ausfällen das Stadium meiner Verliebtheit als hochgradig behandlungsbedürftig analysieren. Und sicherlich läge sie damit nicht falsch.

Um kurz nach zehn rüttelt und klopft es vorne an der Tür, gleichzeitig läutet mein Handy. Da mein Mobiltelefon in Reichweite liegt, nehme ich es zur Hand. Cem!

»Hallo Tanja, was treibst du denn gerade?«

»Ich bin schon seit heute Morgen im Schoko-Traum und fertige Unmengen Pralinen fürs Weihnachtsgeschäft.«

»Was ist das denn für ein Krach bei dir?«

Es klopft wieder an die Tür. Wieso kann Cem das am anderen Ende der Leitung hören?

»Da ist jemand an der Tür. Ich nehme dich mal mit nach vorne.«

Jetzt stehe ich an der Tür und wen sehe ich? Cem mit seinem Smartphone am Ohr. Erfreut öffne ich die Tür.

»CEM!«, rufe ich begeistert, wir umarmen uns stürmisch, er gibt mir einen Kuss. Und was für einen! Ich möchte am liebsten nie wieder damit aufhören, ihn zu küssen. Da fällt mir meine Schokolade ein, die brodelt mit Cem um meine Aufmerksamkeit. Ich renne schnell in die Küche und höre, wie Cem die Tür von innen zuschließt.

»Komm, ich helf dir.« Mein Traummann setzt sich an den Tisch mir gegenüber und beginnt damit, die Marzipanpralinen mit dunkler Schokolade zu überziehen.

Ich himmle ihn an. »Schön, dass es doch noch geklappt hat.«

»Heute in der Früh habe ich mich weggestohlen. Leider habe ich nicht viel Zeit. Aber ich musste dich einfach sehen.«

»Wie lange kannst du bleiben?«, will ich wissen.

»Leider muss ich in«, Cem sieht auf seine Armbanduhr, »in zweieinhalb Stunden muss ich wieder los.«

»Schon so bald«, sage ich etwas enttäuscht. »Aber ich will ja nicht meckern. Schön, dass du da bist.«

»Du darfst niemandem verraten, dass ich hier bin. Wenn das meine Familie wüsste! Ich bin heute Morgen in Berlin losgefahren und muss heute Abend wieder zurück sein.«

»Da fühle ich mich geehrt.«

Zweieinhalb Stunden. Wir sollten auf der Stelle mit dem Fertigen der Pralinen aufhören und uns angenehmeren Dingen zuwenden. Die obligatorische Frage: Gehen wir zu dir oder mir, hat sich erübrigt. Bei mir zu Hause sind meine Kinder und außerdem Alinas Freundin Jana. Ich denke, vielleicht sind die gerade alle beim Frühstück. Da ist es sicherlich besser, wir …

Cem steht auf und umarmt mich von hinten. Ich drehe mich zu ihm um, wir küssen uns. Es ist herrlich! Ich liebe es, seine fordernde Zunge in meinem Mund zu spüren, sie bewegt sich dort wie eine gefährliche Schlange. Sofort ist meine Lust geweckt. Eigentlich könnten wir auch hier im Schoko-Traum ... Das wäre mal was Neues.

Cem setzt sich wieder mir gegenüber auf den Stuhl und hantiert mit der Schokolade herum. »Wir sollten uns besser den Pralinen zuwenden.«

»Von mir aus müssen wir unsere kurze, wertvolle Zeit nicht damit verplempern. Den Rest mache ich dann, wenn du weg bist. Lass uns lieber ...«

»Nein, komm, ich helfe dir bei deinen Pralinen. Du weißt doch, ich liebe es, mit Schokolade zu arbeiten. Das hat etwas Sinnliches, fast Sexuelles.«

Also ich weiß ja nicht. Echter Sex wäre mir lieber. Ich meine, jetzt ist mein Traummann endlich hier und dann will er Pralinen mit mir herstellen. Nee, oder?

»Das ist jetzt nicht dein Ernst?«

»Doch, das ist es. Bis jetzt ist immer etwas dazwischengekommen. Ich mag nicht, dass das heute so auf die Schnelle unser erstes Mal wird.«

Was faselt der da?

Keine Ahnung!, antworte ich meiner inneren Stimme.

»Verstehe ich das jetzt richtig, dass wir beide uns hier sittsam gegenübersitzen sollen und die wenige Zeit, die uns bleibt, mit Pralinenherstellung vergeuden?«

»Ja, genau, ich bin ein bisschen altmodisch. Aber beim ersten Mal mit dir, da möchte ich mir viel Zeit nehmen. Einfach nur ein Quickie, das wäre doch zu schade. Nächstes Wochenende, da haben wir ganz viel Zeit.«

Mist! Ich wäre schon mit einem Quickie zufrieden. Besser schneller Sex, als gar keiner.

Das hast du jetzt davon. Ein Mann mit Prinzipien.

»Wir haben doch noch über zwei Stunden, ich meine ... ein Quickie wäre das nicht.«

Cem lacht: »Komm Tanja, sag mir lieber, was ich als Nächstes machen soll. Darf ich für die Cappuccino-Trüffel die Füllung herstellen?«

Als ich jünger war, wollten die Männer mit mir nicht ausschließlich Trüffel-Füllungen rühren. Ob es am Alter liegt? Immerhin gehe ich stramm auf die vierzig zu. Da fährt der Mann von Berlin bis Heidelberg und muss bald wieder zurück und alles, was er mit mir machen will: Pralinen fertigen. Ich verstehe die Welt nicht mehr.

Immer wenn ich Cem ansehe, grinst er mich an, als wolle er sagen: Du bekommst schon noch, was du dir wünschst, aber nicht heute. Warum verdammt noch mal nicht heute? Der Mann macht mich wahnsinnig.

Wir arbeiten Hand in Hand. Dabei erzähle ich Cem die Neuigkeiten aus dem Hause Eppstein, wenn ich schon auf die schönen Dinge des Lebens verzichten muss. Ich überlege, ob ich ihm gegenüber Herrn Maier ansprechen soll, aber in Anbetracht der Kürze der Zeit, die uns beiden zur Verfügung steht, nehme ich davon Abstand.

Nach eineinhalb Stunden ziehen wir die Jacken an und schlendern zu meinem Lieblingsitaliener. Cem hat Hunger. Bestimmt hat er den schon die ganze Zeit, wenn er in der Früh losgefahren ist. Gleich nach seiner Ankunft habe ich ihn danach gefragt, er wollte jedoch nur einen Kaffee.

Giovanni, der Chef persönlich, kommt an unseren Tisch und nimmt die Bestellung auf. Cem hat sich für Ossobuco alla Milanese, eine Kalbshaxe Mailänder Art, entschieden. Ich nehme Agnello al Forno con Patate e Pomodori, eine Lammhaxe mit Kartoffeln und Tomaten. Giovanni empfiehlt Cem einen Dolcetto, einen weichen, fruchtigen Rotwein, und mir einen Merlot. Wir entscheiden uns stattdessen beide für Mineralwasser. Cem, weil er fahren muss und ich, weil ich noch arbeiten werde.

Ich frage meinen Begleiter, ob er mir nicht irgendwann Berlin zeigen möchte.

Für einen Augenblick entgleiten ihm die Gesichtszüge, als hätte ich eine Tabufrage gestellt oder etwas Unpassendes gesagt.

Schnell hat er sich wieder im Griff und lächelt. »Warum nicht? Zurzeit ist das allerdings ungünstig. Vielleicht in einigen Wochen, wenn wir unsere Ermittlungen vollkommen abgeschlossen haben.«

»Hm, das klingt nicht gerade so, als würdest du dich darauf freuen, mir Berlin zu zeigen.« Ich bin enttäuscht.

»Ach Tanja, ich würde liebend gerne mit dir Berlin unsicher machen. Wir sind nur gerade an einer ganz großen Sache dran und die hat äußerste Priorität. Eigentlich dürfte ich jetzt ja auch nicht hier sitzen. Du kannst dein Geschäft, jetzt in der Weihnachtszeit, doch auch nicht alleine lassen und eine Reise nach Berlin antreten.«

Warum denn nicht? Das könnte ich schon für ein Wochenende. Max würde sich glänzend um alles kümmern. Das sage ich jedoch nicht, stattdessen stimme ich Cem zu. »Ja, das wäre im Augenblick schlecht.«

Nach dem Essen kommt Cem noch kurz auf einen Abstecher mit in den Laden. Wir gehen nach hinten in die Küche. Dort küssen wir uns erneut. Wie auf Knopfdruck ist sie bei uns beiden wieder da, diese große Lust. Auch Cem fällt es sichtlich schwer, sich von mir loszureißen.

»Glaube mir, Tanja. Ich könnte mir jetzt in der Tat etwas viel, viel Schöneres vorstellen, als auf der Autobahn zurück nach Berlin zu fahren. Aber es ist unausweichlich. Leider.«

Ich begleite ihn noch zu seinem Auto, das er am Rande der Altstadt geparkt hat. Dort gebe ihm einen Abschiedskuss. Hilft ja nichts, der Mann muss nach Berlin. Ich stehe da und winke ihm mit offener Jacke. Inzwischen ist es wieder milder geworden. Fast könnte man meinen, der Frühling stehe bevor und nicht der Winter. Auf dem kurzen Weg zurück, denke ich daran, dass ich Cem im Schoko-Traum eine Packung Pralinen und einen Weihnachtskalender in die Hand gedrückt habe. Schade, eigentlich hatte ich vor, für ihn einen ganz speziellen Kalender anzufertigen. Ich wollte jede Praline in einem für ihn passenden Spruch verpacken. Aber er hat darauf bestanden, für alle Fälle, einen Kalender mitzunehmen. Ich sagte, wir sehen uns doch nächsten Samstag, schließlich steht an diesem Tag der gemeinsame Opernbesuch an. Ich beschließe, bis nächstes Wochenende einen speziellen Cem-Kalender zu kreieren.

In der Chocolaterie angekommen, fange ich unverzüglich damit an.

Bin ich froh, als Steffi und Biggi am nächsten Tag zur Mittagspause in den Laden kommen. Endlich kann ich meine Neuigkeiten von Cem und den Besuch in der Bar in allen Einzelheiten loswerden. Meine Freundinnen haben köstliches Lamm-Couscous mitgebracht. Das hatten wir nicht abgesprochen, umso mehr freue ich mich und decke schnell den hinteren Bistrotisch ein.

Wir sitzen an dem kleinen runden Tisch und schmatzen. Es schmeckt wieder herrlich.

Ich bemerke, dass Stefanie etwas auf dem Herzen hat.

»Steffi, komm, spuck's aus!«

»Es ist wegen Jonas. Ich habe ihn schon seit fünf Tagen nicht erreicht. Auf alle meine Nachrichten hat er nicht reagiert. Ich überlege, was ich tun soll.«

»Steffi, es gibt sicherlich einen Grund dafür und, wenn sich Jonas nicht bei dir meldet, fahre doch hin zu ihm.«

Biggi ist auch dieser Meinung.

»Das hatte ich mir schon überlegt, aber ich wollte erst mal bei euch beiden nachhören, ob das nicht zu aufdringlich ist, wenn ich da plötzlich aufkreuze.«

»Quatsch«, sage ich entschieden, »was soll daran aufdringlich sein? Wenn er sich nicht meldet, ist es doch dein gutes Recht, ihn zu besuchen.«

»Ich habe sogar einen Schlüssel von seiner Wohnung, er hat auch einen von meiner.«

»Na also, das heißt doch, dass du dort jederzeit willkommen bist«, stelle ich fest.

»Danke Tanja, ich mach mich heute Abend mal auf nach Ludwigshafen.«

»Wir beneiden dich ja immer ein bisschen um dein junges Glück, aber wir gönnen dir Jonas von Herzen.«

»Das ist lieb.«

Besonders um den grandiosen Sex mit Jonas beneiden wir unsere gemeinsame Freundin, auch wenn Biggi und ich das niemals so freiheraus zugeben würden.

Dann berichte ich den beiden vom gestrigen Überraschungsbesuch Cems. Natürlich verrate ich meinen Freundinnen, noch bevor sie die Kardinalfrage stellen können, dass wir sittsam Schokoladen-Spezialitäten gefertigt haben. Fast habe ich das Gefühl, die beiden nehmen mir das nicht ab. Na ja, klingt auch sehr unwahrscheinlich.

Als ich meine Freundinnen über den gemeinsamen Besuch mit Grantler im *Bella Susi* unterrichte, geht mich Biggi gleich wieder an, von wegen, ich wolle den Vergewaltiger Maier reinwaschen.

8

Einige Tage später stehe ich in der Küche und putze Salat, für Alina und ihren Freund Fynn backe ich zudem ein Tofuschnitzel, für Lucas und mich haue ich ein Steak in die Pfanne.
Auch für Fynn hatte ich ein großes Steak gekauft, dem lief schon das Wasser im Mund zusammen, als er es sah, aber nachdem sein Blick auf Alina fiel, sagte er: »Wenn es Ihnen nichts ausmacht, dann würde ich auch ein Tofuschnitzel essen.«
Den hat meine Tochter ganz schön unter der Knute. Immerhin sieht er aus wie immer, mit einer Unmenge Stecker im Gesicht, Nasenring und Kette. Alles noch da. Auch die Vampirschminke und die schwarzen Klamotten. Sieht allerdings komisch aus, wenn er jetzt neben meiner Tochter mit der bunten Kleidung und den rosigen Wangen sitzt. Gerade als ich das Essen auf den Tellern anrichte, läutet der Festnetzanschluss.

Alina geht ran: »Für dich, Mama«, ich sehe sie fragend an, »ist Steffi.«

»Gut, dass du zu Hause bist.«

»Steffi, was gibt es denn? Steffi? Hallo?«

Der Anruf kam von ihrem Mobiltelefon. Ich rufe sofort zurück.

»Hallo Steffi, wahrscheinlich hast du kein Netz. Du kannst ja noch einmal anrufen.«

Wir sitzen um den Holzküchentisch und essen. Tatsächlich, dem armen Fynn läuft das Wasser im Mund zusammen, als der das große Steak auf Lucas' Teller sieht, er starrt darauf, als könne er es sich mit den Augen einverleiben. Armer Kerl!

Alina hat einen neuen Film über die grausame Behandlung von Tieren im Internet gesehen und berichtet uns die einzelnen Sequenzen in allen Details. Sie macht uns vor, wie die kleinen männlichen Ferkel vor Schmerz quieken, wenn ihnen wenige Tage nach der Geburt ohne Betäubung die Hoden herausgerissen werden. Diese betäubungslose Kastration werde allein in Deutschland jährlich bei über zwanzig Millionen Ferkeln durchgeführt und sei völlig legal. Lucas will den Grund dafür wissen.

»Unkastrierte Schweine entwickeln einen Ebergeruch, das Fleisch schmeckt danach, und der wird hierdurch vermieden. Das Herausreißen der Hoden bereitet den kleinen Ferkeln einen unvorstellbaren Schmerz. Bei vielen entzündet sich auch die Wunde«, weiß meine Tochter zu berichten. »Das geschieht alles aus Gründen der Gewinnmaximierung. Das sind riesige Fabriken, da werden die Tiere alles andere als artgerecht gehalten, sie haben keinerlei Bewegungsfreiheit und sehen niemals das Sonnenlicht. In der Massentierhaltung werden die Tiere nicht wie Lebewesen behandelt, sondern nur noch als Ware und Kostenfaktor.« Alina hat ihr Besteck weggelegt. »Unter diesen Bedingungen ist es unverantwortlich, nicht vegan zu leben. Wir müssen ein Zeichen setzen«, schließt meine Tochter ihre flammende Rede.

Ich muss gestehen, dass ich inzwischen gerne mit Fynns Tofuschnitzel tauschen würde. Das ist wirklich eklig, was da in diesen Fleisch- und anderen Fabriken, die früher Bauernhöfe hießen, passiert.

»Ach Schwesterherz, dann darfst du auch keinen Salat und kein Obst essen. Letzte Woche war eine Sendung im Fernsehen, da haben sie gezeigt, dass Pflanzen zum Beispiel auf Musik und Ansprache reagieren. Ich meine, wenn dem so ist, haben die doch auch ein Recht zu leben. Es ist doch ebenso grausam, den Salat brutal zu köpfen.«

Alina sieht ihren Bruder betroffen an. »Stimmt, da ist was dran. Aber irgendetwas müssen wir ja essen. Vielleicht kann man später, irgendwann einmal, die Nahrung künstlich herstellen, sodass weder Tiere noch Pflanzen leiden müssen.«

»Nein danke, aber auch. Dann doch lieber ein Stück Fleisch.« Lucas kann es nicht fassen. »Das ist sicherlich immer noch gesünder, als dieser ganze künstliche Müll.«

Zum Nachtisch habe ich gedacht, mache ich die Lieblingsnachspeise meiner Tochter: Schokoladenfondue. Ich habe die Soße extra nicht mit Sahne, sondern mit Reismilch zubereitet. Jetzt will meine Tochter wissen, ob die Schokolade denn auch vegan sei. Da sei doch Vollmilchkuvertüre dabei und da sei logischerweise Milch drin. Ich versuche das Kind davon zu überzeugen, dass da nur ein klein wenig Milch enthalten ist. Das glaube ich jetzt nicht, aber meine Tochter weigert sich, auch nur ein einziges Stück Obst in die Schokoladensoße zu tauchen. Sie spießt das Obst auf und isst es pur. Und dass, obwohl Alina Schokoladenfondue über alles liebt. Ich beschließe, mich dringend nach veganer Kuvertüre zu erkundigen. So kann das nicht weitergehen. Fynn stört die Milch in der Kuvertüre weniger, er langt kräftig zu.

Wie damals bei seinem Antrittsbesuch kratzt er auch heute den Fonduetopf aus und lobt: »Oh, Frau Eppstein, Ihr Schokoladenfondue ist wieder voll der krasse Oberhammer.«

Mein Sohn greift weniger zu, er hat schon sein Steak nicht ganz aufgegessen, das kenne ich von ihm nicht. Dem ist diese Sache mit Maren nicht nur aufs Gemüt, sondern auch gehörig auf den Magen geschlagen.

Fynn hilft mir beim Abräumen und will in der Küche wissen, was mit dem restlichen Steak passiert, das ich vorgebraten habe. »Nicht, dass Sie das wegwerfen, das ist sicherlich nicht gut für die Umwelt.«

»Umweltpolitisch gesehen wäre das die reinste Schande«, sage ich, »besser du isst es auf.«

Das lässt sich Fynn nicht zweimal sagen. Mit bangem Blick zur Tür verspeist er das Steak in wenigen Sekunden. Tja Alina, man kann aus einem Vampir halt keinen Veganer machen. Hätte ich meiner Tochter gleich sagen können. Beim Einräumen des Geschirrs in die Spülmaschine läutet es. Plötzlich steht Steffi mit verheulten Augen in der Küche.

Ich nehme eine Flasche Wein und zwei Gläser und verziehe mich mit ihr in mein Zimmer.

»Jonas?«, frage ich nur.

Und schon flennt meine Freundin los. Ich nehme sie in die Arme und streiche sanft über ihre inzwischen wieder blonden Haare, früher hatte sie die himbeerrot gefärbt.

»Du hast ja auch gesagt, dass ich ihn besuchen soll. Ich habe die letzten Tage gedacht, ich warte noch ab. Heute nach der Arbeit habe ich all meinen Mut zusammengenommen und bin zu Jonas nach Ludwigshafen gefahren. Vorher war ich extra noch im Sexshop und habe uns ein neues Spielzeug gekauft. Zuerst bin ich im Tattoo-Studio vorbei, das war geschlossen. Ich lief zu ihm nach Hause, habe an seiner Wohnungstür geklingelt, aber es hat keiner aufgemacht. Vielleicht ist ihm doch etwas zugestoßen, dachte ich. Echt, ich war mir fast sicher, der hatte einen Schlaganfall, einen Herzinfarkt, oder ist aus seinem Hochbett gefallen und liegt querschnittgelähmt seit Tagen auf dem Laminat. Ich sah ihn dort liegen, ach, Tanja. Warum sind wir Frauen nur so blöd?«

Wir trinken beide unsere Gläser aus und ich fülle sie aufs Neue, dabei denke ich: Wenn ich mir nicht bald eine andere Problemlösungsstrategie überlege, werde ich noch zur Alkoholikerin.

Meine Freundin hat sich gestärkt und kann weiter berichten. »Dann habe ich die Wohnungstür aufgeschlossen. Da waren tierische Laute, es klang wie eine verletzte Katze. Ich schrie nach Jonas und lief durch die Wohnung. Ich dachte, der muss aus dem Hochbett gefallen sein. Und dann ...«

»Lass dir Zeit Steffi.«

Sie leert ihr Glas in einem Zug. Ich schenke abermals ein. Autofahren kann die heute nicht mehr. Ich werde ihr einen Schlafplatz auf unserer Couch im Wohnzimmer bereiten. Tja, ich kann mir denken, was jetzt kommt.

»Ich, reingestürzt ins Schlafzimmer und was glaubst du, was ich dort sehe?«

»Jonas lag mitnichten verletzt auf dem Boden, sondern mit einem jungen Ding in seinem Hochbett.«

»Das hätte mich geschockt, aber nicht total umgehauen. Der Anblick, der sich mir bot, glaub mir, den werde ich mein Leben lang nicht mehr vergessen.«

Jetzt hat mich meine Freundin in der Tat neugierig gemacht.

»Also, da hing eine Frau von der Decke runter und Jonas, vollständig in Latex mit einer Gesichtsmaske, schwang die Peitsche.«

»Die beiden spielten *Fifty Shades of Grey* nach?«

»Ja, stell dir vor. Mein Jonas macht einen auf Christian Grey. Ich wollte vor einiger Zeit nur mal etwas Harmloses aus dem Buch ausprobieren, da hat er gleich gesagt, das ginge ihm zu weit. Aber weißt du, was mich voll aus den Socken gehauen hat?«

»Nee, weiß ich nicht. Sag schon!«

»Die da von der Decke hing, die war über zwanzig Jahre älter als ich. Stell dir das mal vor. Die muss weit über dreißig Jahre älter als Jonas gewesen sein. Die hatte einen Arsch, das glaubst du nicht und Cellulitis hatte die. Ich meine, warum macht der das? Mit *der*?«

»Hmm.« Ehrlich gesagt, weiß ich nicht, ob ich das, was ich denke, sagen soll.

»Ich weiß, was du jetzt denkst. Der macht das mit der für Geld, oder? Callboy oder so?«

»Keine Ahnung Steffi, aber im Rahmen des Möglichen wäre das schon. Ich meine, wieso sollte er sonst mit dieser Frau anstatt mit dir Sex haben?«

»Der Gedanke kam mir auch zuerst, aber ...«

»Aber ...?«

»Weißt du, was er gesagt hat, als ich plötzlich im Schlafzimmer stand?«

Ich schüttle den Kopf.

»›Steffi, wie …‹ Wahrscheinlich wollte er fragen: ›Wie bist du denn hier hereingekommen?‹ Ihm ist in diesem Augenblick wohl eingefallen, dass ich einen Hausschlüssel seiner Wohnung besitze. Nach einer kurzen Pause, die nur einige Sekunden, aber gefühlt eine halbe Ewigkeit gedauert hat, sagte er: ›Tut mir leid, Steffi, aber du bist mir auf Dauer einfach zu jung. Ich stehe auf reifere Frauen.‹«

»Du bist ihm zu jung? Er steht auf reifere Frauen? Nee jetzt, oder?«

»Ach Tanja, was ist nur mit den Männern los?«

»Keine Ahnung. Übrigens, Olivers Worte, als ich ihn beim Blowjob in der Kanzlei mit der neuen Praktikantin erwischt hatte, waren: ›Wir wollten nur ein wichtiges Plädoyer durchsprechen.‹ Ich finde, da war Jonas doch ehrlicher.«

»Ich habe mich einfach rumgedreht, bin in die Küche und habe dort Jonas' Wohnungsschlüssel auf den Tisch gelegt. Mein Schlüssel hing am Küchenbrett, den habe ich mitgenommen. Im Auto habe ich erst mal bei dir angerufen. Ich musste das jetzt auf der Stelle loswerden.«

»Männer!«

Steffi und ich schimpfen noch eine Weile auf die Männer, erst im Besonderen und später im Allgemeinen, bevor ich etwas schwankend meiner betrunkenen Freundin ihr Nachtlager im Wohnzimmer herrichte.

9

Vormittags beehrt mich meine Stammkundin Frau Langguth-Staufer mit ihren Zwillingen.
Sie möchte zunächst eine Anti-Kummer-Schokolade. Die beiden Süßen grapschen gleich nach der Schokolade auf dem Tisch und packen jeder eine Tafel aus. Oh nein, ich hasse diese beiden kleinen Monster. Schon der erste Schluck Kakao scheint bei Frau Langguth-Staufer zu wirken wie ein starkes Beruhigungsmittel. Diese Frau ist die Ruhe selbst, im Gegensatz zu mir. Jetzt, nachdem die Schokolade ausgepackt und angeknabbert ist, wird die nächste vom Tisch gezogen. Ich gehe hin und nehme den beiden die Schokoladentafeln ab. Emma-Lena und Paul-Luka wollen sie aber nicht hergeben und fangen an zu schreien, als trachte ich ihnen nach dem Leben. Ich greife zu meinem Monstertrick und verspreche den lieben Kleinen Schoko-Lollis, aber erst, wenn sie den Laden verlassen. Jetzt wollen die Kinder sofort nach Hause, nicht so meine Stammkundin. Ich bringe für die Kids jeweils einen kleinen Becher heiße Schokolade. Damit lotse ich sie an den Bistrotisch, an dem ihre Mama sitzt. Ich hätte es mir denken können, Paul-Luka hat den Becher verschüttet, noch bevor er daran getrunken hat. Ich hole mal einen Lappen. Ich liebe Kinder. Aber diese beiden kleinen Quälgeister schaffen es jedes Mal, mich aus der Fassung zu bringen. Hoffentlich kommen sie bald in den Kindergarten. Ich weiß nicht, wie Frau Langguth-Staufer das aushält. Sicherlich mit ihrer stoischen Gelassenheit. Diese Verhaltensweise jedoch, scheint die beiden nur noch mehr anzustacheln. Ich packe zwei Pralinenpäckchen für meine Stammkundin. Beim Hinausgehen drücke ich den beiden Wilden ihre versprochenen Schoko-Lollis in die Hand.

Alina kommt nach Hause und ich bereite Mittagessen für uns alle zu. Für Lucas und mich haue ich ein Fischfilet in die Pfanne, meiner Tochter brate ich ein Getreideschnitzel zum gemischten Gemüse.

Wenn ich mir meine Tochter genau ansehe, hat das Kind schon einiges abgenommen, seit sie vegan lebt. Sie isst ja auch keine Schokolade mehr. Ich denke immer noch, das gibt sich wieder und sie wird schon ab und zu mal eine Ausnahme machen.

»Den Vampir habe ich gestern Mittag übrigens beim Türken getroffen. Der hat einen riesigen Döner verspeist«, eröffnet Lucas seiner Schwester.

»Na und, ich esse ja auch öfter einen Vegi-Döner«, versucht Alina, ihren Freund zu verteidigen.

»Mein Schwesterchen, das war kein Vegi-Döner. Ich habe gehört, wie Fynn einen Döner mit extra viel Fleisch bestellt hat.«

»Na und, der war bestimmt für jemand anderes.«

»Von wegen, der hat sich dort hingesetzt und den Döner in Nullkommanix gefuttert, als hätte er seit Tagen nichts zu essen bekommen.«

»Ach, du lügst doch!« Alina steht auf und fixiert ihren sitzenden Bruder mit einem vernichtenden Blick.

»Ich lüge?« Lucas wird sauer. »Dann frag ihn doch, deinen Fynn. Man kann halt aus einem Vampir keinen Graspflücker machen.«

Alina verschwindet in ihr Zimmer und wirft die Tür hinter sich ins Schloss.

»Also eigentlich ist das mein Spruch«, sage ich zu meinem Sohn. »Und außerdem, musste das jetzt sein? Musstest du den armen Fynn so anschwärzen?«

»Mensch, der steht doch voll unter Alinas Fuchtel. Ich meine, warum isst er nicht einfach Fleisch, wenn es ihm schmeckt?«

»Vielleicht hat er Angst, dass er sonst Alina verlieren könnte. Sie ist ja schon manchmal recht extrem in ihren Ansichten.«

»Okay, wenn ich Fynn das nächste Mal in der Dönerbude sehe, halte ich meine Klappe.«

Am Nachmittag läutet mein Mobiltelefon. Es ist Cem.

»Hallo Tanja, es klappt doch mit unserem Opernbesuch? Leider kann ich erst morgen im Laufe des Vormittags nach Hause kommen. Aber abends hole ich dich auf jeden Fall ab.«

»Wenn du erst morgen nach Hause kommst«, sage ich, »können wir uns doch abends irgendwo in Mannheim treffen, vielleicht vor dem Nationaltheater. Du musst deshalb nicht extra nach Heidelberg fahren. Ich bin doch groß; ich nehme die Bahn.«

»Macht dir das wirklich nichts aus?«

»Nein, ehrlich nicht. Danach musst du mich aber nach Hause fahren.«

»Ich dachte, du würdest bei mir übernachten.«

Tja, warum nicht? »Gut, das geht auch. Dann werde ich meinen Kindern heute Abend mitteilen, dass ihre Mutter morgen nicht nach Hause kommen wird. Ich hoffe, sie geben mir frei.«

»Tanja, in dem Alter sind die doch froh, wenn sie sturmfreie Bude haben.«

»Erzeugerfreie Zone heißt das heute.«

Cem lacht laut und herzlich. Oh, wie sehr ich dieses Lachen liebe.

»Wir können uns ja um neunzehn Uhr vor dem Nationaltheater treffen. Ist dir das recht?«, schlage ich vor.

»Ja, Tanja, gerne. Ich freu mich schon so auf das Wochenende, du kannst dir nicht vorstellen wie.«

»Ich freue mich auch ... sehr.«

Wir flirten noch ein wenig und danach beendet Cem das Gespräch.

Ich kann es nicht erwarten, endlich in Cems Arme zu fliegen. Er ist ein Traummann. Mein Traummann. Ich beschließe jedoch, ihm gegenüber nichts über meine Besuche im *Bella Susi* zu erwähnen, schließlich hat er mir das Versprechen abgenommen, mich in keinen Kriminalfall mehr einzumischen.

Der Laden füllt sich und ich schwebe durch meine Chocolaterie. Diese Vorfreude auf morgen ist herrlich.

Dieser Schwung ist auch am Abend noch nicht verflogen. Für das Wochenende backe ich eine Käsesahnetorte. Als meine Tochter nach Hause kommt, verteile ich die Quark-Sahnefüllung auf dem Biskuitboden. Alinas Augen leuchten und sie greift nach der Schüssel, um sie auszuschlecken. Doch plötzlich verschwindet das Lächeln auf ihrem Gesicht, als hätte jemand den Aus-Schalter gedrückt.

Sie gibt mir die Schüssel zurück: »Hier Mama, das kann ich nicht essen, da ist Sahne, Quark, Butter und Gelatine drin.«

»Alina, ich habe ja nichts dagegen, wenn du dich jetzt überwiegend vegan ernährst, aber Kind, du wirst doch wenigstens ab und zu mal eine Ausnahme machen, zum Beispiel bei deinem Lieblingskuchen.«

»Nein Mama, da gibt es null Toleranz. Wenn schon vegan, dann richtig.«

»Schatz, willst du dir das nicht noch einmal überlegen? Ich verspreche dir, den nächsten Kuchen backe ich vegan.«

»Ich warte auf den, Mama.«

Alina schmiert sich stattdessen ein Marmeladenbrot. Was soll ich nur mit diesem Kind machen? Vielleicht sollte ich mir ein Kochbuch für die vegane Küche zulegen. So kann das auf keinen Fall weitergehen.

Beim Abendessen teile ich meinen beiden Kindern mit, dass sie morgen Abend und unter Umständen auch am Sonntag ohne mich auskommen müssen.

»Wird aber auch Zeit, dass sich dein Cem mal wieder länger blicken lässt, als nur zwei Stunden«, kommentiert Lucas meine Ankündigung.

Alina grinst mich frech an. »Kein Problem, Mama. Turtel du ruhig mit deinem Cem, geht schon in Ordnung.«

»Echt Mama, alles im grünen Bereich.«

Meine Tochter ist schon wieder dabei, die Inhaltsstoffe des Brotaufstrichs, den ich eingekauft habe, penibel zu untersuchen. Immerhin hält er ihrer Warentestprüfung stand, sie schmiert sich das Zeug, das hauptsächlich aus Linsen besteht, aufs Brot. Lucas isst nur ein einziges Leberwurstbrot. Normalerweise verdrückt mein Sohn, der sich in einer akuten Wachstumsphase befindet, mindestens ein halbes Brot alleine und auch eine halbe große Dose Pfälzer Leberwurst. Die Sache mit Maren scheint ihm immer noch im Magen zu liegen. Demnächst muss ich mein Einkaufsverhalten dringend noch stärker an die veränderten Essgewohnheiten der Kinder anpassen.

Irgendwie fühle ich mich am nächsten Tag ein bisschen, als wäre ich beschwipst. Dies jedoch scheint lediglich eine ausgewachsene Verliebtheit zu sein. Ich denke ununterbrochen an Cem und freue mich. Endlich sehe ich ihn heute wieder. Und nicht nur das, wir besuchen gemeinsam die Oper und dann, oh, dann werde ich in seinem Wasserbett übernachten. Ich habe schon ein kleines Köfferchen mit meinen heißesten Fummeln gepackt. Ständig erwische ich mich dabei, dass ich blöd in der Gegend herum grinse. Wenn das Steffi und Birgit sehen könnten, da müsste ich mir was anhören, von wegen Verliebtheit ist wie ein Grippevirus. Stimmt sicherlich auch. Wenn man verliebt ist, ist man bekanntlich nicht mehr hundertprozentig zurechnungsfähig.

Kurz vor zwölf bediene ich gerade eine Kundin, als mein Handy beginnt *Tage wie diese* von den *Toten Hosen* zu spielen. Cem! Mein Herz macht einen Sprung. Ich nehme ab und sage ihm, dass ich ihn in zwei Minuten zurückrufen werde. Bevor ich dazu komme, läutet es nochmals.

»Hallo Cem«, sage ich freudestrahlend.

»Hallo Tanja.« Cem scheint nicht besonders vergnügt zu sein, seine Stimme klingt bedrückt. »Tanja, ich habe leider eine sehr schlechte Nachricht.«

Oh nein. Nicht absagen! Bitte nicht absagen!

»Ich kann heute nicht weg. Es ist etwas dazwischengekommen. Nicht böse sein, wir holen den gemeinsamen Besuch nach. Vielleicht kannst du heute mit einer deiner Freundinnen die Oper besuchen. Ich habe dir die Infos für die Tickets, die du an der Kasse abholen kannst, zugemailt.«

»Mist! Ich habe mich so auf diesen Abend gefreut.« Und nicht nur auf die Oper!

»Tanja, ich verspreche dir, dass es noch eine Menge gemeinsamer Opernbesuche geben wird. Ich mach das wieder gut.«

»Ich bin trotzdem enttäuscht. Da kannst du mir versprechen, was du willst«, sage ich trotzig. Es ist ja nicht nur der entgangene Opernbesuch, weswegen ich heulen könnte.

»Tanja, wenn das in den nächsten Tagen klappt, werde ich demnächst erst einmal Urlaub nehmen und dann haben wir Zeit für uns. Wir holen alles nach. Ehrlich! Es tut mir so leid, dass ich dich enttäuscht habe.« Cem ist ganz geknickt.

»Mit dem Urlaub kannst du mich ein klein wenig versöhnen.«

»Vielleicht können wir irgendwann ein paar Tage zusammen wegfahren.«

»Wir werden sehen. Jetzt mach erst mal, dass du ein Wochenende zu Hause bist.«

»Nimm so lange Brunetti, bis ich da bin.«

»Ein Stofftier wird dich wohl kaum ersetzen können.«

Nach einigen weiteren Plänkeleien beendet Cem das Gespräch.

Er hat mir eine Mail geschickt, in der steht nur: Sorry, sorry, sorry! Ganz groß. Im Anhang: Ein Selfie, seinen Mund formt er zu einem Kuss.

Ich bin immer noch maßlos enttäuscht, aber süß ist das schon von ihm.

Cem ist in der Tat ein toller Mann, aber leider einer, der nie da ist, und auf den man sich in etwa so gut verlassen kann, wie auf meinen Ex. Womit einmal mehr die These bestätigt ist, dass sich Frauen immer wieder Männer mit den gleichen Verhaltensschemata aussuchen. Wenn es schon einmal nicht geklappt hat, muss ich unmittelbar beim nächsten Mann versuchen, die bekannten Schwierigkeiten in den Griff zu bekommen. Wäre doch gelacht, wenn ich das Problem als Frau nicht lösen könnte. Tja, so ist das mit der weiblichen Psyche, zumindest mit meiner. Ich überlege, ob ich Steffi oder Biggi anrufen soll, vielleicht geht eine der beiden mit mir in die Oper. Die Antwort von Stefanie kenne ich: Oper, och nee, zu langweilig. Ich könnte Biggi fragen. Aber ehrlich: Ich habe keine Lust auf die Oper. Was soll ich dort ohne Cem?

10

Um fünfzehn Uhr betritt Hauptkommissar Rauenberg mit Brunetti den Schoko-Traum. Für meine Lieblingsspürnase besorge ich den Wassernapf und Leckerli. Der Kommissar will eine Denk-Schok, der ist echt süchtig nach dem Zeug. In der Küche bereite ich den Kakao zu.

»Frau Eppstein, geht es Ihnen nicht gut, Sie sehen heute bedrückt aus?«, ruft er mir aus dem Laden zu.

Diesem Hauptkommissar kann man, wie es mir scheint, nichts vormachen.

»Alles in Ordnung«, versuche ich abzuwiegeln.

»Das glaube ich Ihnen nicht, ich sehe doch, dass etwas nicht stimmt.«

»Ist das ein Verhör?«, frage ich schärfer, als ich es vorhatte. Ich setze unsere beiden Tassen am Bistrotisch ab.

»Nein, verzeihen Sie mir. Ich kann halt nicht abschalten. Einmal Polizist, immer Polizist. Geht mich ja nichts an.«

Und dann sprudelt alles aus mir heraus: »Cem Yilmaz wollte mit mir heute Abend die Oper besuchen, die Karten sind reserviert und bezahlt, und heute Vormittag hat er abgesagt, weil etwas dazwischengekommen ist.«

»Was wird den gespielt und wo sollte es hingehen?«

»Wir wollten nach Mannheim ins Nationaltheater, in die Oper *Turandot*.«

»Die Premiere liegt schon einige Jahre zurück. Eine großartige Inszenierung. Diese Oper sollten Sie auf keinen Fall verpassen. Rufen Sie doch eine Ihrer Freundinnen an oder nehmen Sie eines Ihrer Kinder mit.«

»Ach, ich weiß nicht, eigentlich habe ich keine Lust mehr auf die Oper. Meine Freundinnen kann ich dazu sicherlich nicht überreden. Und meine Kinder bringen gerade keine zehn Pferde in eine Oper.« Ich seufze.

»Ich kann Ihnen nur raten: Gehen Sie hin. Diese Oper wird Ihre Stimmung erheblich verbessern.«

»Das klingt fast, als wären Sie ein Opernkenner.«

»Ja, vielleicht ein ganz kleiner. Immerhin hatte ich das Glück der Premiere beiwohnen zu dürfen.«

Dieser Hauptkommissar ist aber auch zu bescheiden. So wie der redet, hat der den vollen Durchblick.

»Würden Sie vielleicht mit mir gemeinsam diese Oper besuchen?«

Habe ich das jetzt tatsächlich gefragt?

Machst du jetzt auch noch den Kommissar an? Vergiss nicht, du bist in diesen Cem verliebt.

Danke, dass du mich daran erinnerst, sage ich zu meiner inneren Stimme.

»Ich? Mit Ihnen? Ist das eine Einladung?«

»Ja, sonst lasse ich die Karten verfallen.«

»Na, wenn das so ist«, der Kommissar schmunzelt, »das sollte auf keinen Fall passieren, das wäre doch zu schade. Da sollten wir besser gemeinsam die Oper aufsuchen. Wann soll ich Sie denn abholen und wo?«

»Am Bismarckplatz, auf der Seite, wo es zur Autobahn Richtung Mannheim geht?«

»Achtzehn Uhr?«

»Achtzehn Uhr«, bestätige ich.

»Tja, Brunetti, du wirst den Abend wohl allein verbringen müssen«, sagt er an seinen Hund gerichtet. »Bis später, Frau Eppstein, ich freue mich.«

»Bis später, Herr Hauptkommissar Rauenberg.«

»Nur, wenn Sie den Hauptkommissar weglassen.«

»In Ordnung, Herr Rauenberg.«

Und das findest du jetzt eine gute Idee, mit diesem Polizisten zur Oper zu gehen? Hinterher macht der sich noch irgendwelche Hoffnungen, die du mitnichten erfüllen willst.

Ach, das ist doch Quatsch, kontere ich meiner inneren Stimme. *Ich möchte Cem zeigen, dass er nicht der einzige Mann auf der Welt ist.*

Damit hat er garantiert nicht gerechnet, dass ich mit einem anderen Mann in die Oper gehe. Das kommt davon, wenn er mich derart oft alleine lässt. Ha! Das hat er verdient.

Vor einigen Tagen war ich mal wieder mit Steffi shoppen, während sich Biggi um das Geschäft kümmerte. Seit Cems Einladung lag ich meinen Freundinnen in den Ohren, dass ich nichts zum Anziehen für die Oper habe. Die beiden hörten sich die Wehklagen nicht allzu lange an. Steffi schlug gleich einen Einkaufsbummel vor. In ihrer Lieblingsboutique wurden wir mal wieder fündig. Ich kaufte mir ein schwarzes Etuikleid mit einem kurzen, filigranen Jäckchen in Schwarz. Dazu leistete ich mir ein paar schwarze Stiefeletten. Natürlich bekam Steffi wieder fast die Krise, als ich erwähnte, dass ich meinen kleinen schwarzen Lederrucksack dazu über die Schulter werfen werde. Davon konnte sie mich jedoch nicht abbringen. Ich bin der Meinung, der kleine Lederrucksack passt hervorragend zum neuen Outfit. Meine Anprobe in den eigenen vier Wänden bestätigte die Annahme. Ansonsten musste ich Steffi beipflichten, darin sehe ich verdammt sexy aus. Steffis Kommentar zu meinem Kleid: »Wenn du es mit diesem Fummel nicht schaffst, deinen Cem endlich in die Kiste zu bekommen, dann wird dir das niemals gelingen.« Als ob es mir nur daran gelegen wäre, endlich Sex mit Cem zu haben. Nun gut, ich gebe es zu, ja, ich hatte mich darauf gefreut. Heute also keinen Sex mit Cem, stattdessen werde ich mich mit Hauptkommissar Rauenberg in der Oper langweilen.

Überpünktlich komme ich am Bismarckplatz an und muss doch keine Sekunde warten, denn Rauenberg fährt unmittelbar vor. Er springt aus dem Wagen und öffnet mir die Tür. Ich steige ein und schon geht es los Richtung Autobahn. Allerdings habe ich mir in meinen neuen Schuhen eine ausgewachsene Blase am linken Fuß zugezogen.

Der Hauptkommissar trägt seinen schwarzen Mantel offen, darunter lugt ein nachtblauer Anzug mit blau melierter Krawatte hervor. Schick sieht er aus.

»Haben Sie Turandot schon einmal gesehen?«, will er wissen.

»Ja, ich glaube. Aber, das ist schon ewig her.«

»Aber den Inhalt kennen Sie noch?«

Ich schüttle den Kopf, da ich wissen will, ob er mir jetzt eine Kurzzusammenfassung liefert. Das ist gemein, denn ich habe gestern Abend noch einmal alles im Internet nachgelesen.

»Da die chinesische Prinzessin Turandot keinen zum Mann nehmen will, gibt sie allen Bewerbern Rätsel auf. Wer die Antworten nicht weiß, wird dem Henker übergeben. Dem Prinzen Calaf gelingt es, ihre Prüfung zu bestehen, er beantwortet alle drei Fragen richtig. Sie ist entsetzt, denn jetzt müsste sie ihr Versprechen einlösen und ihn zum Mann nehmen. Unerwartet unterbreitet er ihr ein Angebot: Er wird den Freitod wählen, wenn Turandot bis Sonnenaufgang seinen Namen herausfindet. Mehr verrate ich nicht, sonst wird's langweilig.«

»Ich weiß, die junge Sklavin opfert ihr Leben für Calaf. Turandot war Puccinis letzte Oper, es sollte ihm nicht vergönnt sein, sie zu beenden.« Und gleich trumpfe ich weiter mit meinem angelesenen Wissen auf. »Ursprünglich stammt die Geschichte der Turandot aus einer Erzählung aus *Tausendundein Tag*, der persischen Entsprechung zu den arabischen Märchen aus *Tausendundeine Nacht*.«

Der Kommissar nickt anerkennend, der soll nicht denken, dass ich überhaupt keine Ahnung habe.

»Die Pressestimmen haben sich mit Lobeshymnen über die heutige Inszenierung regelrecht überschlagen. Und bei der Premiere applaudierte das Auditorium zwölf Minuten lang frenetisch. Na ja, es ist ein Thriller über die brutale

Machtausübung einer Herrscherin, der Liebe und Mitgefühl unbekannt sind, die jedoch von der Liebe bezwungen wird. Die emotionale Kraft der Musik dieser Oper ist an überwältigender Intensität schwer zu überbieten. Kurz: Sie werden den Opernbesuch nicht bereuen.«

Na, da hat der Kommissar aber mächtig tiefgestapelt, von wegen ein klein wenig Ahnung. »Sie kennen sich gut mit Opern aus, wie es scheint.«

»Ja, ein bisschen«, bekomme ich zur Antwort. Dieser Mann ist die Bescheidenheit in Person.

Auch über die Sängerinnen und Sänger weiß er Einzelheiten zu berichten. Er kennt die anderen Opern, in denen sie mitgespielt haben, und erläutert ihre dortigen Rollen. Entweder ist er ein wahrer Kenner der Materie oder jemand, dem es verdammt leichtfällt, eine Menge Text auswendig zu lernen. Also ich hätte mir das unmöglich alles merken können.

»Wenigstens sehen Sie jetzt nicht mehr so traurig aus.«

Ich muss schmunzeln. Dieser Mann sieht hinter die Fassaden der Menschen, ist ja auch sein Job.

Nach fünfundzwanzig Minuten stellt Rauenberg den Wagen im Parkhaus unter Mannheims Wahrzeichen, dem Wasserturm, ab. Zuvor hat er noch kurz bei einer offenen Apotheke gehalten und ich habe mich mit Blasenpflaster eingedeckt. Jetzt kann ich sogar wieder gehen in meinen neuen Schuhen.

Am Verkaufsschalter des Nationaltheaters besorge ich unsere Eintrittskarten.

Da wir noch etwas Zeit haben, lädt mich der Kommissar zu etwas zu trinken ein. Ich bestelle einen Kaffee, nicht, dass ich in der Oper einschlafe.

Unsere Plätze sind mittig in der zweiten Reihe. Wahnsinn! Es wäre gewiss zu schade gewesen, diese Karten verfallen zu lassen. Ich muss an meine Freundinnen denken. Kurz bevor ich den Schoko-Traum verließ, haben sich beide telefonisch gemeldet, um mir einen wunderschönen

Abend mit Cem zu wünschen. Na, die haben gestaunt, als ich ihnen ankündigte, mit wem ich in die Oper besuchen werde.

Jetzt sitze ich neben einem hibbeligen Rauenberg. Ständig wippt er mit seinen Füßen. Warum ist der Mann nur so nervös? Ist das die Vorfreude auf die Oper oder ist die Ursache hierfür etwa meine Anwesenheit?

Der Vorhang öffnet sich. Wir sitzen so weit vorne, dass wir in den Orchestergraben sehen können. Ich bin begeistert. Ein bisschen komme ich mir vor, als wäre ich wieder ein Kind und zum ersten Mal im Theater.

Dann beginnt die Musik und sofort hat mich ein magischer Zauber erfasst. Ich schalte alles Denken aus und lasse mich berieseln. Oh, ist diese Musik schön. Das Bühnenbild allerdings finde ich zunächst etwas steril und gewöhnungsbedürftig.

Rauenberg schielt immer wieder zu mir rüber. Ich glaube, er möchte sehen, wie es mir gefällt. Mit meiner Reaktion müsste er vollauf zufrieden sein. Es ist herrlich. Ich habe das Gefühl, alles zu verstehen, auch wenn ich selten die Übertitel lese. Schließlich ist mir die Zusammenfassung des Stücks ausreichend bekannt. Ich bin völlig entrückt. Erst mit der Pause komme ich wieder zurück in diese Welt.

Während ich die Toilette aufsuche, besorgt Rauenberg zwei Gläser Sekt. Warum müssen Männer niemals zur Toilette? Auf jeden Fall müssen sie sehr viel seltener als wir weiblichen Wesen.

Wir stehen im Foyer, er reicht mir ein Glas Sekt.

»Dankeschön.«

»Ich muss mich bei Ihnen bedanken, für diesen wunderschönen Opernabend.«

»Na ja, bedanken Sie sich bei Cem, der hat mich schließlich versetzt.«

Wir lachen.

»Ein wahres Glück für mich.« Warmherzig lächelt mich der Kommissar an.

Wenn er nicht gerade böse Buben verfolgt oder mich beschimpft, weil ich mich in irgendwelche Kriminalfälle einmische, ist er eigentlich ganz nett.

Pass bloß auf! Nicht, dass du dich auch noch in Hauptkommissar Rauenberg verliebst, warnt mich meine innere Stimme.

Nur weil ich mit einem Mann die Oper besuche, verliebe ich mich doch nicht gleich in ihn.

Wir lassen die Oper Revue passieren und nippen unterdessen immer wieder am Sekt.

Schon bevor der Gong ertönt, begeben wir uns zurück auf unsere Plätze.

Die glockenhelle Stimme der Sopranistin, die den Part der jungen Sklavin Liu singt, hat echt Gänsehautcharakter. Und die Sterbeszene Lius ist ergreifend.

Im Schlussakt muss ich an Rauenbergs Worte denken: »Die emotionale Kraft der Musik dieser Oper ist an überwältigender Intensität schwer zu überbieten.« Das ist äußerst zutreffend, besonders, wenn sich im Schlussakt ein Teil des Chors auf Balkon und Rang verteilt, der Chor quasi das Publikum umringt. Dieser Gesang klingt intensiver als alles, was ich bislang in der Oper gehört habe. Wahnsinn!

Nachdem der Vorhang gefallen ist, klatschen wir beide uns die Hände wund.

»Darf ich Sie noch zu einer Kleinigkeit zu essen einladen?«, will Rauenberg wissen, als wir das Nationaltheater um kurz nach zweiundzwanzig Uhr verlassen.

»Gerne, aber nur eine Kleinigkeit. Kennen Sie ein Restaurant in der Nähe?«

Es weht ein eisiger Wind, weswegen ich keine Lust habe lange durch Mannheim zu gehen.

»Da weiß ich etwas. Ich glaube, das ist jetzt genau das Richtige.«

In einem Restaurant unweit des Wasserturms setzen wir uns an einen Fenstertisch, der gerade frei wird.

»Ist das ein chinesisches oder thailändisches Restaurant?«, will ich wissen. Die Einrichtung wirkt orientalisch, jedoch anders als beim Chinesen oder Thailänder.

»Weder noch«, erklärt Herr Rauenberg, »es gibt hier verschiedene asiatische Speisen, quasi von überall her das Beste, mit frischen Zutaten hergestellt.

Ich bestelle zunächst einen Jasmintee, Rauenberg auch. Aus der Karte ordert mein Begleiter Fingerfood für zwei Personen und zusätzlich zwei verschiedene Sorten Dim Sum.

Ich bin gespannt.

»Wie hat Ihnen die Oper gefallen, Frau Eppstein?«

Eine überflüssige Frage, derart begeistert, wie ich war, hat er das unmöglich nicht mitbekommen können.

»Es war wunderschön und so ergreifend. Ich kam nicht umhin, mir die Träne wegzuwischen, die sich selbstständig gemacht hat. Lius Sterbeszene ging mir ganz schön nah.«

Rauenberg lächelt. Der hatte in dieser Szene auch glänzende Augen, ich hab's gesehen. Der Mann wird mir immer sympathischer. Cem ist selbst schuld, wenn er keine Zeit für mich hat.

»Aber können Sie mir eine Frage beantworten: Wieso verliebt sich Calaf in diese bitterböse Prinzessin?«

»Auf diese Frage, Frau Eppstein, weiß ich leider keine Antwort. Verstehe einer die Männer! Vielleicht lässt es sich auch nicht immer bestimmen, wo die Liebe hinfällt.«

»Tja, das wird's wohl sein.«

Es dauert nicht lange und ein Bastkörbchen mit kleinen Bündeln Teig steht vor uns. Mir haben es besonders die mit Frischkäse gefüllten Dim Sum angetan. Herrlich! Natürlich muss ich sofort wieder an Alina denken, die würde das meiste hiervon verschmähen. Inzwischen hat uns auch das geordnete Fingerfood erreicht. Hähnchenspieße in Erdnussoße, die leckersten Frühlingsrollen, die ich jemals gegessen habe, frittierte Garnelen und eine Salatrolle, die ich in eine der drei deliziösen Soßen dippe. Ich schmatze vor Wonne. Diese Art modernes Restaurant hätte ich Rauenberg niemals zugetraut. In der letzten Zeit scheint es mehreren Menschen in meiner Umgebung zu gelingen, mich zu überraschen.

Schon komisch, wie einträchtig wir beide hier sitzen. Bislang hatten wir uns meist irgendwann in den Gesprächen heftig gestritten. Im Gegensatz dazu ist heute alles pure Harmonie.

Den Tee lassen wir uns noch einmal mit heißem Wasser aufgießen.

Rauenberg will wissen, ob ich den chinesischen Spruch über grünen Tee kenne: »Der erste Aufguss ist für einen Feind, der zweite für einen Freund und der dritte für einen selbst.«

Ich sage ihm, dass ich gegen einen zweiten Aufguss des grünen Tees nichts einzuwenden hätte, den dritten jedoch verschmähte, der sei mir zu lasch. Er lacht.

Mein Begleiter scheint nicht nur ein Opern-, sondern auch ein Teekenner zu sein.

Der Kommissar wohnt in Edingen, aber natürlich fährt er mich nach Heidelberg. Auf der Fahrt dorthin erzähle ich ihm alle derzeit akuten Familienprobleme. Und ich kann auch das nicht glauben, aber mein Begleiter behält selbst jetzt noch seinen Humor.

Rauenberg parkt den Wagen am Krankenhaus St. Vincentius.

Ich beuge mich zu ihm rüber und sage: »Danke, das war ein wunderschöner Abend.«

»Ja, das stimmt, es war ein wunderschöner Abend. Aber, Frau Eppstein, ich muss mich bei Ihnen bedanken, dafür, dass ich Sie in die Oper begleiten durfte und dass Sie danach noch mit mir essen waren. Dankeschön! Ich hoffe, ich darf mich demnächst mal dafür revanchieren.«

»Das haben Sie doch schon, mit dem leckeren Essen.«

Ich kann nicht anders, aber ich muss diesem Mann einen Kuss auf die Wange hauchen. Nur ganz zart. Er haucht zart zurück auf meine Wange. Oh Schreck, was mache ich hier? Bin ich etwa im Begriff Hauptkommissar Rauenberg zu küssen? Wenn ich jetzt nicht aufpasse, passiert hier etwas, das ich später vielleicht bereuen werde. Schnell nehme ich meinen kleinen schwarzen Lederrucksack und wünsche Rauenberg eine gute Nacht.

»Soll ich Sie noch bringen?«

»Nein, nein, es ist nicht weit. Da drüben wohne ich schon.« Ich deute in die Richtung unseres Hauses und winke ihm zum Abschied.

Kurze Zeit später liege ich im Bett und muss daran denken, dass dieser Abend so ganz anders verlaufen ist, als ich ihn mir beim Aufstehen vorgestellt habe. Ich dachte, ich werde abends mit Cem die Oper besuchen und jetzt habe ich mich fast ein wenig in Hauptkommissar Rauenberg verliebt. Dieser Mann hat so viele Facetten, die meisten bemerkt man sonst nicht, wenn er dabei ist, die bösen Jungs und Mädels zu fassen. Dieser Abend war etwas ganz Besonderes. Die Oper war modern inszeniert, aber trotzdem sehr romantisch mit einem überwältigenden Gesang. Da müssen ja Gefühle aufkommen. Das hat er jetzt davon, dieser Cem, wenn er mich derart sträflich vernachlässigt. Selbst schuld!

11

Den gesamten Sonntag über verbringe ich im Schoko-Traum und bereite meine Schokoladen-Spezialitäten für das Weihnachtsgeschäft zu. Zunächst fertige ich mehrere Lagen Schoko-Traum-Pralinen und Süße Sünde, die verkaufen sich auch zu Weihnachten gut. Erst dann beginne ich mit meinen speziellen Pralinen fürs Fest. Ich schaffe es, eine große Anzahl Schoko-Engel herzustellen. Zudem befülle ich Hohlkörper in Sternen- und Tannenbaumform mit einer weihnachtlichen Nugatfüllung. Zwischendurch sitze ich mit einem Latte Macchiato am hinteren Bistrotisch und denke an meine beiden Männer, Cem und Rauenberg.

Am nächsten Morgen klingelt es um acht Uhr an unserer Haustür. Grantler steht davor. Ich bitte ihn herein.
»Gut, dass ich Sie endlich antreffe. Ich habe gestern mehrmals bei Ihnen geläutet.«
»Ja, ich war bis spät abends im Schoko-Traum.«
»Na, das habe ich gemerkt. Herr Siebert wollte wissen, ob wir gleich vorbeikommen können, einer der beiden Gäste, der sich mit Maier unterhalten hatte, war im Klub. Nachdem ich Sie nicht erreichen konnte, habe ich erneut mit Schorsch telefoniert und er überzeugte den Gast davon, dass er heute um einundzwanzig Uhr noch einmal ins *Bella Susi* kommen wird. Seine Telefonnummer wollte er nicht hinterlassen. Ist Ihnen das recht?«
»Ja, das haben Sie gut gemacht, Herr Grantler«, sage ich zu unserem Hausmeister, während ich ihm eine Tasse Kaffee einschenke. Er starrt unentwegt auf die Leberwurst und das Brot.
»Haben Sie schon gefrühstückt?«, will ich von ihm wissen.
»Noch nicht.«

»Bedienen Sie sich doch«, sage ich großzügig.

Grantler schmiert sich eine dicke Leberwurstbrotstulle, so wie sonst mein Sohn. Ich bin froh, dass sich meine beiden Kinder schon in Richtung Schule aufgemacht haben. Was würden die wohl dazu sagen, dass Blockwart Grantler bei uns sitzt und frühstückt? Sicherlich könnte ich mir wieder anhören, ob ich Mutter Teresa Konkurrenz machen wolle.

Wir verabreden uns für zwanzig Uhr. Unser Hausmeister findet sichtlich daran Gefallen, weiterhin in meine Geschichte hineingezogen zu werden. Und außerdem macht es ihm Spaß, mit seinem früheren Klassenkameraden anzugeben.

Max ist schon da, als ich in die Chocolaterie komme. Er hat damit begonnen, die vielen gestern hergestellten Pralinen, mit Kuvertüre zu verschließen. Sie müssen immer erst auskühlen, bevor sie luftdicht verschlossen werden, daher haben wir heute noch eine Menge Arbeit. Wie mir scheint, habe nicht nur ich Max vermisst, sondern auch er den Schoko-Traum.

Ich will wissen, wie die Wohnung jetzt aussieht.

Er strahlt: »Die ist jetzt pangalaktisch. Alter, wir haben gearbeitet wie bekloppt. Ich war froh, dass Vanessa wenigstens zwei Tage Urlaub hatte. An den anderen Tagen hat sie morgens das Haus verlassen und abends sah die Wohnung völlig verändert aus. Sie hat jeden Tag mehr gestaunt. Am Donnerstag und Freitag habe ich Mia in die Kinderkrippe gebracht und dann haben wir der Wohnung den letzten Schliff verpasst. So ein gemeinsames Leben ist schon toll.«

»Ich glaube, dich hat's ganz schön erwischt.«

Max lächelt mich an: »Schon möglich, aber die beiden Frauen sind wunderbar. Früher war Vanessa nur die Frau von Philipp, ich habe mir keine Gedanken über sie gemacht. Sie sah toll aus und ich mochte sie. Aber jetzt! Und

Mia ist so eine süße Maus. Gestern Morgen habe ich sie aus ihrem Bettchen geholt und da hat sie mich angestrahlt, als könnte sie sich nichts Besseres vorstellen, als wenn ich sie auf den Arm nehme. Am Anfang hatte ich echt ein schlechtes Gewissen wegen Philipp. Aber wenn ich es mir recht überlege, glaube ich nicht, dass er etwas dagegen hätte. Im Gegenteil, er wäre sicherlich mit mir als Vanessas Partner einverstanden, schließlich waren wir beide immer gute Freunde. Und dass ich seine Tochter großziehe, dagegen hätte er wohl auch keine Einwände.«

»Ja, das sehe ich genauso. Philipp wäre froh, dass ihr drei euch gefunden habt. Ich freu mich so für dich, Max.«

»Wenn da nicht dieser Prozess wäre. Was, wenn ich auch in der Berufungsverhandlung zu achtzehn Monaten Knast verurteilt werde? Was dann? Was wird aus meinem Leben? Was aus der Beziehung zu Vanessa?«

»Lass dich nicht unterkriegen. Oliver wird dich da schon rauspauken. Beim letzten Mal ist das einfach doof gelaufen.«

»Tja, ich kann nur hoffen, dass der Richter diesmal ein Einsehen mit mir hat. Mir ist egal, wie viel Bewährung ich bekomme, Hauptsache, ich muss nicht in den Knast.«

Es ist mir gänzlich unverständlich, wie dieser Richter Max ins Gefängnis schicken konnte, wo sich der Junge nachweislich völlig geändert hat. Er hat sich prächtig in diesem drogenfreien Leben eingelebt und ist dabei, eine gemeinsame Zukunft mit Vanessa und Mia aufzubauen. In den Monaten, seit Max bei mir im Schoko-Traum arbeitet, hat er nicht einmal blaugemacht, er war auch keinen einzigen Tag krank. Und dann will so ein Richter diesem Jungen einen Aufenthalt im Knast bescheren. Ich hoffe sehr, dass der Berufungsprozess einen positiven Ausgang nehmen wird.

Als ich mittags bei meinen Kindern den abendlichen Termin mit unserem Hausmeister erwähne, sehen mich beide verblüfft an.

»Mama, hast du jetzt jede Woche ein Date mit Blockwart Grantler?«

Ich erkläre den beiden den Grund für die Verabredung.

»Mama, mach keinen Quatsch. Das war der Maier. Was musst du da noch irgendeinen Mann in einer Rotlichtbar befragen?«

»Lucas, nur das eine Mal noch.«

Am Abend will ich pünktlich bei Grantler läuten, doch seine Wohnungstür öffnet sich erneut wie von Geisterhand als meine Finger direkt über der Klingel schweben. Also entweder hat der Grantler tatsächlich eine Kamera im Flur installiert oder der steht immer hinter der Tür und erwartet mich. Er zieht noch den Mantel über, löscht das Licht in seiner Wohnung und los geht's. Bestimmt lugt die alte Lauer wieder durch ihren Spion.

Im *Bella Susi* sitzen wir noch nicht an der Bar, als Herr Siebert anrückt, um uns zu begrüßen. Hier sind tatsächlich Kameras installiert, auch wenn man sie nicht sieht. Der Gast sei noch nicht da, wir sind zehn Minuten vor der vereinbarten Zeit eingetroffen. Der Barbesitzer bietet uns an, dass ich den Gast in seinem Büro befragen könne. Ich glaube, er hat Angst, dass jemand von den Gästen annehmen könnte, dass ich eine Polizistin sei. Nun gut, das wollen wir natürlich nicht. Daher nehme ich seinen Vorschlag gerne an. Ich bitte Grantler, mit ins Hinterzimmer zu kommen. Es ist mir etwas unwohl, da alleine mit diesem Mann zu sitzen, den ich überhaupt nicht kenne und ihm Fragen zu stellen. Unser Hausmeister willigt sofort ein. Siebert lässt uns beiden ungefragt ein Glas Schampus reichen. Ich glaube, ich sollte vorsichtig sein, sonst wird das nichts mit der Befragung. Wir unterhalten uns mit Herrn Siebert über Belanglosigkeiten. Ich frage, woher der Name des Klubs kommt. Er erklärt, dass die Bar früher einer Susi gehört habe. Sie sei vor einigen Jahren ins Pensionsalter gekommen und dann hätte Siebert den Laden übernommen. Bald werde es das *Bella Susi* jedoch nicht mehr geben. Das Haus müsse einem Neubau weichen. Und er, Siebert, überlege, sich dann auch zur Ruhe zu setzen.

In diesem Augenblick kommt ein etwa fünfundvierzig Jahre alter Mann zur Tür herein, maßgeschneiderter Anzug, teure Uhr, braune kurze Haare. Er steuert sogleich auf die Bar zu, mich ins Visier nehmend.

»Herr Siebert«, er gibt dem Chef die Hand.

»Frau Eppstein?« Zunächst begrüßt er mich und dann Grantler. Er stellt sich nicht vor, stattdessen sagt er: »Verzeihen Sie, dass ich mich nicht vorstelle, mein Name tut hier nichts zur Sache.«

Ich nicke.

Siebert begleitet uns ins Hinterzimmer. Grantler und ich steuern auf den indirekt beleuchteten Tisch zu. Gemeinsam mit dem Hausmeister nehme ich Platz auf dem Sofa, der Unbekannte setzt sich uns gegenüber in einen Ledersessel.

Der Barbesitzer verlässt den Raum.

»Herr Siebert hat mir mitgeteilt, dass Sie Fragen wegen diesem Vergewaltiger Maier haben.«

»Sie haben sich im letzten Jahr mit ihm hier in der Bar unterhalten?«, frage ich.

»Ja, das stimmt.«

»Wissen Sie noch genau, wann diese Unterhaltung stattgefunden hat?«

»Jetzt, nachdem Herr Siebert mich darauf angesprochen hat, habe ich versucht, den Zeitpunkt des Gespräches möglichst genau zu bestimmen. Es fand in der ersten Maiwoche im letzten Jahr statt.«

Das heißt, die Unterhaltung fand um den Zeitraum der beiden Taten statt. Ich wundere mich, dass der Mann nicht von mir wissen will, warum ich ihm all diese Fragen stelle.

Aber sicherlich hat ihn der Unterweltkönig schon darüber informiert.

Ich frage ihn, ob er sich an den genauen Tag erinnern könne, doch er verneint.

»Wissen Sie noch, über was Sie beide gesprochen haben?«

»Wir haben uns über die weltpolitische Lage unterhalten und über Fußball«, jetzt kommt Leben in ihn. »Damit kannte Maier sich aus. Sie konnten dem ein Fußballspiel, zum Beispiel aus den Achtzigerjahren, nennen und der sagte Ihnen die Mannschaftsaufstellung, die Auswechslungen und wer, in der wievielten Minute ein Tor geschossen hat. Das hat mich fasziniert. Sonst war das mehr so ein Angeber. Der hat lautstark Witze erzählt. Und ich sag Ihnen, die waren nicht jugendfrei. Aber hier, in einer Bar ... ist das ja kein Problem.«

Ich nicke. Bei einem seiner Besuche im Schoko-Traum berichtete mir Maier von einem Fußballspiel, aus diesem Grund hatte seine Skatrunde damals früher begonnen. Ein anderes Mal erzählte er von der Vorfreude auf ein Fußballspiel. Das allerdings muss ja nichts heißen, viele Männer kennen sich gut mit dem Thema Fußball aus.

»Sie sagen Maier, aber damals wussten Sie den Namen Ihres Gesprächspartners nicht, den haben Sie sicherlich erst später in der Zeitung gelesen?«

»Ja, ich glaube, seinen Namen hat er nicht erwähnt. Den habe ich später im Zusammenhang mit diesem Prozess in der Zeitung gelesen. Da war ja auch sein Bild drin.«

»Ist Ihnen sonst noch etwas aufgefallen?«

»Maier hatte so einen Ostdeutschen oder Berliner Akzent. Sonst kann ich nichts Nennenswertes mehr über diesen Abend schildern.«

»Ich danke Ihnen, Sie haben uns sehr geholfen.« Ich verabschiede mich von ihm mit Handschlag.

Ich stehe auf, Grantler tut es mir gleich.

Von irgendwoher taucht sogleich Herr Siebert auf und teilt uns aufgeregt mit: »Er ist da!«

»Wer ist da?«, will ich wissen.

»Dieser Maier ist vorne in der Bar.«

»MAIER? Das muss sein Doppelgänger sein.«

Wenn das wirklich der Doppelgänger ist, dann war er der Täter. Ich gehe raus in die Bar, um mich zu vergewissern.

Der Mann scheint gerade einen Witz erzählt zu haben, denn seine Begleiter klopfen ihm laut lachend auf die Schulter. Plötzlich dreht er den Kopf und sieht direkt in meine Richtung. Er gleicht Maier wie ein Ei dem anderen. Wenn der Mann Maier wäre, würde er mich nicht nur ansehen, sondern auf mich reagieren. Aber er ist es nicht.

Ich mache auf dem Absatz kehrt und marschiere schnurstracks zurück ins Hinterzimmer. Von dort aus wähle ich Hauptkommissar Rauenbergs Nummer und versuche ihm die Situation zu erklären.

Wenige Minuten später trifft er mit seiner Mannschaft ein. Da sich der vermeintliche Doppelgänger nicht ausweisen kann, nehmen sie ihn mit auf die Wache.

Bei dem Barbesitzer entschuldige ich mich vielmals für die Unannehmlichkeiten.

Doch der winkt ab und ist der Meinung, dass das alles nicht so schlimm sei, wenn hierdurch ein Vergewaltiger geschnappt werden konnte. Das könne er seinen Gästen durchaus erklären.

Ich bedanke mich noch einmal vielmals bei ihm und gehe mit Grantler im Schlepptau Richtung Ausgang. Inzwischen sind mehrere junge blonde Damen eingetroffen, sicherlich Frischfleisch.

Eine säuselt Grantler beim Hinausgehen ins Ohr: »Willst du mich, mach ich dir Schnäppchenpreis. Kannst du auch bringen mit, deine schöne Freundin. Machen wir flottes Dreier.«

Grantler lehnt höflich ab.

»Das war ein toller Zufall! Sie werden noch berühmt. Sicherlich steht morgen ein großer Artikel in der Zeitung. Und Maiers Dankbarkeit ist Ihnen auf ewig sicher. Durch die Festnahme seines Doppelgängers ist er rehabilitiert.«

Nicht nur Grantler, sondern auch ich bin ganz aufgewühlt. Niemals hätte ich damit gerechnet, dass der Doppelgänger exakt in dem Augenblick auftaucht, wenn wir uns im *Bella Susi* aufhalten. Ich bin froh, dass ich mich nicht mit der Tatsache abgefunden habe, dass Maier der Täter ist. Das ist schon ein gutes Gefühl, der Wahrheit zu ihrem Recht verholfen zu haben.

Bei Grantler bedanke ich mich, dass er bereit war, mit mir gemeinsam diese Bar aufzusuchen.

»Sie können sehr stolz auf sich sein, Frau Eppstein.« Unser Hausmeister nickt mir anerkennend zu.

»Immerhin konnte der wahre Verbrecher gefasst werden.«

Völlig beschwingt und zufrieden mit mir und der Welt, steige ich die Treppe nach oben.

Zu Hause teilt mir Lucas mit, dass ich umgehend Hauptkommissar Rauenberg auf seinem Handy anrufen soll.

Er wird sich garantiert bei mir entschuldigen wollen, weil er meine Theorie mit dem Doppelgänger für einen ausgemachten Schwachsinn hielt. Diesmal hat er wirklich allen Grund, sich bei mir zu bedanken.

»Hallo, Herr Rauenberg«, begrüße ich ihn fröhlich, als seien wir alte Freunde. Sind wir ja seit dem gemeinsamen Opernbesuch quasi auch.

»FRAU EPPSTEIN, sind SIE jetzt völlig verrückt geworden? Wie konnte ich nur so blöd sein und mit meiner Mannschaft in dieser Bar anrücken? Ich habe mich schon lange nicht mehr so blamiert!«

»Wie?«, frage ich erstaunt.

»Ich habe Ihnen gleich gesagt, dass es keinen Doppelgänger gibt. Das war Maier.«

»Aber –, der sah doch nur aus wie Maier!«

»Ja, genau, er sah aus wie Maier, wohnte in dessen Wohnung, konnte dort dessen Ausweis vorlegen und Sie werden es nicht glauben, er besaß sogar seine Fingerabdrücke.«

»Wirklich?«

»Ja, wirklich! Hören Sie, Frau Eppstein, lassen Sie mich in Zukunft bitte mit Ihren Hirngespinsten in Frieden. Ist das KLAR?«

»Das ... es ... es tut mir leid ...« Ich kann mir meine weiteren Entschuldigungen sparen, Rauenberg hat schon aufgelegt. So wütend habe ich diesen Mann noch nie erlebt.

Oh je, wie ist mir das peinlich. Was wohl Herr Maier jetzt von mir denkt? Er hat mich doch in der Bar gesehen und kann sich an fünf Fingern abzählen, dass ich diejenige war, die die Polizei gerufen hat.

Unter Umständen hat Maier doch eine psychische Störung, vielleicht ist er tatsächlich schizophren. Der eine von beiden ist üblicherweise bei mir im Schoko-Traum und der andere im *Bella Susi*. Derjenige, der die Bar aufsucht, hat auch den Frauen Gewalt angetan. Könnte es sein, dass der eine Teil Maiers Zartbitterschokolade und der andere Teil nur weiße Schokolade mag? Ich kenne mich zu wenig mit dieser psychischen Krankheit aus und beschließe, dass ich unbedingt Cem auf die Störung hin ansprechen muss. Er als Psychologe kann mir meine Fragen sicherlich beantworten.

Der Gedanke an Cem versetzt mir einen Stich –, die nächste Enttäuschung. Seit der Absage des Opernbesuchs hat sich Cem nicht mehr bei mir gemeldet. Wenn wir zusammen sind, habe ich das Gefühl, ihm nah und wichtig zu sein, aber wenn er unterwegs ist, zählt nur noch seine Arbeit. Dann fühle ich mich, als hätte er mich vergessen: Aus den Augen, aus dem Sinn.

12

Gegen elf Uhr am nächsten Tag steht plötzlich Herr Maier in meinem Laden.

»Danke, Frau Eppstein, für die Verhaftung gestern. Das war wirklich das Letzte. Und ich dachte, Sie sind auf meiner Seite. So kann man sich irren ...«

Mehrmals habe ich vergeblich versucht, ihn zu unterbrechen. Jetzt sage ich mit bebender Stimme: »Es ... es tut mir leid. Ich dachte, das ist Ihr Doppelgänger. Ich ... ich wollte Ihnen doch nur helfen.«

»Danke vielmals, auf *Ihre* Hilfe kann ich gut und gerne verzichten.«

Nach diesen Worten stürzt der Mann aus dem Schoko-Traum hinaus.

Ich könnte flennen. Oh Gott, wie ist mir das alles peinlich. Auf der Stelle möchte ich in den Erdboden versinken.

Den ganzen Tag über muss ich ständig an Maier denken. Niemals hätte ich erwartet, ihn in dieser Bar anzutreffen, Witze erzählend. Wie sehr ich mich in dem Menschen getäuscht habe. Vielleicht leidet er ja tatsächlich an einer ausgewachsenen schizophrenen Störung und vereint somit zwei völlig gegensätzliche Persönlichkeitsstrukturen in sich.

Als ich abends nach Hause komme, sitzt Lucas im Wohnzimmer, vor sich einen Teller mit mehreren dick beschmierten Leberwurststullen.

»Wieso sitzt du denn hier alleine beim Essen?«, will ich wissen.

»Du warst nicht da und meine Schwester möchte mir auf keinen Fall bei meinem Kannibalismus zusehen.«

»Komm, wir setzen uns in die Küche«, schlage ich vor.

Ich klopfe an Alinas Zimmertür. Sie telefoniert.

»Hab keinen Hunger, Mama«, haucht sie mir entgegen.

Mit Lucas sitze ich am Küchentisch und beichte ihm Maiers Auftritt und meine große Schmach.

»Mama, Mama, du machst Sachen!«

»Meinst du nicht, dass es etwas gibt, das du mir sagen solltest?«, frage ich, nachdem wir uns einige Minuten einträchtig schmatzend gegenübersitzen.

»Ähm, ja, wo soll ich anfangen? Das war auf dieser Party von Leon. Hülya wollte kommen, kam aber nicht. Irgendwann ging ich zur Toilette und als ich die Tür wieder öffnete, drängte sich Maren ins Badezimmer herein und schloss die Tür von innen ab. Ich hatte keine Lust, aber die hat sich gleich die Kleider vom Leib gerissen. Die wollte es unbedingt wissen.«

»So, so, sie hat dich quasi dazu gezwungen.« Ich lege mein Brot beiseite und sehe Lucas kopfschüttelnd an. Das glaube ich jetzt nicht.

»Mensch, ich wollte das echt nicht, aber plötzlich dachte ich: Warum eigentlich nicht? Ich weiß, war blöd von mir.«

»Allerdings!« Der Junge ist kein Deut besser als sein Vater.

»Mensch Mama, wenn ich könnte, würde ich das auf der Stelle rückgängig machen. Ich war ein solcher Idiot. Ich hab doch nicht mit so etwas gerechnet.«

»Mit was hast du nicht gerechnet, dass Hülya die Beziehung mit dir beendet, wenn sie davon erfährt?«

»Ehrlich gesagt, habe ich nicht damit gerechnet, dass sie das mitbekommt.«

»Aber Maren hat es ihr gesteckt.«

»Ja, das war ärgerlich, aber leider nicht alles ...«

Mein Sohn sitzt zerknirscht und in sich zusammengesunken vor mir, wie ich ihn selten gesehen habe. Langsam sickern seine Worte in mein Bewusstsein und lösen dort einen rot blinkenden Alarm aus.

»Wie –, nicht alles?«, frage ich in Habachtstellung.

Lucas druckst rum. »Ähm, also, ich hab ein Kondom benutzt, logo. Ich bin ja nicht ganz blöd. Aber ... diese Bitch behauptet, es wäre gerissen ...«

Lucas sieht mich schuldbewusst an, ohne weiterzureden.

»Wie gerissen?«, sage ich, während diese Ahnung mit voller Macht in meinen Hirnkasten einschlägt wie eine Bombe.

»Also, ähm, die behauptet, ich hätte ihr einen Braten in die Röhre geschoben. Aber das ist ...«

»Einen BRATEN in die Röhre geschoben? Willst du mir sagen, dass du diesem Mädchen ein Kind gemacht hast?« Ich bin entsetzt.

»Das ist Blödsinn. Das Kondom war nicht gerissen, ich habe es doch entsorgt, das war vollkommen in Ordnung. Ich kann nie und nimmer der Vater sein. Das ist 'ne Bitch, die treibt's mit jedem.«

»Wie alt ist diese Maren denn?«

Lucas sieht auf den Boden und beißt auf seinem rechten Daumen rum, diese Verhaltensweise hatte er als Kind schon, wenn's brenzlig wurde. »Maren ist siebzehn.«

»Siebzehn? Ich glaube, ich brauche jetzt einen Schnaps.«

In unserer Speisekammer finde ich einen Wachholderschnaps, den mir irgendwann eine Kundin geschenkt hat. Ich bringe gleich zwei Gläser und schenke uns beiden einen ein.

Glaubst du, dass Alkohol dieses Problem löst?
Nein, natürlich nicht. Aber ich brauche das jetzt einfach.

Meine innere Stimme soll mich doch mit ihren Bedenken in Frieden lassen. Diese Nachricht muss ich erst mal verdauen. Und dabei hilft eindeutig ein Schnaps.

»Komm Mama, wir alken uns einen!«

»Das werden wir sicherlich nicht. Nur ein Gläschen. Lucas! Sag mir lieber, wie du dir deine Zukunft vorstellst.«

»Wie soll ich mir die vorstellen? Ich glaube nicht, dass ich der Vater bin. Außerdem bin ich dafür viel zu jung.

Maren ist zum Kinderkriegen auch zu jung. Eine Abtreibung ist für alle Beteiligten das Beste.«

»Und wenn Maren das Kind nicht abtreiben will?«

»Alter, das wär voll der Scheiß ...«

»Einen Vaterschaftstest kann man sicherlich erst nach der Geburt machen, bis dahin wirst du dich um dieses Mädchen kümmern müssen, wenn sie das Kind will und behauptet, dass du der Vater bist. Ich meine, sie muss es doch wissen.«

»Ich sag doch, die ist 'ne Bitch. Da kann ich dir eine ganze Handvoll Jungs an unserer Schule nennen, die die in den letzten Wochen gebürstelt haben.«

»Sie behauptet aber, dass du der Vater ihres Kindes bist.«

»Ja, irgendwie echt blöd gelaufen. Voll die krasse Nummer.«

»Die krasse Nummer hättest du dir wirklich sparen können. Und die Bitch bist ja wohl du, wenn du eine Hammerbraut hast und trotzdem mit einer anderen schlafen musst.«

»Mensch Mama, ich wusste gleich, dass du da so 'n Moralding draus machst, wenn ich damit rausrücke.«

»MORALDING? Du wirfst mir vor, dass ich ein Moralding daraus mache?«

»Oh Mama, ich weiß doch, war 'ne blöde Kiste. Aber was mache ich denn jetzt?«

»Moral hin oder her. Das Kind ist in den Brunnen gefallen oder besser in den Schoß von Maren. Du solltest als Erstes deinem Vater davon erzählen, ich nehme an, dass er nichts weiß?«

Mein Sohnemann schüttelt den Kopf.

»Danach sollten wir uns mit dem Mädchen und ihrer Familie zusammensetzen und über alles sprechen. Das ist sicherlich das Beste. Ich werde Marens Mutter morgen anrufen, jetzt ist es schon zu spät. Und du rufst deinen Vater an, heute Abend noch.«

»Mach ich morgen. Ich schreibe dir die Nummer der Bouffiers auf.«

»Gute Nacht, Mama«, sagt er, als er mir den Zettel reicht.

Na, so gut wird meine Nacht wohl nach diesem Geständnis nicht werden, denke ich, während mein Sohn zähneknirschend zu Bett geht. Maren Bouffier heißt das Mädchen also.

In meinem Bett wälze ich mich von der linken auf die rechte Seite und zurück. Ich weiß, das wird wieder eine Grübelnacht.

Ich kann nicht verstehen, dass mein Sohn mit dieser Maren Sex hatte, wenn er in Hülya verliebt war. Da kommt so ein Mädchen wie Maren, macht ihn heiß und schon kennt der keinen Halt mehr. Ganz sein Vater. Männer! Und mir dann noch vorwerfen, ich mache ein Moralding draus. Das ist wieder mal typisch. Der Spruch hätte auch von Oliver stammen können. Kann mir ein Mensch sagen, wieso sich alles im Leben wiederholen muss? Ich denke daran, wie ich mit achtzehn schwanger war. Yvonne, meine feine Schwester, hatte sich an meinen Freund rangemacht. Als ich bemerkte, dass ich schwanger war, waren die beiden seit einigen Tagen ein Paar. Mit niemandem konnte ich drüber reden. Alles habe ich mit mir alleine ausgemacht. Immerhin hat mich Lucas eingeweiht. Ich bin froh, dass er endlich mit mir gesprochen hat. Er ist wenigstens nicht allein mit seinen Problemen. Ich kann mir schon vorstellen, was mein Ex zu der ganzen Sache sagen wird. Der wird sicherlich wieder rumtoben wie ein Rumpelstilzchen und dann alles mit Geld regeln wollen. Nach einigen Stunden durchwachter Nacht, denke ich, so schlimm wird das alles nicht. Wir werden das Kind schon schaukeln.

»Bitch hin oder her, du wirst diese Maren heiraten, das hättest du dir vorher überlegen sollen.« Oliver sieht seinen

Sohn mit einer mir bislang unbekannten väterlichen Strenge an.

»Hast *du* jede Frau geheiratet, die du gevögelt hast?«

Peng! Auf Lucas' Wange zeichnen sich die fünf Finger Olivers rechter Hand ab; seine Wange glüht tiefrot wie eine Fleischtomate.

»Tut mir leid«, sagt mein Ex schuldbewusst.

»Beantworte gefälligst meine Frage!«, schreit Lucas seinen Vater an.

»Nein, ich habe nicht jede Frau geheiratet, die ich gevögelt habe, nur die eine, der ich ein Kind gemacht habe, die schon. Das macht man halt, auch wenn es einem nicht passt.«

Damit meint er mich, sickert es, langsam und dickflüssig wie Honig aufs Brot, in mein Bewusstsein. Im nächsten Augenblick fühle ich wie eine unbändige Wut in mir hochkocht.

»Du hast mich also geheiratet, weil du mir ein Kind gemacht hast? Weil man das dann halt so macht? Und gepasst hat dir das nicht?«, schreie ich jetzt Oliver an.

»Ja, glaubst du, ich habe dich geheiratet, weil du so eine tolle Praktikantin warst?«

»Du Schuft! Du elender Schuft!« Plötzlich habe ich eine Pistole in meiner rechten Hand. Ich verstehe nicht, woher diese Waffe kommt, aber was soll's. Ich richte sie auf meinen Ex und überlege, ob ich abdrücken soll, da löst sich ein Schuss. Oliver hält sich theatralisch die Hand ans Herz und kippt mit dem Stuhl nach hinten um. Lucas und ich schauen gebannt auf die Szene. Sofort bildet sich auf den grauen Küchenfliesen eine große rote Blutlache.

»Scheiße«, sagt Lucas, »wer soll denn jetzt für den Bastard zahlen?«

Erst jetzt sehe ich das Mädchen mit dem Säugling im Arm, das weinend in der hinteren Ecke unserer Küche steht. Seit wann sie wohl schon dort gestanden hat?

In diesem Augenblick schraubt sich der unerbittliche Ton des Weckers in meine Gehörgänge. An manchen Tagen liebe ich das Geräusch.

Beim Kaffee am Morgen, meine beiden Kinder haben keinen Appetit auf ein Frühstück, bitte ich Lucas, zunächst mit seinem Vater zu telefonieren. Normalerweise ist das keine gute Zeit, um mit Oliver ein Problemgespräch zu führen. Morgens ist er mit den Gedanken schon bei den Klienten und den bevorstehenden Prozessen. Aber Strafe muss sein. Mein Sohn hätte ihn ja gestern Abend anrufen können. Erst nach mehrmaligem Bitten verschwindet er mit dem Handy in seinem Zimmer. Nach fünf Minuten kommt er mit purpurrotem Kopf heraus und hält mir sein Mobiltelefon vor die Nase.

»Papa will noch mit dir sprechen.«

Ich nehme das Telefon, bleibe aber weiter am Küchentisch sitzen. Alina macht sich auf in Richtung Schule. Lucas will sie begleiten, aber ich gebe ihm mit Gesten zu verstehen, dass er gefälligst noch hierbleiben soll. Natürlich wirft mir mein Ex wieder vor, dass ich bei der Erziehung *meines* Sohnes versagt hätte. Da hat er sich wohl mit meiner inneren Stimme abgesprochen, die hat mir diesen Vorwurf in der Nacht auch immer wieder aufgetischt. Ich erläutere Oliver sogleich, dass Lucas nicht ausschließlich mein Sohn, sondern, auch wenn ihm das vielleicht entfallen sein sollte, ebenso sein Sohn sei. Außerdem hätte sich Lucas wahrscheinlich nur an seinem großen Vorbild *Vater* orientiert. Wir streiten uns lautstark und heftig, wie immer in solchen Situationen, um uns dann doch wieder zu beruhigen. Ich vereinbare mit Oliver, dass ich Marens Mutter anrufen und mich bei ihm melden werde, sobald ein Termin für ein gemeinsames Gespräch der beiden Familien feststehe. Er klärt mich auch darüber auf, dass ein pränataler Vaterschaftstest in Deutschland nur im Falle einer

Straftat erlaubt sei. Da müsse unser Filius schon bis nach der Geburt warten.

Da ich wissen muss, wann ich Marens Mutter am günstigsten erreichen kann, quetsche ich Lucas über sie aus. Berufstätig sei sie nicht, Maren habe noch eine jüngere Schwester und eilig verlässt mein Sohn das Haus.

Ich entscheide mich dafür, das Gespräch möglichst bald hinter mich zu bringen und greife zum Telefon. Wenn ich ehrlich sein soll, ist mir ganz schön mulmig zumute, als hätte ich selbst etwas verbrochen.

Mit zittrigen Fingern tippe ich die Nummer ein.

»Bouffier.«

»Guten Morgen Frau Bouffier, mein Name ist Tanja Eppstein, ich bin die Mutter von Lucas.«

»Lucas?«

»Er ist ein Klassenkamerad Ihrer Tochter Maren.«

»Ja und, wie kann ich Ihnen weiterhelfen?«

In diesem Augenblick wird mir klar, die Mutter weiß noch nichts, aber auch rein gar nichts, von ihrem Glück.

»Vielleicht sollten wir uns einmal zusammensetzen.«

»Ich verstehe nicht, warum sollten wir das tun?«

Weil mein Sohn deiner Tochter einen Braten in die Röhre geschoben hat, möchte ich gerne sagen. »Mein Sohn hat mir gestern Abend eröffnet, dass Maren schwanger und er angeblich der Vater sei.«

Am anderen Ende der Leitung herrscht absolute Stille. Hoffentlich ist die Frau nicht in Ohnmacht gefallen.

»Hallo, Frau Bouffier, sind Sie noch dran?«

»Hören Sie, Frau Eppstein, das kann nicht sein. Das war sicherlich ein dummer Scherz.« Sie lacht unsicher.

»Also mein Sohn hat sich mit mir garantiert keinen Scherz erlaubt. Vielleicht sollten Sie zunächst mit Ihrer Tochter sprechen.« Ich teile ihr die Telefonnummer des Schoko-Traums und meine Handynummer mit.

Frau Bouffier verspricht zurückzurufen.

Es dauert keine halbe Stunde, bis das Telefon klingelt und ich die Frau erneut am Apparat habe.
»Frau Eppstein, ich halte es auch für angebracht, dass wir uns alle zusammensetzen.«
Wir vereinbaren ein Gespräch für morgen Abend um achtzehn Uhr.
Kaum hat Frau Bouffier aufgelegt, wähle ich Olivers Nummer. Zunächst behauptet er, ein wichtiges Klientengespräch um diese Zeit führen zu müssen, das könne er auf keinen Fall verschieben. Ob ich da nicht allein hingehen könne.
»Nein, das kann ich nicht! Verdammt! Oliver, dein Sohn hat dieses Mädchen geschwängert. Ich glaube nicht, dass du morgen Abend einen wichtigeren Termin haben kannst. Außerdem sollten wir da geschlossen als Familie auftreten.«
Wir machen uns gegenseitig Vorwürfe, doch dann verspricht er, morgen pünktlich um sechzehn Uhr dreißig bei uns zu Hause vorbeizukommen. So haben wir noch ausreichend Zeit für ein familiäres Vorgespräch.
Steffi und Biggi staunen mal wieder Bauklötze, als ich ihnen in ihrer Mittagsause im Laden bei einer Pizza unseres Lieblingsitalieners die Neuigkeiten der Familie Eppstein auftische.
»Männer!«, sagt jede mindestens zehn Mal oder öfter. Sie bedauern vor allem mich, denn bei mir werde ja mal wieder alles hängenbleiben. Meine Freundinnen sind mindestens so gespannt auf das Gespräch mit der Familie Bouffier wie ich.

Den nächsten Tag verbringe ich in einer Art Schockstarre. Immer wieder muss ich an das am Abend bevorstehende Treffen mit Familie Bouffier denken. Ich kann mich nicht konzentrieren, ich fühle mich, als hätte mich eine Lehrerin meiner Kinder zum Gespräch geladen und ich weiß, dass die Versetzung meines Kindes extrem gefährdet ist.

An diesem Tag trinke ich Unmengen Anti-Kummer-Schokolade. Und trotzdem habe ich starkes Herzklopfen, als ich mich, früher als sonst, auf den Heimweg mache.

Zu Hause am Küchentisch sitzt Lucas vor zwei dick beschmierten Leberwurstbroten. »Papa hat angerufen. Er kann erst um siebzehn Uhr kommen.«

»Na klasse, wir können froh sein, wenn dein viel beschäftigter Vater überhaupt die Zeit für dieses Gespräch erübrigen kann.« Ich ärgere mich über Oliver, schließlich wollten wir das Treffen noch vorbesprechen.

Zunächst ziehe ich mich um. Essen kann ich nichts. Lucas auch nicht, der verstaut seine Brote in einer Dose, die er in den Kühlschrank stellt. Wie es scheint, hofft er, dass er nach der Unterredung mehr Appetit verspürt. Darauf würde ich allerdings keine Wette abschließen.

Um kurz nach siebzehn Uhr läutet es unten an der Haustür. Mir fällt auf, dass Oliver äußerst gestresst wirkt, er sagt, dass er ein Glas Wein möchte. Lucas will auch ein Gläschen, na ja, wollen wir mal nicht so sein. Wenn der Junge Kinder machen kann, kann er auch ein Glas Wein trinken. Zur Nervenberuhigung schenke ich mir auch ein Gläschen ein. Bevor wir das Haus verlassen, schmeiße ich eine Runde Pfefferminzbonbons. Wir müssen Familie Bouffier ja nicht gleich auf die Nase binden, dass ihr Schwiegersohn in spe und Vater ihres Enkelkindes aus einer Alkoholikerfamilie stammt.

Wir steigen in Olivers neuen Sportwagen in der Farbe Eissilber Metallic. Das schwarze Leder lässt mich noch ein bisschen mehr frieren. Früher fuhr der Herr Anwalt eine Familienkutsche, aber nach unserer Trennung, da hat sich dieses Sparbrötchen seinen Autowunsch erfüllt, ganz nach dem Motto: Man gönnt sich ja sonst nichts. Bei anderen ist Oliver schon immer sparsam gewesen, bei sich selbst, da macht er öfter mal großzügig eine Ausnahme. Ich stelle mir vor, wie mein Ex achtzig Kilometer weit mit diesem

Angeberauto an eine Tankstelle fährt, weil dort das Benzin einen Cent billiger ist. Dazu war er früher öfter fähig.

Du solltest jetzt lieber an das bevorstehende Gespräch denken, mahnt mich meine innere Stimme.

Ich glaube, ich muss mich mit diesen Gedanken ablenken, um mich zu beruhigen, denn mir ist schlecht vor Angst.

13

Ziegelhausen ist der Stadtteil, indem die Bouffiers wohnen. Oliver parkt sein Auto vor einer großen, modernen Villa. Was Marens Vater wohl von Beruf ist? Das stinkt regelrecht nach Geld. Lucas erklärt, dass Marens Mutter aus einer reichen Unternehmerfamilie stamme und der Vater Polizist sei.

Auf dem Weg zur Tür tätschle ich den Rücken meines Sohnes und nicke ihm aufmunternd zu. Der Junge hat schließlich Eltern, die ihn auch dann nicht im Stich lassen, wenn er Scheiß gebaut hat.

Herr Bouffier öffnet uns die Tür, gibt uns die Hand und nimmt uns die Jacken ab. Der Mann ist Mitte vierzig, hat dunkelblonde kurze Haare und ein äußerst verkniffenes Gesicht. Die Einrichtung ist hypermodern und kalt wie in einem Eishotel. Im Flur allerdings prangt ein großes Kreuz und an der Wand hängen mehrere Heiligenbilder, das passt so gar nicht zu der sonstigen Einrichtung und wirkt eher wie ein Stilbruch.

Aus dem Wohnzimmer kommt uns Frau Bouffier entgegen. Falsche blonde lange Haare, aufgespritzte Lippen, die an Autoreifen erinnern, Designerklamotten. Sie wetteifert sicherlich mit ihrem Töchterchen darin, wer morgens länger im Bad braucht. Im Wohnzimmer auf einer weißen ausladenden Wohnlandschaft aus Leder sitzt eine trotzige Tochter, die sich, erst auf ein Zeichen ihres Vaters hin, erhebt und Oliver und mir eine lasche, verschwitze Hand reicht, Lucas lässt sie außen vor. Wir setzen uns alle. Maren hat rot geweinte Augen und macht auf kleines Mädchen. Auf den ersten Blick sieht sie mit ihren langen dunkelblonden Haaren aus wie ein Engelchen. Als ich genauer hinsehe, empfinde ich sie eher als eine Art Plastikpüppchen.

»Dürfen wir Ihnen etwas zu trinken anbieten?«, will die Dame des Hauses wissen. Oliver und ich nehmen ein Glas Wasser, die Bouffiers tun es uns gleich, Lucas und Maren trinken Cola. Dass mein Sohn sich mit dieser Kinderbarbie einlassen musste, obwohl er doch mit Hülya zusammen war, das muss mir erst mal einer erklären. Maren sieht mit ihren langen Haaren nicht schlecht aus, sie ist stark geschminkt und ich weiß nicht warum, aber alles an diesem Kind wirkt unecht, so als hätte sie ihr ganzes kurzes Leben nur mit Barbies gespielt und wäre irgendwann selbst zu einer geworden. Auch ihr Kleinkindchenschema wirkt gespielt. Selbst die Träne, die sie in diesem Augenblick produziert, lässt sie erscheinen, als wäre sie die neue Schauspielerin in einer Daily Soap, die im Auf-die-Tränendrüsen-drücken noch nicht allzu erfahren ist.

Herr Bouffier beginnt das Gespräch: »Wir haben zunächst überlegt, ob wir die Polizei einschalten sollten. Aber ich bin ja quasi selbst die Polizei.«

»Die Polizei?«, frage ich verwundert. Maren ist mit siebzehn noch minderjährig, aber trotzdem ist das doch kein Fall für die Polizei.

»Ich bin Hauptkommissar bei der hiesigen Polizei.«

Bouffier, da war doch was? Jetzt fällt es mir wieder ein: Hieß der ermittelnde Beamte im Fall Maier nicht Bouffier?

»Diese Geschichte ist ja wohl nicht polizeirelevant«, wirft jetzt Oliver ein.

»Nicht polizeirelevant? Ihr Sohn hat sich Maren gegen deren Willen genähert!« Wir sehen den Vater konsterniert an.

»Er hat sie VERGEWALTIGT!«, keift jetzt die Mutter.

»Er hat WAS?«, schreie ich.

»BLÖDSINN, sag, dass das nicht stimmt!« Lucas sieht Maren an, als wolle er ihr auf der Stelle an die Gurgel gehen.

Diese hat ihre langen Haare wie einen Vorhang vor ihr Gesicht gezogen, das macht Alina auch immer.

»Hören Sie, unsere Tochter war noch Jungfrau, bevor Ihr Sohn sie gegen ihren Willen ...«

»Jungfrau?« Lucas schüttelt den Kopf und lacht höhnisch. Hoffentlich sagt der Junge jetzt nichts Falsches.

»Ich schlage vor, Maren, du schilderst uns jetzt alles aus deiner Sicht und danach kommt Lucas an die Reihe«, entscheidet der Herr Hauptkommissar.

Mit einem Piepsstimmchen beginnt Maren: »Es war auf Leons Party. Ich musste mal auf die Toilette. Die Tür war offen. Ich bin rein. Lucas war drin. Den habe ich erst gar nicht gesehen. Der hat die Tür von innen zugeschlossen und hat gesagt: ›Los, zieh dich aus.‹«

»Das stimmt doch alles nicht«, widerspricht Lucas. »Maren, hör sofort auf zu lügen!«

»Lass sie mal erzählen, du kommst später dran«, mischt sich sein Vater ein.

»Ich habe mich ausgezogen. Lucas pflanzte sich auf den Toilettendeckel und sagte, ich soll mich auf ihn setzen. Ich habe das gemacht, weil ich so große Angst vor ihm hatte.«

»So ein Quatsch!« Mein Sohn ist außer sich.

»Jetzt erzählst du das Ganze aus deiner Sicht.« Oliver übernimmt jetzt das Kommando.

»Ich war auf der Toilette und als ich rausgehen wollte, da kam Maren herein und hat die Tür von innen verriegelt. Sie riss sich die Kleider vom Leib. Ich stand nur da und starrte sie an. Sie sagte dann: ›Los, zieh dich endlich aus.‹ Ich weiß auch nicht, es war sicher blöd von mir, aber ich hab das dann getan. Ich hab allerdings noch schnell ein Kondom über meinen Penis gerollt und Maren sagte, dass ich mich auf die Toilette setzen soll.«

»Das würde meine Tochter NIEMALS tun«, schreit jetzt die Mutter.

»Unsere Prinzessin war noch Jungfrau«, sagt der Vater. »Sie sehen doch, sie ist noch ein Kind.«

»Kind? Dass ich nicht lache«, schnaubt Lucas verächtlich. »Dieses *Kind* schreibt mir schon seit Wochen anzügliche Handynachrichten. Also jugendfrei sind die nicht.«

Herr Bouffier kontert: »Hör mal, diese Anschuldigung müsste sich ja beweisen lassen. Das kannst du aber nicht, weil meine Tochter so etwas niemals tun würde.«

»Was heißt hier nicht beweisen ...« Lucas holt sein Smartphone raus, macht ein paar Handgriffe und reicht es dem ahnungslosen Vater.

Der liest und wird immer blasser um die Nase. »Das ist nicht echt. Das hast du manipuliert. Nie und nimmer würde unsere kleine Prinzessin so ... solche Pornos schreiben.«

»Gib mir dein Handy!«, befiehlt der Herr Polizist in Richtung seiner Tochter.

»Hab ich in der Schule vergessen«, raunzt der Schmollmund der Prinzessin.

Herr Bouffier atmet tief durch, ich glaube, er würde jetzt seinem Engelchen am liebsten eine gewaltige Ohrfeige verpassen. Er steht auf und verlässt das Zimmer.

Einige Sekunden herrschen Stille, die lediglich durch Marens regelmäßiges Schniefen unterbrochen wird. Dann hören wir ihn mit energischen Schritten die Treppe nach oben gehen.

Nach wenigen Sekunden ist Herr Bouffier wieder da, knallt seiner Tochter das Handy vor die Nase und schreit: »Mach dieses verdammte Ding an!«

Sie weint herzzerreißend, gehorcht aber doch.

»Her damit!«

Nach einigen Tasteneingaben beginnt er zu lesen. Als er das Mobiltelefon wieder weglegt, hat sein Gesicht die Farbe einer neu gestrichenen Wand im Polizeipräsidium.

Die Mutter greift zu Marens Handy.

»Nein, lies das nicht, Liebling«, warnt Herr Bouffier seine Frau.

Die lässt sich nicht beirren und beginnt zu lesen. »Das ist niemals von Maren. Mein Schatz, sag, dass du das nicht geschrieben hast.«

Schade, ich wüsste zu gerne, was der kleine, verdorbene Engel meinem Sohn für Pornos schickt. Bestimmt hat sie *Fifty Shades of Grey* gelesen.

»Das habe ich nicht geschrieben, das war eine Freundin.«

»Ich wusste gleich, dass meine Kleine so etwas niemals schreiben würde.« Die Mutter glaubt noch an den Weihnachtsmann. Und an den Osterhasen auch.

»Pass auf! Wir werden die Eltern dieser Freundin auf der Stelle anrufen und ich schwöre dir, dies ist hier und jetzt für dich die einzige Möglichkeit die Wahrheit zu sagen. Wenn diese Zeilen von dir stammen, dann gib das jetzt zu.« Der Vater atmet schwer, sehr schwer.

Maren reißt sich einen ihrer langen künstlichen Fingernägel ab, auf den sie eine Minute gestarrt hatte, bevor sie antwortet: »Ja, Scheiße, das habe ich geschrieben. Na und!«

»Vielleicht erzählt uns die junge Dame diesmal, wie es wirklich war. Ist das Ganze gegen deinen Willen passiert?« Oliver will die Wahrheit wissen.

Die Barbiepuppe beißt sich auf die Unterlippe, sieht auf ihre neun noch vorhandenen, mindestens einen Meter langen, im angesagten Wildkatzenlook bemalten Fingernägel und schüttelt den Kopf. »Ich fand es Scheiße, dass Lucas mit dieser Hülya zusammen war«, sagt sie jetzt mit einer völlig anderen Stimme. »Ich fand ihn cool und wollte ihn unbedingt. Hätte ich gewusst, dass er so ein Arsch ist ...«

»Schatz, bitte, das kann doch nicht wahr sein«, fleht die Mutter.

»Na UND?«, schreit das Püppchen jetzt. »JA, ich habe ihn angemacht.«

»Und dann, mein Schatz, was ist dann passiert?«, insistiert die Mutter.

»Was soll schon passiert sein? Dann haben wir gefickt. Willst du jetzt die Einzelheiten?«

»MAREN!«, schreien Vater und Mutter Bouffier in Stereo und das Entsetzen ist ihnen ins Gesicht geschrieben.

Mir scheint, auch andere Eltern wissen nicht, was ihr Nachwuchs alles so treibt. Die Bouffiers dachten, sie hätten noch ein kleines Kind, das von einem bösen Jungen mit Gewalt zum Sex gezwungen wurde. Und jetzt stellen sie fest, dass es dieses Früchtchen ganz schön dick hinter den Ohren hat.

»Nun, wie ich sehe, hat sich eine Anzeige wohl erübrigt.« Oliver muss noch eins draufgeben.

Er erhält keine Antwort. Ich glaube, die Bouffiers haben ihre Sprache verloren.

»Jetzt«, versucht es Oliver weiter auf der rationalen Ebene, »nachdem der Sachverhalt klargestellt ist, interessiert mich, seit wann die Schwangerschaft besteht, ob ein Besuch beim Frauenarzt stattgefunden hat und ob erwiesen ist, dass Lucas tatsächlich der Vater ist.«

Die Mutter antwortet: »Maren sagt, sie sei in der sechsten Woche schwanger. Beim Frauenarzt war sie noch nicht, aber wir haben für Anfang nächster Woche einen Termin vereinbart.«

»Und was soll das heißen, ob erwiesen ist, dass Ihr Sohn der Vater ist? Maren war vor ... vor dieser Sache noch Jungfrau. Das stimmt doch?« Der Vater sieht seine Tochter scharf an.

Die Barbie nickt mit dem Kopf, versucht einen kindlichen Augenaufschlag, der wohl eher misslingt. Also, ich weiß ja nicht. Ich würde ihr das nicht abnehmen. Die hatte sicherlich schon öfter Sex. Garantiert.

»Das stimmt doch?«, setzt der Vater nach.

»Also bitte, wenn ihr es unbedingt genau wissen wollt: Nein, das war nicht mein erster Fick.«

»MAREN!« Ich glaube, für die Mutter bricht gerade eine Welt zusammen.

Ich schlage vor, dass Lucas Maren zum Frauenarzt begleitet. Etwas mehr Sachlichkeit kann dem Gespräch nicht schaden.

Mein Sohn sieht mich an, als wolle er mir die Kehle zudrücken. Maren schüttelt den Kopf, dass die langen dunkelblonden Haare nur so fliegen.

»Das ist eine gute Idee. Lucas und ich begleiten dich beide, mein Schatz.« Die Mutter scheint sich langsam mit der Schwangerschaft ihrer Tochter abzufinden.

Das Püppchen reißt sich einen weiteren falschen Fingernagel ab. »Nein, ich gehe da alleine hin. Da braucht niemand mitkommen. Ich … ich …«

»Das haben wir so beschlossen und aus.« Herr Hauptkommissar hat gesprochen.

»Ein Schwangerschaftsabbruch kommt für uns aus Glaubensgründen nicht infrage«, kündigt jetzt Frau Bouffier an.

»Es reicht für heute, nach dem Frauenarzttermin setzen wir uns erneut zusammen.« Der Vater scheint das Schlusswort gesprochen zu haben.

Lucas schnellt hoch, auch Oliver und ich stehen auf. Wir verabschieden uns.

Ich habe das Gefühl, dass uns die Prinzessin noch etwas sagen will, aber, außer »ich … ich …« verstehe ich nichts. Und dann rennt sie die Treppe nach oben. Ich nehme an, dass sie sich in ihrem Zimmer einschließt, weil sie weiß, was ihr jetzt blüht.

Für die überfürsorgliche Helikoptermutter scheint heute eine heile Welt eingestürzt zu sein und auch der Vater sieht sein Prinzesschen mit anderen Augen.

Wir fahren schweigend zu uns nach Hause. Dort sitzen wir mit einer Flasche Wein bei einer Nachbesprechung. Schon wieder Alkohol, denke ich.

»Mensch musstest du dieses junge Ding unbedingt vögeln?« Selbst Oliver kann seinen Sohn nicht verstehen.

Lucas sagt nichts, er zuckt nur mit den Schultern.

»Ich werde noch einmal mit diesem Vater telefonieren, vielleicht kann ich ihm ja klarmachen, dass eine Abtreibung für alle die vernünftigste Lösung ist.«

»Die sind sehr gläubig. Hast du das große Kreuz und die Heiligenbilder im Flur gesehen?«

Lucas hat recht. Aber ich denke auch, das Beste ist, wenn die beiden Väter noch einmal ein Telefonat führen.

Inzwischen empfinde ich das alles nicht mehr als so schlimm. Es muss selbstverständlich ein Vaterschaftstest durchgeführt werden und sollte Lucas der Vater sein, werden wir das Kind schon schaukeln. Auch wenn die beiden nicht zusammenleben, können wir uns mit Lucas gemeinsam um das Kind kümmern. Ich wundere mich über mich selbst, dass ich das plötzlich alles derart rational sehe.

14

Mit Alina treffe ich mich mittags im Naturkostladen, den wir kurz darauf wieder mit zahlreichen Tüten verlassen. Meine Tochter strahlt, seit ich ihr versprochen habe, am Abend einen veganen Nusskuchen zu backen. Aber nicht nur das, Alina hat im Bioladen vegane Kuvertüre entdeckt und sogar eine, die schmeckt wie Vollmilch, statt Milchpulver enthält sie Reisdrinkpulver. Ich habe gleich mehrere Packungen davon in unseren Einkaufswagen geladen. Und ich weiß auch schon, was ich damit machen werde. Wo Alina doch Schokolade, besonders Milchschokolade über alles liebt.

Am Nachmittag bitte ich Max, den Verkauf zu übernehmen. Ich ziehe mich in die Küche zurück und fertige zunächst vegane Schoko-Knusperhäufchen mit Cornflakes, danach bereite ich vegane Schoko-Mandel-Splitter zu und überziehe verschiedene Trockenfrüchte mit der veganen Kuvertüre. Jetzt muss mein Kind wenigstens nicht mehr auf Schokolade verzichten.

Zu Hause backe ich zum ersten Mal einen veganen Nusskuchen, mit Ei-Ersatz, Mandelmilch und Margarine. Der Teig schmeckt gar nicht schlecht. Das meint auch Alina, als sie glücklich wie ein kleines Kind die Schüssel ausschleckt. Und wie sie erst strahlt, als ich ihr eine Tüte mit veganen Knusperhäufchen, Mandelsplittern und Schoko-Früchten in die Hand drücke. Mein Herz geht auf, wenn ich meine Tochter strahlen sehe wie die Frühlingssonne.

Als ich meinen Kuchen am nächsten Morgen stolz präsentiere, freut sich auch Lucas, denn er mag Nusskuchen besonders gerne. Nachdem er jedoch einen ersten Bissen genommen hat, will er wissen, ob das Sandkuchen sei, aus echtem Sand.

»So schlecht schmeckt der jetzt aber nicht«, kontere ich. »Immerhin musste für diesen Kuchen kein einziges Tier leiden. Der ist vegan. Und ich finde, der schmeckt supi.«

»Mensch Mama, du musst wegen dieser Graspflückerin doch nicht jeden Schwachsinn mitmachen. Das nächste Mal backst du aber wieder einen richtigen Kuchen, mir egal, ob und wie viele Tiere deshalb leiden mussten. Verdammt, ich bin kein Veganer und will gefälligst einen anständigen Kuchen.«

Ich schlichte, indem ich vorschlage, mal einen veganen und dann wieder einen herkömmlichen Kuchen zu backen, so komme jeder auf seine Kosten.

Lucas verlässt kopfschüttelnd die Wohnung.

Im Schoko-Traum arbeite ich zunächst in der Küche und fertige noch weitere vegane Spezialitäten, denn die veganen Knusperhäufchen, Mandelsplitter und vor allem die Schoko-Trockenfrüchte, die ich gestern ins Schaufenster gelegt hatte, waren innerhalb von zwei Stunden ausverkauft. Ich scheine damit den Nerv der Zeit getroffen zu haben. Später telefoniere ich mit zwei Anbietern und bestelle noch mehr vegane Kuvertüre. Wenn die Nachfrage groß ist, sollte man das Angebot entsprechend erweitern. Zum einen kann ich die veganen Weihnachts-Spezialitäten sicherlich gut verkaufen und zum anderen hat mein Kind was zu naschen. Meine Alina fällt mir ja sonst noch vom Fleisch, sie wird von Tag zu Tag dünner.

Gegen elf Uhr erreicht mich ein Anruf meiner Schwester. Wir vereinbaren, dass uns Yvonne am Freitag vor Weihnachten besuchen wird. Am Sonntagabend soll im Schoko-Traum eine Art Weihnachtsfeier stattfinden, bei der ich sie gerne dabeihätte. Am Montag wird Yvonne wieder nach Hause fahren. Sie schlägt vor, sich ein Hotelzimmer in der

Nähe unserer Wohnung zu nehmen. Ich biete ihr an, dass sie gerne bei uns im Wohnzimmer auf der ausziehbaren Couch übernachten könne, doch sie möchte unseren neuen Kontakt nicht überstrapazieren. Wenn ich ehrlich bin, ist es mir auch lieber, dass meine Schwester erst mal im Hotelzimmer und nicht in unserer Wohnung übernachtet. Meine Freundinnen Birgit und Stefanie haben schon oft bei uns genächtigt und auch Freunde der Kinder, aber das ist etwas anderes. Yvonne kann ich mir nur schwerlich im Bad unserer Wohnung vorstellen. Obwohl mir dieses Zusammentreffen etwas Angst bereitet, freue ich mich, dass wir beide uns aussöhnen möchten. Was hat Cem bei dem Besuch auf dem Dürkheimer Wurstmarkt gesagt, als ich ihm davon erzählte, dass ich seit zwanzig Jahren keinen Kontakt mehr mit meiner Schwester habe? »Du solltest dich mit deiner Schwester aussöhnen, nicht wegen ihr, sondern wegen dir.« Der Mann ist von Beruf Psychologe und weiß sicherlich, von was er spricht.

In der Mittagspause essen Max und ich schnell eine Kleinigkeit, bevor wir uns für den Rest der Pause in der Küche einigeln. Ich stelle Schoko-Engel und Weihnachtspralinen her. Max hat sich auf verschiedene Weihnachtsschokoladen spezialisiert. Zunächst hatte er etwas Schwierigkeiten beim Herstellen von Schokolade. Eigentlich ist er jemand, dem man etwas nur einmal zeigen muss und schon hat er es kapiert. Aber bei der Zubereitung der Schokolade wollte es nicht auf Anhieb klappen. Max war jedoch nicht bereit, das auf sich sitzen zu lassen. Und jetzt beherrscht er das Handwerk aus dem Effeff.

Einige Tage später schlage ich die Zeitung auf und lese einen großen Artikel über den Fall Maier. Seine Schuld konnte jetzt unzweifelhaft nachgewiesen werden. Einer nochmaligen Verhaftung habe er sich allerdings zuvor durch Suizid entzogen. Als einziges verwertbares Material konnte eine kleine blaue Wollfaser am zweiten Tatort sichergestellt werden. Es sei jedoch unklar gewesen, ob diese überhaupt vom Täter stammte. Zunächst konnten darauf keine verwertbaren DNA-Spuren festgestellt werden, die Maier zuzuordnen waren. Aus irgendeinem Grund sei der Test wiederholt worden. Und zum Erstaunen des mit den Ermittlungen betrauten Hauptkommissar Bouffiers, hätte die blaue Wollfaser aufgrund der festgestellten DNA-Anhaftungen jetzt eindeutig Theo Maier zugeordnet werden können, und zwar mit fast hundertprozentiger Sicherheit. Doch bevor die Polizei Maier erneut vernehmen konnte, hatte er sich, mit einer älteren Waffe, die schon lange in seinem Besitz war, das Leben genommen. Diese Waffe hatte er einmal einem Nachbarn gezeigt und behauptet, schießen würde die sicherlich nicht mehr, aber sie sei ein Andenken an seinen Großvater, der eigentlich gar nicht sein Großvater war. Schon gestern Morgen sei in einer Radiosendung über das Ergebnis des DNA-Tests berichtet worden. Die Pressestelle der Polizei konnte keine plausible Antwort geben, auf welchem Weg der Sender die Informationen erlangt habe. Es wird von einer undichten Stelle bei der Polizei ausgegangen. Hauptkommissar Bouffier betont, die Polizei sei froh, dass Maiers Schuld jetzt unzweifelhaft feststehe. Und den Selbstmord werte der Kommissar als ein spätes Schuldeingeständnis Maiers.

Maier hat sich das Leben genommen. Das ist schrecklich. So wie es aussieht, war seine Selbsttötung tatsächlich ein spätes Schuldeingeständnis. Aber ich frage mich: Was ist mit den Zeugen? Sie haben mit Maier Skat gekloppt, während die Taten geschehen sind. Haben die sich einfach alle in der Zeit geirrt? Oder hatte Maier diese Zeugen gekauft? Vielleicht hatte er gegen jeden Einzelnen etwas in der Hand. Tja, wer weiß das schon. Nun, ich muss zugeben, dass ich mich in Maier getäuscht habe. Ich habe ihn vollkommen falsch eingeschätzt, das ist mir bislang noch nie passiert.

Den Tag über arbeite ich im Schoko-Traum und muss immer wieder an Maier denken. Es will mir einfach nicht einleuchten, dass ich mich so sehr in diesem Menschen getäuscht habe.

Mein Telefon läutet, es ist Lucas: »Hallo Mama, ich hab eine halbe Stunde vor dem Frauenarzt gestanden, dann bin ich rein und hab nach Maren gefragt. Eine Sprechstundenhilfe hat mir mitgeteilt, dass Maren den Termin abgesagt hätte.«

Ich seufze: »Lucas, ich werde Frau Bouffier anrufen.«

Mein Sohn ist erleichtert: »Danke, Mama.«

Erst nach mehrmaligem Anlauf gelingt es mir, Frau Bouffier zu erreichen. Ich will von ihr wissen, wieso sie und Maren heute nicht beim Frauenarzt gewesen seien.

Ihre Tochter hätte sie eine Stunde vor der verabredeten Zeit angerufen und mitgeteilt, dass sie den Termin nicht wahrnehmen könne, weil sie in der Schule eine Klausur nachschreiben müsse. Maren hätte außerdem gesagt, sie gebe Lucas Bescheid. Frau Bouffier hat sich in der Schule schlaugemacht und erfahren, dass ihre Tochter sie belogen hat. »Die kann was erleben, wenn die nach Hause kommt. Ich weiß auch nicht, aber dieses Kind ist seit der ... Sache so anders. Weder mein Mann noch ich kommen an sie ran.«

Frau Bouffier hat in einigen Tagen einen neuen Termin bei ihrem Frauenarzt vereinbart. Gerne dürfe Lucas mitkommen.

Am nächsten Morgen betritt eine mir unbekannte Kundin den Laden. Sie bestellt eine heiße Schokolade und setzt sich damit an den hinteren Bistrotisch, an dem noch der gestrige Zeitungsartikel über Maier liegt. Im Rahmen der Kundenpflege setze ich mich für einen Augenblick zu ihr.

Sie zeigt auf den Artikel. »Ich war seine Nachbarin und habe ihn ein bisschen gekannt, den Herrn Maier. Ich glaube nicht, dass er die Verbrechen verübt hat, niemals hätte er diesen Frauen Gewalt angetan.« Die etwa fünfzigjährige Kundin nimmt einen Schluck heiße Schokolade und greift sich eine Praline von dem Tellerchen, welches ich zwischen uns beiden platziert habe.

»Aber die Polizei ist sich doch inzwischen eindeutig sicher, dass Maier der Täter war«, gebe ich zu bedenken.

Die Frau lacht. »Ach wissen Sie, ich glaube nicht alles, was in der Presse steht, nicht einmal dann, wenn diese Informationen von der Polizei stammen. Was weiß ich denn, ob diese Verlautbarungen der Wahrheit entsprechen oder nicht. Vielleicht müssen die ihre Statistiken schönen, jetzt, wo Maier tot ist. Oder es ist einfach nur ein Fehler bei der Auswertung passiert. Erinnern Sie sich noch an das Heilbronner Phantom vor einigen Jahren? Mehrere ganz unterschiedliche Verbrechen wurden fälschlicherweise derselben Täterin zugeschrieben, da an allen Tatorten dieselben DNA-Spuren gefunden wurden. In Wahrheit waren die Stäbchen zur Probeentnahme mit der DNA einer Mitarbeiterin des Herstellerbetriebs kontaminiert. So viel zur sicheren Täterfeststellung unserer Polizei.«

Oh je, wieder so eine Verschwörungstheoretikerin. Ich nehme mir eine Praline Süße Sünde.

»Sie halten mich für verrückt, das sehe ich. Glauben Sie mir, das bin ich nicht. Maier hatte einen Doppelgänger.«

Ich berichte ihr davon, dass ich zunächst auch von der Annahme ausgegangen sei, dass Maier einen Doppelgänger habe, durch den Besuch im *Bella Susi* jedoch eines Besseren belehrt wurde.

»Deshalb bin ich hier.«

Ich sehe meine neue Kundin verwundert an.

»Maier hat mir von diesem Erlebnis berichtet.« Sie will wissen, wie ich auf die Theorie mit dem Doppelgänger gekommen sei.

Ich trage ihr alle Gründe vor, die mich dazu bewogen haben, an einen Doppelgänger Maiers zu glauben. Noch einmal betone ich, dass ich dies inzwischen für irrelevant halte.

»Ich habe den Doppelgänger auch gesehen, am Tag des letzten Prozesstages, genau wie Sie. Er ist mir in der Fußgängerzone begegnet. Er hatte einen Dreitagebart. Und er hat mich nicht erkannt. Ich dachte zunächst, vielleicht war Maier das alles peinlich und er hätte deshalb so getan, als sähe er mich nicht. Aber zwei Tage später habe ich bei ihm geklingelt und er hat mir aufgemacht. Er war freundlich wie immer. Und er hat behauptet, dass er an dem fraglichen Tag nicht die Hauptstraße entlanggegangen sei.«

Schweren Herzens hatte ich mich mit Maiers Schuld abgefunden. Und dann kommt die Frau mit ihren wirren Behauptungen daher.

»Es gibt diesen Doppelgänger, ich bin mir sicher«, betont sie noch einmal. »Ich habe das Hauptkommissar Bouffier mitgeteilt. Ich glaube, den hat das nicht sonderlich interessiert. Ich heiße übrigens Wenzel.«

»Eppstein«, sage ich und wir begrüßen uns jetzt per Handschlag.

»Hören Sie, Frau Wenzel, könnte es sein, dass Herr Maier eine schizophrene Störung hatte?«

»So ein Quatsch! Maier war nicht schizophrener als Sie und ich. Aber die Möglichkeit hat der Kommissar auch ins Spiel gebracht. Frau Eppstein, ich glaube das nicht. Vielmehr denke ich, dass der Doppelgänger, den wir beide gesehen haben, der Täter war. So muss es gewesen sein.« Frau Wenzel greift nach einer weiteren Praline in der Form eines Tannenbaums. »Sie glauben doch auch nicht, dass Maier der Schuldige war. Sonst hätten Sie doch in der Bar nicht die Polizei gerufen.«

»Nachdem die Polizei endgültig festgestellt hat, dass nur Maier für die Delikte infrage kommt ...«

»Ich bin nicht bereit, mich damit abzufinden. Wenn es einen Doppelgänger geben sollte und er die Vergewaltigungen begangen hat, dann macht der das doch wieder. Vielleicht wusste der Doppelgänger, dass er Maier ähnlichsah, und hat den beiden Frauen sein Gesicht aus genau diesem Grund gezeigt. Wissen Sie, es gibt immer viele verschiedene Erklärungen für eine Tatsache. Und häufig ist es nicht so, wie es im ersten Augenblick erscheint.«

Bevor Frau Wenzel den Schoko-Traum verlässt, tauschen wir unsere Telefonnummern aus.

Während ich mich mit der früheren Nachbarin Maiers unterhielt, bediente Max die Kunden, aber trotzdem bekam er mit, worum sich unser Gespräch drehte.

»Vielleicht ist etwas dran, an den Bedenken dieser Frau. Könnte doch möglich sein, dass der Doppelgänger Maier begegnet ist, dann war das ein genialer Schachzug von ihm gewesen, den Frauen sein Gesicht zu zeigen.«

Max gibt zu bedenken: »Wurde nicht die DNA Maiers eindeutig bei einem Opfer festgestellt?«

»Ja, das stimmt. Und was, wenn sich der Täter den Wollfitzel von Maier besorgt und extra am Tatort zurückgelassen hat?«

»Das wäre allerdings voll krass.«

Ich sollte wohl noch einmal mit dem Rotlichtkönig telefonieren.

Herr Siebert ist nicht sonderlich erstaunt, als er mich an der Strippe hat. Den scheint so leicht nichts zu überraschen. Ich lege ihm dar, dass man für die neue Faktenlage im Fall Maier auch andere Interpretationsmöglichkeiten in Erwägung ziehen könne. Er ist sofort bereit, den zweiten Gast, der sich mit Maier im Klub unterhalten hatte, zu kontaktieren. Zahltags Rufnummer könne er mir leider nicht geben, aber er werde sich bei mir melden, sobald er wisse, wann sich der Gast wieder in der Bar aufhalte. Ich schlage vor, dass er ihm auch gerne meine Mobilnummer geben könne, eventuell ließe sich das auch telefonisch klären.

Frau Wenzel hat mich aufs Neue stark ins Grübeln gebracht. Ihre Argumentation ist nicht von der Hand zu weisen. Wer sagt denn, dass der Mann, der sich vor einem Jahr in der Bar aufhielt, auch Maier war? Es würde Sinn machen, kurz vor der ersten Tat, geht Maiers Doppelgänger in eine Bar und verhält sich auffällig. Den Frauen zeigt er zunächst sein Gesicht, sorgt aber dafür, dass ausschließlich Maiers DNA am Tatort zurückbleibt. Jeder ginge davon aus, dass Maier die Verbrechen begangen hat. Das wäre ziemlich ausgekocht. Wenn schon beim ersten Test Maiers DNA an den Wollfasern festgestellt worden wäre, dann hätte man ihn damals schuldig gesprochen und er wäre im Gefängnis gelandet. Dass Maier nicht verurteilt wurde, hing ausschließlich an dem falschen Testergebnis. Außerdem kommt mir seine Antwort in diesem Radiointerview in den Sinn. Er hoffe, auch dann genügend Zivilcourage zu besitzen, wenn er eine Aktion, bei der er einem anderen Menschen helfe, mit seinem Leben bezahlen müsse.

Gerade erst hast du dich vollständig blamiert. Schon vergessen?

Ich sollte auf meine innere Stimme hören. Ich beschließe, dass ich einen Teufel tue und mich nicht noch einmal in diesen Fall einmischen werde. Mir reicht es, ein für alle Mal.

15

Jemand ruft mit unterdrückter Nummer auf meinem Handy an. Ich gebe meine Kundin an Max weiter und verschwinde ins Lager. Es ist der Gast mit dem Spitznamen Zahltag, der sich mit Maier in der Bar *Bella Susi* unterhalten hatte. Ich lasse ihn wissen, dass sich meine Recherchen erübrigt haben.

Er und der andere Mann hätten sowieso nur Nichtigkeiten ausgetauscht. »Was ich allerdings komisch finde«, sagt der Anrufer, »ist sein Name. Damals in der Bar hat er gesagt, er heiße Bauer. Auch einer der Männer, die mit ihm in der Bar waren, hat ihn mit dem Namen angesprochen. Ich habe mich gewundert, als ich später sein Bild in der Zeitung sah und dort las, dass er Maier hieß.« Bauer hätte behauptet, dass er in einem nahen Hotel übernachte und in Berlin wohne. Der Mann konnte sich exakt an den Tag des Zusammentreffens erinnern. Es war im April letzten Jahres, einen Monat vor der ersten Tat.

War dieser Mann Maier? Wollte er die Legende eines Doppelgängers in der Bar erschaffen? Dann hätte er zu der Zeit seine Taten schon geplant gehabt. Oder existiert doch ein Doppelgänger? Hatte der zu dem Zeitpunkt die Verbrechen noch nicht geplant und nannte deshalb seinen richtigen Namen? Aber Maiers Schuld ist eindeutig erwiesen. Für die Polizei ist der Fall endgültig abgeschlossen. Sollte Maier doch unschuldig gewesen sein, existiert niemand auf der Welt, der dies auch nur ansatzweise zu beweisen versucht.

Einige Tage später betritt Frau Wenzel den Schoko-Traum und unterrichtet mich darüber, dass sie sich am Vortag quasi mit der Schwester Maiers unterhalten hätte.

»Maier hatte eine Schwester?«

»Er ist in einer Pflegefamilie groß geworden. Die leibliche Tochter der Pflegeeltern war gestern da, um seine Beerdigung und die Auflösung der Wohnung in die Wege zu leiten.«

Ich gehe schnell mal in die Küche, koche eine *Weiße Weihnacht* und richte noch ein Tellerchen mit Pralinen, bevor ich mich gemeinsam mit Frau Wenzel an den hinteren Bistrotisch setze.

»Also«, beginnt Maiers Nachbarin, »von der Tochter der Pflegefamilie habe ich erfahren, dass die beiden zusammen in einer Familie in der Nähe von Dresden aufgewachsen sind. Ihre Mutter hätte ihr erzählt, dass Maier sehr kurz nach seiner Geburt in die Familie gegeben worden sei. Er war erst einige Tage alt, das könne man auch auf den Familienfotos erkennen. Seine Mutter sei bei der Geburt verstorben. Genaueres wusste die Familie nicht. Einen Bruder hatte Maier nicht, nur falls Sie das jetzt fragen wollen.« Frau Wenzel greift zu einer Weihnachtspraline. »Hmm, lecker«, dabei stöhnt sie ein wenig, ehe sie fortfährt. »Also seine Schwester kann sich auch nicht vorstellen, dass Maier die Taten begangen haben soll, er sei schon immer etwas eigenbrötlerisch gewesen und nach seinem Auszug aus der Familie hätte es nur noch sporadisch Kontakt gegeben.« Frau Wenzel wischt sich schon zum dritten Mal energisch eine lange braune Haarsträhne aus dem Gesicht, die sich immer wieder selbstständig macht. »Aber mit diesen Gewalttätigkeiten würde sie ihn niemals in Verbindung bringen.«

Sie kramt in ihrer Tasche und reicht mir einen Zettel. »Als seine Schwester verschiedene Unterlagen aus Maiers Wohnung in ihren Wagen transportierte, da ist ihr sein Ausweis herausgefallen. Ich habe ihn ihr zurückgegeben, mir allerdings zuvor seine Geburtsdaten notiert.«

»Frau Wenzel!«

Die Frau grinst mich verschwörerisch an, als hätten wir zusammen eine Bank überfallen.

Dann berichte ich ihr die Neuigkeiten, die ich von Zahltag erfahren habe.

»Das war der Doppelgänger!«

Ich bin mir bei all dem nicht ganz so sicher. Vielleicht stellt sich heraus, dass Bauer und Maier ja doch ein und dieselbe Person sind. Ich verspreche ihr, dass ich mich in meiner Mittagspause in den der Kneipe naheliegenden Hotels umhören werde. Für alle Fälle. Sie will gleich mitkommen, aber das halte ich nicht für die beste Idee. Wenn wir da zu zweit auftauchen, erfahren wir sicherlich nichts. Einem einzelnen Menschen vertraut man mehr an als zweien. Ich verspreche, dass ich mich mit ihr in Verbindung setzen werde, sollte ich etwas erfahren.

Meine innere Stimme hat mir mehrmals einen Vogel gezeigt. Jetzt sagt sie: *Ich denke, du wolltest dich aus allem raushalten?*

Das werde ich auch. Ich bin fast sicher, dass ich keine Neuigkeiten erfahren werde, dann ist der Spuk vorbei und ich habe Klarheit.

Während ich mit Frau Wenzel sprach, musste sich Max wieder um alle Kunden kümmern. Sie bemerkten, dass wir eine intensive Unterredung führten, und störten uns deshalb nicht. Zwischendurch spitzte Max immer seine Ohren, um das Gespräch mitzubekommen. Die restlichen Teile, die er nicht mit anhören konnte, berichte ich ihm, als an diesem Vormittag etwas Luft ist. Auch Max bietet sofort an, gemeinsam mit mir die Hotels abzuklappern, aber ich lehne dankend ab.

In der Mittagspause macht sich Max auf nach Hause. Ich hingegen ziehe meinen Daunenmantel an, da ich vorhabe, einige Hotels aufzusuchen. Im Internet habe ich auf einer Karte alle infrage kommenden Hotels und Pensionen ausfindig gemacht und mir die Anschriften notiert. Als ich die Tür des Schoko-Traums abschließen will, kommen Steffi und Biggi, um mich auf den Heidelberger Weihnachtsmarkt zu entführen, der sich an mehreren Standorten in der Altstadt ausbreitet. Es fängt an zu nieseln, aber richtig kalt ist es heute nicht.

Auf dem Universitätsplatz befindet sich mit über siebzig Ständen der größte Teil des Marktes. Hier schlendern wir von Bude zu Bude, lassen uns von den verschiedenen Düften betören und genießen eine Portion Kartoffelpfannkuchen mit Apfelmus. Während unseres Essens können wir uns der Weihnachtsmusik nicht erwehren. »Kling, Glöckchen, klingelingeling ...«, tönt es. Überall riecht es nach Glühwein und gebrannten Mandeln. Wir bekommen noch mehr Lust auf Süßes und Steffi gibt noch eine Runde Mini-Schaumküsse aus. Diese naschen wir zusammen mit unserem Kaffee im warmen Schoko-Traum.

Dabei berichte ich meinen Freundinnen von Frau Wenzels Besuch sowie dem Telefonat mit dem Gast, der sich mit einem Mann unterhalten hatte, der wie Maier aussah, aber als seinen Namen Bauer genannt hatte.

»Ich verstehe echt nicht, was das soll, Tanja. Maier, dieses Monster, war der Täter, das ist eindeutig erwiesen. Und das Schwein hat sich selbst gerichtet. Und gut. Hast du dich mit deiner Einmischerei nicht schon genug blamiert?« Birgit trinkt ihren Espresso aus und stellt die Tasse mit Schmackes auf den Unterteller.

»Es ist doch offensichtlich, dass es in der ganzen Geschichte Ungereimtheiten gibt. Frau Wenzel glaubt auch nicht an Maiers Schuld«, sage ich zu meiner Verteidigung.

»Ob ihr das glaubt oder nicht, das spielt keine Rolle, die Polizei hat nämlich eindeutige Erkenntnisse, dass Maier der Täter war und basta. Du bist doch sonst nicht auf den Kopf gefallen, warum willst du unbedingt diesen Vergewaltiger reinwaschen?«

»Mensch Biggi, weil ich eventuell einen Doppelgänger gesehen habe. Ich weiß doch auch nicht, ob das dieser Bauer war. Was, wenn der die Verbrechen begangen hat und nicht der Maier?«

»Biggi, ich weiß nicht, warum du so aggressiv reagierst, aber Tanja, ich muss Biggi recht geben, die Polizei hat Maier eindeutig als Schuldigen entlarvt. Da kannst du noch so sehr damit hadern, dass dein Stammkunde der Täter war. Wenn seine Schuld unzweifelhaft feststeht, dann ist das doch eine klare und eindeutige Sache.«

»So klar ist das aber nicht. Die Polizei hat nie nach einem Doppelgänger gefahndet.«

»Warum wohl nicht, Tanja?« Birgit sieht mich an, als wäre ich nicht mehr ganz zurechnungsfähig. »Ja vielleicht, weil die Polizei den Täter schon ermittelt hatte und keinen mehr zu fangen brauchte. Und das wurde durch den Gentest bestätigt. Kannst du nicht endlich mit dem Schwachsinn aufhören? Ständig fängst du wieder mit diesem Vergewaltiger an, als gäbe es nicht Wichtigeres, um das du dich kümmern müsstest.«

»Was willst du mir damit sagen, dass ich mich stattdessen mehr um meine Kinder kümmern soll oder was?« Langsam werde ich sauer. Sogar extrem sauer.

»Hat dein Sohn nicht gerade eine Mitschülerin geschwängert?«

»Ach, und das ist meine Schuld? Weil ich mich zu wenig um meinen Sohn gekümmert habe? Stattdessen beschäftige ich mich damit, die Unschuld eines Monsters zu beweisen.«

»Weißt du was, mit dir ist heute nicht zu reden! Ich geh wieder arbeiten.« Birgit schnappt ihren Mantel und ihre Tasche, und noch ehe ich irgendetwas darauf äußern kann, steht sie draußen vor der Tür. Erst dort zieht sie sich frierend ihren Mantel über.

»Warum ist die denn dermaßen aggressiv? Macht Biggi wieder irgendeine Diät oder was?«

»So ganz kapiere ich deine Vehemenz, mit der du Maiers Unschuld vertrittst, auch nicht, aber Biggis Aggressivität verstehe ich noch weniger. Die war schon die letzten Male, als wir uns über dieses Thema unterhielten, schräg drauf.«

»Stimmt. Ich erinnere mich.«
Auch Stefanie verlässt den Laden.
Inzwischen ist es schon zu spät, um irgendwelche Hotels abzuklappern. Bald muss ich die Chocolaterie wieder öffnen. Ich werde meine Hotelbesuche wohl auf morgen verschieben müssen. Heute Abend im Dunkeln habe ich keine Lust zum Hotelabklappern.

Dann kümmere ich mich stattdessen mal um meinen Sohn, da ich das ja sonst nie mache. Ich bemerke, dass ich echt ganz schön sauer auf meine Freundin bin. Die hat es nötig, mir vorzuwerfen, dass ich mich nicht um meine Kinder kümmere. Sie hatte sieben Jahre keinen Kontakt zu ihrer Tochter und wusste nicht einmal, dass sie längst ein Enkelkind hat. Nun, vielleicht werde ich jetzt ungerecht. Aber ich finde, Biggis Benehmen war echt ein starkes Stück.

Erst nach dem dritten Anruf nimmt Lucas ab. Ich will wissen, wie der Besuch beim Frauenarzt verlaufen ist. Maren sei schon wieder nicht gekommen und jetzt könne diese blöde Bitch allein zum Frauenarzt gehen. Er hätte sich schon zum zweiten Mal wie der totale Depp gefühlt.

Ich verspreche ihm, dass ich mich nachher mit Marens Mutter in Verbindung setzen werde.

Oh je, die Frau ist stinksauer. Ihre Tochter hat den Termin wiederum kurzfristig abgesagt, beim Frauenarzt und bei ihrer Mutter. Angeblich, weil sie einen anderen Arzt aufsuchen möchte, als den ihrer Mutter. Gut, bei dieser Helikoptermutter kann ich das Argument definitiv nachvollziehen, ganz im Gegensatz zu Frau Bouffier. Die ist schier aus dem Häuschen. Ich schätze, das Prinzesschen kann was erleben, wenn es die häuslichen Gefilde betritt.

Ich erzähle meinem Sohn von dem Telefonat und noch ehe ich ausgesprochen habe, bekommen wir uns in die Wolle, weil er Maren wieder als Bitch tituliert. Der hat Nerven. Schwängert diese Kinderbarbie und nennt sie eine Bitch.

16

Steffi und Biggi schneien am Samstagmittag unerwartet in den Schoko-Traum. Erst als ich meine Freundin Birgit sehe, fällt mir wieder ein, dass ich gestern ganz schön sauer auf sie war.

Jetzt kommt sie gleich auf mich zu und umarmt mich.

»Tut mir leid, wegen gestern. Ich hab da wohl etwas überreagiert.«

Ich gehe davon aus, dass Steffi interveniert und unsere gemeinsame Freundin aufgefordert hat, sich bei mir zu entschuldigen. Egal, ich bin ja nicht nachtragend. Oder doch? Bei meiner Schwester war ich es, aber das war etwas anderes. Biggi hat eine Flasche italienischen Rotwein und vier Pizzen unseres Lieblingsitalieners mitgebracht. Da fällt mir die Annahme der Entschuldigung doch gleich viel leichter.

»Ist schon vergessen, Biggi«, sage ich großzügig und hole Gläser, Teller und Besteck.

»Wo ist denn Max?« Biggi packt die Pizzen aus. Wie immer: Vier Jahreszeiten für Stefanie, Salami doppelt Käse für Birgit, Salami mit Peperoni extrascharf für Max und Capricciosa für mich.

»Max ist schon nach Hause, der hat den Rest des Tages frei.«

»Ach, dann teilen wir uns seine Pizza.« Ich weiß, wie das Teilen aussehen wird. Steffi wird ein Viertel der zusätzlichen Pizza verspeisen, Biggi den Rest. Mir reicht meine.

Ich liebe diese Steinofenpizza. Und dies ist der einzige Pizzabäcker, der es schafft, dass die Pizza auch zu Hause noch warm ist, als hätte er Heizschleifen in seine Kartons eingebaut. Das ist echt ein Wunder. Das Pizzawunder von Heidelberg.

»Hmm«, ich stöhne. Und alle Probleme der Welt scheinen für wenige Augenblicke in Vergessenheit zu geraten.

Dann berichte ich aber doch, dass Maren wieder nicht zu dem Frauenarzttermin erschienen sei, weil sie sich weigere, zum selben Gynäkologen zu gehen wie ihre Übermutter. Das können die Freundinnen, aufgrund meiner Erzählungen, durchaus nachvollziehen.

Steffi will wissen, ob ich gestern Abend noch die Hotels in der Nähe der Bar abgeklappert hätte. Ich sage ihr, dass es zu spät gewesen sei, ich das aber in der Mittagspause nachholen wollte. Da jetzt die beiden da sind, werde ich es auf morgen nach dem Frühstück verschieben. Zunächst werde ich die Hotels aufsuchen und danach im Schoko-Traum Pralinen für das Weihnachtsgeschäft herstellen.

»Geht das jetzt schon wieder los, mit dem Vergewaltiger?« Birgit hat auch heute diesen aggressiven Unterton.

»Mensch, beruhig dich.« Stefanie legt sich ein Stück Pizza zurecht und lässt es in ihrem Mund verschwinden, genauso, wie die Italiener immer.

»Ich habe doch nur gefragt. Mach jetzt nicht wieder so ein Tamtam.«

Und schwupp folgt das nächste zusammengefaltete Stück Pizza in ihren Mund.

Ich muss an einen Familienurlaub mit Oliver und den Kindern in Südtirol denken. Wir verbrachten eine Woche Winterurlaub in Brixen und meine beiden Kinder wollten jeden Tag Pizza essen. Und als sie sahen, wie die Italiener ihre Pizza verspeisten, da legten sie Messer und Gabel schnell zur Seite und lernten, die Pizza zu falten. Als wir nach dem Urlaub zum ersten Mal wieder bei Giovanni aßen, lobte er die beiden, sie seien richtige Italiener, was das Ganze noch verstärkte.

Steffi ist wie immer als Erste mit der Pizza fertig. »Weißt du, mich würde interessieren, warum das Thema Vergewaltigung derart starke Reaktionen bei dir auslöst.« Sie sieht Birgit fragend an.

»Als Frau kann dir so etwas doch immer passieren.«

»Ach Quatsch«, wiegelt Stefanie ab, »ich habe so etwas noch niemals erlebt. Das passiert doch nicht einfach so. Da muss man schon der Typ zu sein.«

»Soll das heißen, hiervon sind nur Opfertypen betroffen, oder was? Du hast doch keine Ahnung. Eine Vergewaltigung erleben nicht nur Frauen, die Opfertypen sind. Es reicht schon, dass du eine Frau bist und in eine gefährliche Situation kommst. Die musst du nicht einmal selbst verschuldet haben. Du musst nur zur falschen Zeit am falschen Ort sein.«

»Also ich finde, du reagierst schon wieder über.« Steffi sorgt schon mal für die Espressi.

Ich gehe zur Auslage und lege verschiedene Pralinen auf ein Tellerchen. »Also ich glaube, Birgit hat vollkommen recht, es reicht, dass du als Frau in eine gefährliche Situation kommst oder dich zur falschen Zeit am falschen Ort aufhältst. Und wenn du keinen Kampfsport kannst, den können ja die Wenigsten, hast du als Frau schlechte Karten. Ich habe auch immer Angst, wenn Alina mitten in der Nacht durch Heidelberg spaziert.«

»Ich bin der Meinung«, beharrt Stefanie, »das passiert besonders bestimmten Frauen. Schaut euch doch mal die beiden Opfer vom Maier an. Die eine Frau, die sich umgebracht hat, die wurde schon zum zweiten Mal vergewaltigt. Das spricht doch dafür, dass dies ein bestimmter Typ ist, dem das passiert.«

»So ein Blödsinn. Willst du etwa behaupten, ich bin ein Opfertyp? Und habe ich mir die Vergewaltigung auch noch selbst zuzuschreiben? Oder was?« Biggis Gesicht ist purpurrot.

Steffis und mein Blick kreuzen sich. In uns beiden hallen Birgits Worte nach.

»Wann bist du denn vergewaltigt worden, Birgit?«, will ich von meiner Freundin wissen, der ich die rechte Hand auf ihre Schulter gelegt habe. Jetzt wird mir so einiges klar.

»Ach Scheiße!« Aus Birgits Augen schießen Tränen. »Ich dachte, das wäre längst vergessen, aber durch die Geschichte mit diesem doofen Maier ist das alles wieder hochgekocht.«

Stefanie sieht sie auch ganz betroffen an und tätschelt ihre rechte Hand. Bei Biggi scheint eine ältere Wunde aufgebrochen zu sein.

»So, und jetzt mal Butter bei die Fische«, fordert Stefanie unsere gemeinsame Freundin auf.

»Das war etwa ein Jahr, nachdem sich mein Mann umgebracht hatte. Ich saß nur noch zu Hause rum, einige Freundinnen wollten mich immer dazu überreden, mal mit ihnen auszugehen, habe ich aber nicht gemacht.« Birgit wischt ihr von den Tränen nasses Gesicht mit dem Handrücken ihrer linken Hand trocken. »Aber dann bin ich doch mal mitgegangen. In einer Kneipe habe ich mich nett mit einem Mann unterhalten. Meine Freundinnen waren irgendwann mit den beiden Typen verschwunden, die sie kennengelernt hatten. Ich wollte auch nach Hause gehen. Der Mann sagte, er könne mich doch nicht mitten in der Nacht alleine durch Köln spazieren lassen. Was da alles passieren könne. Er bot mir an, mich zu begleiten. Und ich blöde Kuh stimmte zu.«

»Na ja«, sagt Steffi, »was heißt hier blöde Kuh. In diesem Fall musstest du dich doch sicher fühlen.«

»Ja, ich war echt froh, dass er mich nach Hause begleiten wollte. Nicht, dass ich alleine Angst gehabt hätte, aber ich mochte ihn, der war nett und ich wollte ihn gerne näher kennenlernen. Also habe ich sein Angebot angenommen. Wir schlenderten Händchen haltend durch Köln. Und er hat noch Witze gemacht. Einmal stand ein furchterregender Typ auf der Straßenseite gegenüber und mein Begleiter sagte, ich solle mir den mal ansehen, der führe bestimmt etwas Böses im Schilde, aber zum Glück wäre er an meiner Seite. Ich fühlte mich zum ersten Mal nach dem Tod meines Mannes ein klein wenig verliebt. Ich kannte den ja nicht besonders gut, doch es war ein so schöner Abend gewesen. Wir hatten uns blendend unterhalten und viel zusammen gelacht. Mit meinem Mann, da gab es schon lange nichts mehr zu lachen, wir hatten uns lange vor seinem Selbstmord auseinandergelebt. Ich spürte zum ersten Mal seit Jahren wieder so etwas wie ein Fitzelchen Glück.«

Birgit greift zu einem Cappuccino-Trüffel. Auch Steffi und ich stecken uns eine Praline in den Mund.

»Später kamen wir an einem dunklen Hauseingang vorbei und er sagte: ›Dieser Hauseingang ist wie geschaffen für unseren ersten Kuss.‹ Wir stellten uns darunter und küssten uns. Er konnte großartig küssen. Ich wurde gleich feucht und er fummelte in meiner Unterhose rum und sagte: ›Du machst mich ganz schön geil. Ich will dich.‹ Ich sagte ihm: ›Komm, lass uns zu mir gehen.‹ Ich habe noch niemals einen Mann am ersten Tag mit zu mir nach Hause genommen. Aber alles war so schön, ich war ein bisschen verliebt und fühlte mich glücklich. Ich hatte ewig keinen Sex mehr und ich freute mich drauf.« Biggi nimmt einen Schluck Wasser. »Und dann, als wir bei mir in der Wohnung waren, da fragte ich, ob ich eine Flasche Wein aufmachen soll. Er sagte: ›Nee, lass uns mal gleich zur Sache kommen.‹ Ich lachte ihn an, da dachte ich noch, er hätte einen Witz gemacht. Dann jedoch sah ich seinen Blick. Er sah mich plötzlich anders an als zuvor. Dieser Blick machte mir Angst. Auch seine Stimme hatte einen fremden Klang, als er sagte, ich soll mich auf der Stelle ausziehen. Ich lachte und sagte: ›Immer mit der Ruhe. Wir beide haben doch alle Zeit der Welt.‹ Ich hatte den ersten Knopf meiner Bluse geöffnet, da kam er auf mich zu und riss mir die Bluse auf. Die Knöpfe sprangen durch die Gegend. Ich konnte das immer noch nicht glauben, lachte und sagte: ›Du hast's aber eilig.‹ Darauf erwiderte er: ›Halt endlich die Fresse, du alte Schlampe.‹ Ich dumme Kuh wollte es immer noch nicht glauben und dachte, dies sei ein Spiel für ihn. Aber dann kam der Moment, da begriff sogar ich, was

Sache war. Er wurde immer grober und ich bat ihn, sofort damit aufzuhören. Dies schien ihn aber nur noch mehr anzustacheln. Er sagte, erst hätte ich ihn den ganzen Abend geil gemacht und jetzt habe er auch das Recht, sich zu nehmen, was ich ihm versprochen hätte. Umso mehr ich mich wehrte, umso erregter wurde er. Er warf mich aufs Bett und vergewaltigte mich von hinten. Er sagte: ›Wenn du schreist, bringe ich dich um.‹ Nein, ich habe nicht geschrien, ich hatte nur noch Angst. Todesangst. Nachdem er sich an mir befriedigt hatte, zog er seine Hose an und sagte zu mir, sollte ich ihn anzeigen, brächte er mich um. Außerdem würde mir niemand glauben, dass ich es nicht gewollt hätte, schließlich hätten alle in der Kneipe gesehen, dass ich ihn angemacht habe.«

»Du hast ihn nicht angezeigt, sicher wolltest du alles nur noch so schnell wie möglich vergessen?« Ich sehe meine Freundin mitfühlend an.

»So ein verdammtes Arschloch. Du hättest ihn anzeigen sollen.« Stefanie legt ihre Hand auf Biggis Arm.

»Natürlich habe ich ihn nicht angezeigt. Ich kam mir schuldig vor. Ich habe ihn schließlich mit zu mir nach Hause genommen, ich blöde Kuh. Und mit ihm schlafen wollte ich ja. Ich hatte mich darauf gefreut. Aber doch nicht so. Wie hätte ich denn beweisen sollen, dass der Geschlechtsverkehr gegen meinen Willen stattgefunden hat? Zwei blaue Flecken waren alles, was zurückgeblieben war, das war doch kein Beweis. Ich fühlte mich schuldig und schmutzig.«

Steffi will wissen, ob unsere Freundin dieses Schwein noch einmal wiedergesehen hätte.

»Nein, ich bin kurz danach zu meiner Tante nach Heidelberg in ihre Wohnung gezogen. Sie war krank und hatte mir schon einige Monate zuvor angeboten, zu ihr zu ziehen und mich um sie zu kümmern. In diesem Fall wollte sie mir nach ihrem Tod die Eigentumswohnung vererben. Zunächst hatte ich mir nicht vorstellen können, meine

Stelle zu kündigen und nach Heidelberg umzusiedeln. Aber nach diesem schrecklichen Erlebnis wollte ich nur noch raus aus der Wohnung und weg von Köln. Egal, wo ich ging und stand, immer sah ich ihn. Er war es nicht, aber ein Mann mit der gleichen Haarfarbe oder der gleichen Statur. Erst in Heidelberg konnte ich die Sache vergessen. Irgendwie habe ich mich immer mehr von dem Erlebnis gelöst, bis ich nicht mehr daran denken musste. Erst durch diesen Maier ist alles wieder hochgekommen und plötzlich habe ich mich gefühlt, als hätte ich die Vergewaltigung erst gestern erlebt.«

Wir umarmen unsere Freundin.

»Du hättest ihn trotzdem anzeigen sollen. Solche Typen machen das doch immer wieder«, beharrt Steffi.

»Also ich verstehe, dass du es nicht getan hast. Ohne Beweis wäre Birgit vor Gericht vielleicht sogar zur Täterin gestempelt worden, die diesen Mann grundlos angezeigt hätte.«

»Deshalb verstehe ich nicht, Tanja, dass du dich so für diesen Maier einsetzt. Schlimm genug, dass er freigesprochen wurde, obwohl ihn die beiden Frauen erkannt hatten.«

»Und was, wenn er es nicht war, Birgit? Wenn der tatsächliche Verbrecher noch in Freiheit ist, was dann? Der macht das garantiert wieder. Vielleicht bin ich diesem Doppelgänger begegnet. Die Nachbarin Maiers hat ihn auch gesehen. Selbst, wenn noch vieles unklar ist, aber irgendetwas an dieser Sache ist megafaul. Ich muss Klarheit haben. Verstehst du das nicht?«

»Doch schon, aber ich bin eher geneigt, an Maiers Schuld zu glauben. Ich meine, beide Frauen haben ihn erkannt und die Polizei hat eindeutig mit einem DNA-Test seine Schuld nachweisen können. Da sehe ich keine Unklarheiten mehr.«

»Das hat Biggi richtig erkannt.« Steffi greift nach einem Baileys-Trüffel.

Ich betone noch einmal, dass ich Gewissheit haben müsse. Vielleicht sei Maier schizophren gewesen, das könne in meinen Augen eine mögliche Erklärung sein.

Die erste Kundin rüttelt an der Tür. Den Laden hätte ich schon längst wieder öffnen müssen. Meine beiden Freundinnen verabschieden sich; wir wünschen uns alle ein schönes Wochenende.

Am Nachmittag ist in meinem Laden die Hölle los.

Kurz bevor ich das Geschäft verlasse, telefoniere ich noch einmal mit Birgit. Schon komisch, wir drei kennen uns jetzt so lange und trotzdem kommen immer wieder Geheimnisse ans Tageslicht, die wir bislang voneinander noch nicht kannten.

Zu Hause bekomme ich fast einen Schreikrampf, als ich die Küche sehe.

»Was ist denn hier passiert? Ist eine Bombe eingeschlagen oder was?«, will ich von Lucas wissen.

Alina und Jana hätten den ganzen Tag in der Küche gekocht und gebacken. Dann sei ihnen eingefallen, dass eine wichtige Zutat fehle und sie seien aus dem Haus gerannt. Sie hätten noch gerufen, dass sie gleich zurückkommen würden, aber das sei schon zwei Stunden her.

Ich wähle Alinas Nummer. Sie nimmt nicht ab, also spreche ich auf ihre Mailbox: »Wenn du dich nicht sofort meldest, werde ich ein Putzkommando bestellen. Die Rechnung geht zulasten deines Taschengeldes für die nächsten Monate.«

17

Erst zwei Stunden später kommt meine Tochter nach Hause.

»Scheiße, die Küche!« Die hätte sie völlig vergessen.

Ich scheuche sie hinein und sage, dass sie erst herauskommen darf, wenn die Funktion dieses Raumes wieder halbwegs erkennbar sei.

Gemeinsam mit Jana hätte sie verschiedene vegane Brotaufstriche hergestellt. Außerdem hätten sie ein Brot backen wollen, aber festgestellt, dass die Hefe fehle. Im Naturkostladen lernten sie zwei voll süße Jungs kennen, die sie auf ein Eis einluden, die Küche hätten sie darüber völlig vergessen. Na toll! Mir fällt Biggis Erlebnis mit diesem Mann ein und ich warne meine Tochter. Die verdreht nur die Augen und sagt etwas in der Art von »völlig überzogene und unbegründete Erzeugerängste.« Die beiden Jungs seien einfach nur süß gewesen.

Immerhin ist die Küche nach einer Stunde wieder blitzblank.

Am nächsten Morgen frühstücke ich allein, meine Kinder liegen noch im Bett. Alina hat gestern angekündigt, dass sie heute Abend mit Jana unterwegs sei. Erst nach mehrmaligem Nachfragen gab sie zu, dass sie sich mit den beiden süßen Jungs in einer Studentenkneipe verabredet hätten. Ich gab ihr ungefragt noch ein paar Tipps, alles hoffentlich völlig überzogene und unbegründete Erzeugerängste. Aber das Kind hat doch keine Ahnung, wie schlecht diese Welt tatsächlich ist. Ich hoffe, sie bekommt es nicht so schnell zu spüren. Da die beiden Mädchen länger wegbleiben wollen, schläft Jana heute Abend bei uns. Mir ist es recht, dann weiß ich wenigstens, dass alles in Ordnung ist. Ich wollte gestern Abend wissen, was mit dem Vampir sei.

Fynn, behauptete Alina, sei ja ganz nett, aber es gäbe auch andere nette Jungs, vielleicht sogar coolere. Na, das kann ja heiter werden. Irgendwie tut mir der arme Fynn jetzt leid. Warum serviert meine Tochter ihre Freunde immer zu dem Zeitpunkt ab, wenn ich sie endlich ins Herz geschlossen habe?

Nach dem Frühstück mache ich mich auf den Weg. Ich habe mir drei Hotels und zwei Pensionen ausgesucht, die sich in unmittelbarer Umgebung der Bar *Bella Susi* befinden. Es weht ein eisiger Wind, in der Luft liegt Schnee. Ich binde mir meinen blauen Wollschal enger um den Hals und bin froh, dass ich eine Mütze aufgesetzt habe.

Im ersten Hotel sage ich, Herr Bauer hätte sein Handy bei mir im Schoko-Traum vergessen. Es sei mit einem Passwort gesichert, sodass ich es leider nicht hätte öffnen können. Erst jetzt hätte ich erfahren, dass er damals in diesem Hotel abgestiegen sei. Ich bitte darum, nachzusehen, ob eine Adresse von ihm vorhanden ist. Zunächst erklärt sich die Mitarbeiterin an der Rezeption dazu nicht bereit: Könnte ja jeder kommen und so. Doch dann kann ich sie davon überzeugen, dass Herr Bauer sicher dankbar wäre, wenn er das Handy zurückbekäme, da es ein sehr teures Stück sei. Als Termin nenne ich den Tag der zweiten Tat. Das wäre aber schon lange her, sicher hätte der Mann schon längst ein neues Mobiltelefon. Sie lässt sich jedoch erweichen, findet aber keinen Gast mit dem Namen Bauer zum fraglichen Zeitpunkt. Jetzt gestehe ich ihr, dass er eventuell auch anders heißen könne. Wer sagt denn, dass der in der Bar seinen richtigen Namen genannt hat. Ich sage, ich wisse, dass er aus Berlin sei. Sie sieht mich an, als versuche ich, ihr einen Bären aufzubinden. Zur fraglichen Zeit seien nur zwei Frauen aus Berlin Gäste des Hauses gewesen. Ich bedanke mich vielmals.

Eine Pension liegt direkt neben dem Hotel, aber dort bekomme ich überhaupt keine Auskunft. Ich bitte und bettle, schlage vor, falls Herr Bauer übernachtet hätte, könnten sie ihm doch meine Telefonnummer geben und er könne mich zurückrufen. Jedoch, ich bleibe chancenlos.

Ich überlege, ob ich diese ganze Sache nicht endlich vergessen sollte. Das bringt doch nichts. Bald beginnt das Haupt-Weihnachtsgeschäft und ich habe wirklich alle Hände voll zu tun. Ich muss meine Weihnachtspralinen, Schoko-Engel und Weihnachts-Schokoladen herstellen. Stattdessen laufe ich hier im Kalten rum und hole mir eine Abfuhr nach der anderen. Mit mir selbst treffe ich eine Abmachung: In einem Hotel werde ich es noch versuchen. Wenn ich dort nichts Neues erfahre, werde ich die Sache auf sich beruhen lassen. Ein für alle Mal.

Ich stehe vor dem nächsten kleinen heruntergekommenen Hotel. Dieses Haus hat eindeutig schon bessere Tage gesehen.

In der Rezeption sitzt ein etwa sechzig Jahre alter Mann mit einer großen rotglühenden Nase. Auch sein mit Äderchen durchzogenes Gesicht ist rot, als wäre er schnell und lange gelaufen. Dies ist sicherlich nicht der Fall, der läuft nie, der geht nur, und zwar sehr gemächlich. Alkoholiker mit hohem Blutdruck lautet meine unqualifizierte Schnelldiagnose. Ich erzähle ihm die Geschichte mit dem vergessenen Mobiltelefon und dass sich erst diese Woche durch Zufall jemand bei mir im Schoko-Traum eingefunden habe, der behauptete, Herr Bauer hätte zum fraglichen Zeitraum in dem Hotel übernachtet. Zunächst möchte auch er mir keine Auskunft geben, aber der Hinweis, dass das Mobiltelefon eines der teuersten Sorte gewesen sei und da doch sicher eine Belohnung anfalle, die wir uns teilen könnten, bringt Leben in den Mann.

»Verzisch seschzisch.«

»Wie?«, ich verstehe nicht, was dieser Mann mir sagen will.

»Fer disch verzisch un fer misch seschzisch Prozend Finderlohn, sunscht is nix mit de Info.«

Ich willige ein, nachdem ich mich kurz zum Schein geziert habe.

Jetzt endlich schaut er in seinen Büchern beim fraglichen Zeitraum nach. Dann teilt er mir mit, an welchen Daten Herr Anton Bauer aus Berlin in dem Hotel übernachtet hätte.

»Warum hoscht'n des net glei gsaat, das des der war, der so ausgsehe hot wie de Vergewaltischer. Ich hab misch beim letschde Mol noch mit dem driwwer unterhalde, dass er a bissel so aussieht wie der.«

Ich will wissen, was er darauf gesagt hätte.

»Ei vielleischt bin isch's jo.«

Der Rezeptionist ist enttäuscht darüber, dass er keine Anschrift hat. Das Hotelzimmer sei von einer Berliner Firma gebucht worden. Er könne mir gerne die Telefonnummer geben. Aber ich müsse ihm hoch und heilig versprechen, dass ich ihn am Finderlohn beteiligen werde. Das verspreche ich ihm. Bauer hielt sich zu drei verschiedenen Zeiten in Heidelberg auf, im April und Mai letzten Jahres und dieses Jahr im Oktober, jeweils zwischen zwei bis vier Tagen. In seinen zweiten Aufenthalt fallen die beiden Taten und während der dritten Zeitspanne, da fand der Prozess statt. Wahnsinn! Der Rezeptionist teilt mit, dass er nur wisse, dass alle von der Berliner Firma angemeldeten Personen an einem mehrteiligen Seminar über Datenverarbeitung in Heidelberg teilgenommen hätten.

Im Schoko-Traum wähle ich Rauenbergs Handynummer. Ich denke, seit wir zusammen in der Oper waren, darf ich ihn auch mal am Sonntag anrufen. Er geht sofort ran. Aber er scheint nicht ganz wach zu sein. Ich erkläre ihm meine Erkenntnisse schon zum dritten Mal, aber der Mann versteht immer nur Bahnhof. Er behauptet, Maier hätte sich in dem Hotel eingebucht, um die Legende eines Doppelgängers zu schaffen. Diese These halte ich für ausgemachten Blödsinn. Dann hätte er mir gegenüber nicht erwähnt, dass ihm bislang kein Doppelgänger begegnet sei, sondern er hätte vielmehr gewollt, dass ich meine Beobachtung unverzüglich der Polizei mitteilen sollte. Zu diesem Zeitpunkt sei schon das Urteil gesprochen und daher sei dies nicht mehr zwingend erforderlich gewesen. Ich erkläre ihm, dass das Hotelzimmer nicht von ihm, sondern von einer Berliner Firma gebucht worden sei. Ich will ihm die Telefonnummer der Firma geben, aber der Herr Hauptkommissar lehnt es ab, sich diese Nummer auch nur aufzuschreiben. Schließlich gäbe es keinen Fall mehr. Maier sei tot und alles hätte sich erledigt. Ach, was ist der Mann aber auch schwer von Kapee. Auf meine Frage: »Und was, wenn dieser Bauer tatsächlich bei der Firma in Berlin arbeitet?«, antwortet Rauenberg, dass dies ein enormer Zufall wäre. Aber das Leben beruhe zu einem großen Teil auf Zufällen. Da gäbe es die verrücktesten Sachen. Er will von mir wissen, ob ich in diesem Fall mit meiner Doppelgänger-Theorie nicht schon genug Verwirrung gestiftet hätte. Ich beende das Gespräch, es bringt nichts. Ich mache mich lieber an meine Schokoladen-Spezialitäten fürs Weihnachtsgeschäft.

Am Montagmorgen rufe ich sogleich in der Firma in Berlin an. Die zuständige Mitarbeiterin sei im Urlaub und im Übrigen könne man mir keinerlei Auskünfte erteilen. Ich erzähle meiner Gesprächspartnerin die Geschichte mit dem teuren Mobiltelefon und dass sich Herr Bauer doch sicherlich freuen würde, es zurückzubekommen. Ich müsse mit der zuständigen Mitarbeiterin sprechen, die das Seminar in Heidelberg organisiert habe und die sei erst am Mittwoch wieder zurück. Nach Bitten und Betteln erfahre ich immerhin, dass ein Anton Bauer aus Berlin an dem Seminar teilgenommen habe. Weitere Informationen könne ausschließlich die zuständige Mitarbeiterin erteilen.

Anton Bauer aus Berlin. Kannte er Maier? Wusste er, dass Maier in Heidelberg lebte und zeigte Bauer deshalb sein Gesicht den beiden Frauen, weil er davon ausging, dass Theo Maier verdächtigt würde? Oder war alles nur ein Zufall, er hat in der Stadt einen Mann gesehen, der ihm ähnlichsah, und hat die Gunst der Stunde genutzt? Oder war doch Maier der Täter und quasi sein eigener Doppelgänger?

Ich nehme all meinen Mut zusammen und rufe Herrn Hauptkommissar Bouffier an. Ich teile ihm die Informationen mit und frage ihn, ob ich ihm die Telefonnummer der Firma in Berlin geben soll, die das Seminar in Heidelberg organisiert habe. Zunächst hatte er mir leise zugehört. Jetzt jedoch lacht er aus vollem Hals.

»Hören Sie, Frau Eppstein, es gibt keinen Fall Maier mehr. Der Fall hat sich spätestens mit der sicheren DNA-Analyse erledigt. Die Schuld Maiers konnte eindeutig erwiesen werden. Geben Sie endlich Ruhe. Ich mache mich wegen Ihres Spleens nicht auch noch zum Deppen.« Sollte dieser Anton Bauer, der Theo Maier etwas ähnlichsah, zu den fraglichen Zeiten an einem Seminar in Heidelberg teilgenommen haben, sei das ein Zufall, nicht mehr und nicht weniger. »Im Übrigen, Frau Eppstein, ich glaube, Sie sollten sich besser um Ihre Kinder kümmern. Zumindest mit Ihrem Sohn müssten Sie doch genug zu tun haben. Die Arbeit der Polizei ist nun wirklich nicht Ihre Aufgabe. Die können Sie getrost uns überlassen. Dafür sind wir da. Machen Sie Ihre Arbeit und wir die unsere.«

Bevor ich ein weiteres Wort äußern kann, hat dieser unverschämte Mensch einfach aufgelegt. Was bildet der sich ein? Soll der sich doch lieber um seine schwangere Tochter kümmern, damit die wenigstens einen Besuch beim Frauenarzt wahrnimmt. Auf die Polizei ist kein Verlass. Weder ist mit der Hilfe von Hauptkommissar Rauenberg zu rechnen, noch mit der Hilfe dieses Bouffiers. Und mit Cem auch nicht, der hat sich seit Tagen nicht mehr gemeldet.

Ich gehe kurz nach vorne in den Laden, Max ist dabei ein Regal aufzuräumen. Da keine Kunden im Schoko-Traum sind, mache ich meiner Wut Luft und berichte Max von dem Telefonat mit Bouffier und dem gestrigen mit Rauenberg. Max' Erfahrungen mit der Polizei sind nicht die Besten, daher rät er mir, mich nicht auf die sie zu verlassen, da die Polizisten immer nur ihren eigenen Stiefel durchzögen. Und wenn ein Fall ad acta gelegt worden sei, gäbe es so schnell keine Möglichkeit neue Ermittlungen aufzunehmen. Der Fall Maier sei als gelöster Fall in die Statistik eingegangen und bevor dieser aufgerollt werde, müsse schon eine Menge Wasser den Neckar hinabfließen und nur ein richtiger Knall könnte zu erneuten Ermittlungen führen. Tja, das stimmt. Ich lasse ihn allein vorne im Laden und recherchiere im Büro am Computer, wie viele Anton Bauer es in Berlin gibt. Ich finde keinen Einzigen, mit diesem Vor- und Nachnamen, lediglich einige Einträge mit Bauer ohne Vornamen. Es besteht natürlich auch die Möglichkeit, dass dieser Anton Bauer eine Geheimnummer oder gar keinen Festnetzanschluss besitzt.

Ich überlege, ob ich mit Cem darüber reden soll. Ich habe ihm hoch und heilig versprochen, dass ich mich niemals wieder in einen Kriminalfall einmischen werde. Aber unter diesen Umständen ...

Leider nimmt er nicht ab. Die Mailbox ist ausgeschaltet, somit kann ich auch keine mündliche Nachricht für Cem hinterlassen. Und wie ich den Sachverhalt in eine Kurznachricht fassen soll, weiß ich beim besten Willen nicht. Cem ist immer seltener zu erreichen. Er meldet sich nur noch sporadisch. Ich verstehe das nicht. Hat ein Profiler so viel zu tun? Fasst der den ganzen lieben langen Tag Serienkiller oder was?

Vergiss die Männer! Alle nicht zu gebrauchen: Cem, Rauenberg, Bouffier, Oliver und nicht zuletzt Lucas.

Man kann die doch nicht alle in einen Topf werfen.

Oh doch, man kann!
Tja, wer weiß, vielleicht spricht meine innere Stimme mal wieder diese unschöne Wahrheit aus.

Am Mittwoch gegen elf Uhr gehe ich mit dem Telefon nach hinten ins Lager und rufe die Mitarbeiterin der Berliner Firma an. Ich gebe mich als Beschäftigte des Fundbüros aus und sage ihr, dass eine Frau Eppstein ein teures Mobiltelefon abgegeben habe, das einem gewissen Anton Bauer gehöre. Die Mitarbeiterin eröffnet mir sofort, dass ich ihr einen Brief schreiben müsse, nur so könne sie mir die Anschrift des Mitarbeiters mitteilen. Ich sage ihr, dass diese schon bekannt sei. Ich bräuchte jetzt nur einen Abgleich der Daten, hierzu reiche mir auch das Geburtsdatum und der -ort. Unter diesen Umständen sei das kein Problem. Sie ist so nett und nennt mir die Daten und ich sage, dass sie mit meinen übereinstimmen, bedanke mich vielmals und lege auf.

Der Geburtsort Berlin ist identisch mit dem Theo Maiers. Ich suche den Zettel von Frau Wenzel, auf dem Maiers Geburtsdaten vermerkt sind.

»Himmel noch mal!« Die Daten stimmen überein.

Ich renne nach vorne in den Laden und kann es fast nicht abwarten, bis die Kundin, die Max gerade bedient, den Laden verlassen hat.

»Alter, das ist ja voll der Oberhammer!« Max ist baff. »Führt der Maier in Berlin ein Doppelleben? Oder sind das jetzt Zwillingsbrüder oder was? Aber die haben doch unterschiedliche Namen.«

»Ich habe keine Ahnung. Maier wurde adoptiert, er trägt den Namen seiner Adoptiveltern. Das wäre doch schon ein sehr großer Zufall, wenn am selben Tag in derselben Stadt zwei Babys geboren werden, die sich derart ähnlichsehen und nicht miteinander verwandt sind.«

18

Grantler kehrt am Abend mal wieder den Flur, als ich nach Hause komme.

»Na, gibt's was Neues im Fall Maier?«, will er neugierig wissen.

Als ich ihm sage, dass ich Neuigkeiten habe, lotst er mich in seine Wohnung. Dort steht schon eine Kanne Kaffee bereit. Hat der Mensch hellseherische Fähigkeiten?

Ich berichte ihm, dass ein gewisser Anton Bauer am selben Tag in Berlin geboren sei wie Theo Maier. Zunächst sagt Grantler, Berlin sei groß, dort werden viele Menschen an einem Tag geboren. Ich berichte ihm, dass Theo Maier in einer Pflegefamilie aufgewachsen und die Mutter bei seiner Geburt verstorben sei. »Maier wurde adoptiert. Könnte es nicht sein, dass Theo Maier und dieser Bauer Zwillingsbrüder sind?«, mutmaße ich.

»Nehmen wir mal an, es sind Zwillinge. Das könnte den Tatsachen entsprechen, dass die Mutter bei der Geburt verstorben ist. Aber warum verheimlichte man den Kindern und Pflegeeltern das zweite Kind? Vielleicht war das Ganze eine Zwangsadoption.«

»Eine Zwangsadoption?«, frage ich nach.

Grantler berichtet von seinen Verwandten in der ehemaligen DDR. Diese hätten erzählt, dass Kinder, auch Babys, in verschiedenen Fällen, Systemkritikern weggenommen und an systemkonforme Familien gegeben worden seien, die zum Beispiel keine Kinder bekommen konnten. Auch in den Gefängnissen soll es zu dieser Art *Kindesraub* gekommen sein. Zahlreichen Menschen, die versucht hätten, die DDR zu verlassen, seien durch das Jugendamt ihre Kinder weggenommen worden. »Diese kamen in Heimen oder Pflegefamilien unter, viele von ihnen wurden adoptiert. Oftmals wussten die Pflegefamilien nichts Genaues über die Kinder.«

»Dann könnten die beiden vielleicht tatsächlich Zwillingsbrüder sein?« Ich bin selbst nicht überzeugt von meiner gewagten These.

»Wissen Sie sicher, dass Theo Maier keine Geschwister hatte?« Grantler schenkt sich ein Glas Bier ein.

»Der Pflegefamilie war von einem Bruder nichts bekannt.«

»Das kann so gewesen sein, muss jedoch nicht zwingend stimmen. Vielleicht ist ihnen einfach nicht die Wahrheit über das Kind gesagt worden.«

»Was, wenn die beiden Zwillingsbrüder waren und nichts voneinander wussten? Nehmen wir an, Anton Bauer hätte die Taten begangen, hätte in diesem Fall das gefundene DNA-Material ebenso auf Theo Maier zugetroffen? Ich werde das nachher gleich mal im Internet recherchieren.«

»Eine interessante These. Die müssen Sie weiterverfolgen, Frau Eppstein. Haben Sie denn die Adresse von diesem Anton Bauer?«

»Nein, noch nicht, aber mit den Geburtsdaten werden meine Freundinnen die garantiert herausbekommen.«

Herr Grantler reibt sich die Hände.

Ich bedanke mich vielmals bei ihm und verspreche, ihn auf dem Laufenden zu halten.

Als ich die Treppe hochsteige, überlege ich, ob Anton Bauer unbedingt ein Zwillingsbruder Theo Maiers sein muss oder ob auch eine enge Verwandtschaft ein ähnliches DNA-Ergebnis hervorbrächte. Ich muss unbedingt Cem fragen.

Dumm, dass ich ihn immer noch nicht erreiche.

Meine Recherche ergibt, dass eineiige Zwillinge nicht anhand der DNA-Merkmale zu unterscheiden sind, bei beiden liegt ein übereinstimmendes DNA-Profil vor. Na also!

Beim Abendessen berichte ich die Neuigkeiten meinen Kindern. Alina, die zehn Mal so schnell im Recherchieren von Informationen im Internet ist, nimmt sich nach dem Essen der Sache an. Innerhalb von drei Minuten hat sie mehrere Artikel zum Thema *Kindesraub und Zwangsadoption in der DDR* gefunden.

Ich lese die Artikel durch. Noch immer gäbe es zahlreiche ungeklärte Fälle von Kindesraub. Viele Kinder seien gegen den Willen ihrer Eltern zur Adoption freigegeben worden. Zahlreiche Betroffene wüssten über ihr Schicksal bis heute nicht Bescheid, da den Pflegeeltern zum Teil keine oder falsche Auskünfte erteilt worden seien.

Ich telefoniere mit Frau Wenzel, der früheren Nachbarin Maiers.

Sie findet das alles sehr spannend. Ein Seitenarm ihrer Familie stamme aus der DDR. »Ich glaube, ich muss einige Familienmitglieder kontaktieren.«

Frau Wenzels Rückruf lässt nicht lange auf sich warten. Sie hätte sich mit einem Verwandten in Verbindung gesetzt, der noch alte Seilschaften zur Stasi habe. »Wenn der Bruder meiner Mutter nichts herausbekommt, dann schafft das keiner. Ich bin mir sicher, wir werden diesen Sachverhalt aufklären.«

Die Frau hat Blut geleckt.

»Natürlich habe ich nicht die Gründe mitgeteilt, warum ich diese Informationen benötige. Ich erwähnte lediglich, dass Theo Maier, der vor Kurzem verstorben sei, ein weitläufiger Verwandter einer guten Freundin war. Durch Zufall sei jetzt ans Licht gekommen, dass auch ein gewisser Anton Bauer am selben Tag in Berlin geboren worden sei und da bei beiden eine große äußere Ähnlichkeit vorhanden sei, möchte die Familie jetzt Klarheit haben, ob die beiden Zwillingsbrüder waren. Außerdem habe ich versucht, die Schwester Maiers zu erreichen, wegen seines Geburtsnamens. Ich werde es heute Abend noch einmal versuchen.«

Maiers Nachbarin wird mich unterrichten, sobald sie etwas Neues erfährt.

Am Montagmorgen steht Frau Wenzel aufgeregt im Schoko-Traum. Sie habe mit der Schwester Maiers telefoniert, sein Geburtsname laute auf den Namen Bauer.
»Wahnsinn!«
Durch ihren Kontakt habe sie erfahren, dass zum fraglichen Zeitraum im Haftkrankenhaus der zentralen Untersuchungshaftanstalt der Staatssicherheit der DDR in Berlin-Hohenschönhausen eineiige Zwillinge mit dem Namen Theo und Anton Bauer entbunden worden seien.
»Stellen Sie sich vor, es sieht so aus, als wäre der Mutter, die in der Untersuchungshaftanstalt einsaß, mitgeteilt worden, dass beide Kinder als Totgeburten zur Welt gekommen seien. Tatsächlich wurden beide Kinder unabhängig voneinander in unterschiedliche, sicherlich systemkonforme, Familien gegeben.«
Anton Bauer hätte allerdings mehrmals die Pflegefamilien gewechselt, bevor er in einem Kinderheim in der Nähe Berlins gelandet sei. Hier sei er aufgewachsen, nach dem Auszug verlöre sich seine Spur. Für das alles gäbe es aber keine Beweise. Die Informationen seien über mehrere Kanäle geflossen. Aber Frau Wenzel gehe davon aus, dass sie den Tatsachen entsprechen.
Zwillinge. Theo Maier und Anton Bauer waren demnach eineiige Zwillinge. Nur wussten sie nicht, dass sie einen Bruder hatten und dass ihre Mutter überhaupt nicht bei der Geburt verstorben war. Der Mutter war mitgeteilt worden, dass beide als Totgeburten zur Welt gekommen seien. Wie grausam. Diese arme Frau! Sie dachte, dass ihre beiden Söhne tot geboren wurden und dagegen wuchs Theo Bauer in einer systemkonformen Familie auf und Anton Bauer landete im Heim. Unvorstellbar. Und wenn ich richtig liege, hat Anton Bauer die Verbrechen begangen und diese seinem eineiigen Zwillingsbruder in die Schuhe

geschoben. Mit großer Wahrscheinlichkeit ahnte er nicht, dass es sein Bruder war, den er da belastete und damit dessen Leben von Grund auf zerstörte.

Was Hauptkommissar Rauenberg zu diesen Erkenntnissen sagen wird?

19

Unverzüglich greife ich zum Telefonhörer, um Hauptkommissar Rauenberg an meinen neusten Informationen teilhaben zulassen. Diese abenteuerliche Mutmaßung, dass die beiden eineiige Zwillinge gewesen seien, sei nicht im Geringsten erwiesen. Er behauptet nach wie vor, ich führe mich wie eine Verschwörungstheoretikerin auf. Er könne nicht nachvollziehen, aus welchem Grund ich unbedingt Theo Maiers Unschuld beweisen müsse. Ich solle jetzt endlich mit diesen Hirngespinsten aufhören. Maiers Schuld sei unzweifelhaft erwiesen, er hätte sich das Leben genommen und der Fall sei abgeschlossen und basta! »Wie oft wollen Sie mir noch einen Doppelgänger Maiers präsentieren? Hören Sie, es reicht! Endgültig!«

Warum ist dieser Mann immer so schwer von irgendetwas zu überzeugen? Ich werfe ihm Kleinkariertheit vor, bemerke dann aber, dass er schon längst aufgelegt hat.

Ich schätze mal, es dürfte auch nicht Erfolg versprechender sein, noch einmal ein Gespräch mit Hauptkommissar Bouffier zu führen. Stattdessen wähle ich Cems Nummer. Zum gefühlten hundertsten Mal höre ich die Ansage: »Der von Ihnen gewünschte Teilnehmer ist zurzeit nicht erreichbar. Versuchen Sie es zu einem späteren Zeitpunkt noch einmal.«

Langsam beginne ich, mir Sorgen zu machen. Seit ich Cem kenne, hat er sich immer innerhalb kürzester Zeit zurückgemeldet. Wenn er nicht telefonieren konnte, dann hat er mir wenigstens eine kurze Nachricht zukommen lassen. Auf meine letzten fünf Kurznachrichten hat er nicht reagiert. Was soll's? Ich schreibe ihm eine weitere Mitteilung, in der ich ihn bitte, sich bei mir zu melden, es sei dringend. Es muss doch einen Polizisten auf der Welt geben, der nicht so borniert ist und erst mal über diese

Fakten nachdenkt, bevor er alles als schwachsinnige Verschwörungstheorien ad absurdum führt.

Birgit und Stefanie verbringen ihre Mittagspause im Schoko-Traum. Mir fällt ein Stein vom Herzen. Wenigstens kann ich jetzt alles bei meinen Freundinnen loswerden. Max ist heute Vormittag bei der Arbeitsagentur und erkundigt sich, auf welchen Wegen er das Abitur nachholen kann, für den Fall, dass er nach seiner Berufungsverhandlung nicht ins Gefängnis muss.

Meine beiden Freundinnen haben drei riesige Döner von unserem Lieblingstürken mitgebracht. Während ich den hinteren Bistrotisch für uns drei eindecke, muss ich schon wieder an Cem denken. Wo der sich wohl rumtreibt? Angeblich ist er in Berlin. Wer weiß?

Jetzt, nachdem Biggi uns in das Trauma ihrer Vergewaltigung eingeweiht hat, ist sie den jüngsten Erkenntnissen gegenüber viel aufgeschlossener. Inzwischen findet sie, dass ich diese Mitteilungen über Maier und Bauer unbedingt *meinem* Kommissar Rauenberg zu Ohren kommen lassen sollte. Als ich den beiden das Gespräch mit ihm wiedergebe, können sie es nicht fassen. Bevor sie Cem ins Spiel bringen, teile ich ihnen mit, dass ich seit Ewigkeiten nichts mehr von ihm gehört habe. Steffi und Biggi notieren sich die Geburtsdaten von Anton Bauer und wollen sehen, was sie machen können. Das wäre doch gelacht, wenn nicht wenigstens eine der beiden seine Anschrift in Berlin herausbekommt. Schließlich arbeitet Stefanie als Sachbearbeiterin im Einwohnermeldeamt und Birgit als Sekretärin beim Finanzamt.

»Und wie gehen wir weiter vor, falls wir die Anschrift Bauers in Berlin haben? Auf die Polizei ist ja keinerlei Verlass.« Steffi sieht mich abenteuerlustig an.

Spontan sage ich: »Wir drei, wir könnten doch eine kleine Stippvisite nach Berlin einlegen. So eine Wochenendreise mit zwei Übernachtungen zum Beispiel.«

Birgit merkt an, dass es da doch diese preiswerten Bahnreisen gäbe, bei denen zwei Übernachtungen mit Bahnfahrt angeboten werden.

»Stimmt, da recherchiere ich nachher gleich mal im Internet.«

Stefanie erklärt sich sofort bereit, mitzukommen.

»Ist diese Aktion für uns drei nicht viel zu gefährlich?« Biggi sieht uns unsicher an.

Als ich sie frage, was ich denn sonst machen soll, hat auch sie keinen besseren Einfall, als nach Berlin zu reisen.

»Okay Mädels, ich bin dabei.«

Wir vereinbaren, dass die beiden gleich heute Mittag versuchen, Anton Bauers Adresse herauszufinden. Diese werden sie mir mitteilen. Umgehend buche ich dann im Internet für uns drei eine Berlinreise fürs Wochenende.

Nachdem die beiden den Laden verlassen haben, gehe ich sofort ins Lager an den Computer. Es sind noch zahlreiche Hotels frei. Jetzt, so kurz vor Weihnachten gibt es sogar besonders preiswerte Angebote.

Steffi ist die Erste, die zurückruft. Sie hat die Anschrift Anton Bauers herausbekommen. Keine zehn Minuten danach meldet sich Biggi, auch sie hat seine Adresse recherchiert. Ich glaube, die beiden haben sich regelrecht einen Wettstreit geliefert.

Mit meinen Freundinnen verabrede ich mich für Mittwochmittag, dann wollen wir unsere Aktion in Berlin vorbesprechen. Planung ist alles! Bei den letzten beiden Malen, bei denen ich auf Täterfang war, wäre beinah alles schief gegangen. Diesmal werde ich nicht mehr so blauäugig rangehen, schon gar nicht, wenn ich meine beiden Freundinnen in die Sache reinziehe.

Während ich verschiedene Kunden bediene, kommt mir eine Idee, wie wir Bauer eine Falle stellen können. Umgehend telefoniere ich mit meinen Freundinnen. Zum Glück hatte Steffi mal einen Wochenendlover in Berlin, sie sagt, sie sei mit ihm zu einem Schäferstündchen am Schäfersee gewesen. Am Franz-Neumann-Platz hätten sie Eis gegessen und Kaffee getrunken. Sie behauptet, der Platz sei wie geschaffen für unser Vorhaben. Da seien Papierkörbe, Bänke, ein Brunnen und viel Grün. Und von einem Café oder Eiscafé könne man den gesamten Platz überblicken.

Auf dem Computer im Lager recherchiere ich den Franz-Neumann-Platz. Auf den Bildern suche ich mir einen passenden Mülleimer aus. Danach verfasse ich einen Brief an Anton Bauer. Ich teile ihm mit, dass mir bekannt sei, dass nicht Theo Maier, sondern er die beiden Frauen in Heidelberg vergewaltigt habe. Diese Tatsache wäre sicherlich auch für die Polizei von großem Interesse. Da ich jedoch gerade etwas klamm sei, würde ich das alles ganz schnell wieder vergessen, wenn er nächsten Samstag um vierzehn Uhr zwanzigtausend Euro in den Papierkorb rechts von der einzelnen Bank am Franz-Neumann-Platz in Berlin deponiere. Meinen Erpresserbrief unterzeichne ich mit Brunetti.

Sofort, nachdem ich das Schreiben zur Post gebracht habe, buche ich unsere Reise fürs Wochenende. Das Hotel befindet sich in der Nähe des Bahnhofs Gesundbrunnen, von dort kommen wir mit S- und U-Bahn nach Wilmersdorf, dort wohnt Bauer, aber auch zu dem Platz der Geldübergabe. Am Freitagmorgen wird es losgehen. Steffi und Biggi haben einen Tag Urlaub eingereicht und Max wird mich die beiden Tage in der Chocolaterie vertreten.

Als ich abends nach Hause gehe, begegnet mir Oliver in der Hauptstraße. Er möchte sich mit mir in ein Café setzen. Der will schon wieder über das Weihnachtsfest reden. Wenn der wüsste, was Alina, Lucas und ich uns für eine schöne Gemeinheit ausgedacht haben, wegen seiner Lügen. Ich wimmle ihn schnell ab.

Zu Hause sitzt Lucas und ist ganz aufgeregt. Er hat zwei Mitschüler aufgetrieben, die angeblich zum fraglichen Zeitraum auch Geschlechtsverkehr mit Maren hatten. Ich sage ihm, dass er den Ball flach halten soll. Das allein hieße nichts. Einer müsse auf jeden Fall der Vater sein und dies lasse sich spätestens mit der Geburt zweifelsfrei feststellen.

Den nächsten Tag verbringe ich ausschließlich in der Küche des Schoko-Traums und fertige Unmengen Weihnachts-Spezialitäten, insbesondere Schoko-Engel und Weihnachts-Schokolade. Hinzu kommen einige vegane Sorten, die nicht nur meine Tochter Alina mit Heißhunger verschlingen wird. Inzwischen haben sich meine veganen Weihnachtsköstlichkeiten in der Heidelberger Vegi-Szene herumgesprochen. Der nichtveganen Kundschaft haben es besonders die Schoko-Engel angetan, die Geschenkboxen gehen weg wie warme Semmel. Während Max sich alleine vorne um den Laden kümmert, wirbele ich hinten in den Töpfen. Es riecht köstlich in meiner kleinen Chocolaterie.

Am Mittwochmittag kommen Biggi und Steffi mit leckerem Couscous vom Libanesen. Max hat zugesagt, bei den Vorbereitungen für Berlin mitzuhelfen. Er hat sogar angeboten, mit in die Hauptstadt zu fahren, quasi als unser Beschützer. Wir haben aber abgelehnt, da ich ihn nicht schon wieder in Gefahr bringen möchte. Aber für seine Unterstützung bei der Planung, bin ich ihm überaus dankbar.
Der Brief an Bauer, mit dem wir ihm eine Falle stellen wollen, ist ja schon unterwegs. Jetzt tüfteln wir einen detaillierten Plan aus. Ich hoffe nur, dass wir auch die richtige Anschrift haben. Oh je, was uns sonst blühen wird, möchte ich mir besser nicht ausmalen. Meine beiden Freundinnen überziehen ihre Mittagspause heute mal wieder exorbitant.

Meist bin ich mir sicher, dass wir richtig handeln, aber manchmal kommen mir Zweifel. Was, wenn Hauptkommissar Rauenberg recht behält? Was, wenn Theo Maier doch der Täter war? Was, wenn sich alles andere lediglich als ein Zufall herausstellt? Unter diesen Umständen sollten wir davon ausgehen, dass uns in Berlin bei der Geldübergabe eine Spezialeinheit der Polizei erwarten wird.

20

Endlich erreicht mich eine längere Mail von Cem. Er sei immer noch in Berlin. Leider könne er zurzeit nicht telefonieren. Sie seien dabei, den Fall endgültig einer Lösung zuzuführen. Ich müsse dafür Verständnis haben. Aber vielleicht hätte er an Weihnachten einige Tage Urlaub, dann werden wir alles nachholen. Ich spüre die Versuchung ihm mitzuteilen, dass ich am Wochenende auch in Berlin sein werde und ihm die Frage zu stellen, ob wir uns nicht treffen können. Irgendein undefinierbares Gefühl hält mich jedoch davor ab, stattdessen bitte ich Cem um ein klitzekleines Telefonat. Ich denke, dass ich ihm den Grund unseres Berlinbesuchs viel besser telefonisch erklären kann.

Endlich, kurz bevor ich zu Bett gehen will, klingelt mein Handy.

»Hallo Tanja, es tut mir leid, dass ich im Augenblick so wenig Zeit für dich habe. Aber ich verspreche dir, alles wird besser. Geht es dir gut?«

Während Cem spricht, höre ich im Hintergrund eine Frauenstimme, sie ruft: »Hallo Schatz, wo bist du denn?«

»Ich glaube, da ruft dich jemand«, sage ich.

Cem lacht. »Nein, nein, das ist nur das Fernsehprogramm. Also dann, ich melde mich wieder. Ich mag dich Tanja, ich mag dich sehr.«

»Ich ...« Blöd jetzt, Cem hat schon aufgelegt.

So ein Mist. Jetzt kam ich überhaupt nicht dazu, ihm etwas über unseren Berlinbesuch zu sagen.

Der betrügt dich. Mach endlich deine Augen auf, warnt mich meine innere Stimme.

So ein Quatsch. Er sagte, die Stimme komme aus dem Fernseher.

Mach dir nur weiter was vor. Das war eindeutig eine Frauenstimme und die hat ihn gerufen. Warum sonst musste er das Telefonat derart rasant beenden?

Also es ist doch überhaupt nicht erwiesen, dass im Hintergrund nicht der Fernseher lief, kontere ich meiner inneren Stimme. *Vielleicht musste er das Telefonat so schnell beenden, weil ein wichtiges Treffen anstand.*
Meine innere Stimme lacht mich hämisch aus. Das tut weh.
Wenn ich ehrlich bin, habe ich diese Frauenstimme deutlich gehört. Und ich glaube nicht, dass sie aus dem Fernseher kam. Meiner inneren Stimme möchte ich jedoch auf keinen Fall recht geben.
Ich nehme endgültig davon Abstand, Cem mitzuteilen, dass wir am Freitagmorgen nach Berlin fahren. Ich sage mir, dass ich ihn ja auch in der Hauptstadt kurz anrufen könne, um ihm ein gemeinsames Treffen vorzuschlagen. Allerdings bin ich nicht wirklich von dieser Möglichkeit überzeugt, da ich ihn ja meist nicht telefonisch erreichen kann und er mich selten zurückruft. Vor diesem Hintergrund dürfte bei unserem Überraschungsbesuch in Berlin eher kein Zusammentreffen zwischen Cem und mir stattfinden. Aber vollständig gebe ich meine Hoffnung auf ein klitzekleines Wiedersehen in Berlin nicht auf.

Freitagmorgen um kurz vor acht Uhr haben wir drei Freundinnen uns am Hauptbahnhof verabredet.
Ich treffe als Erste mit meinem kleinen roten Trolley ein. Den Schal ziehe ich fester, es ist kalt heute Morgen. Die Dachgiebel haben eine weiße Farbe, in der Nacht ist ein Zentimeter Schnee gefallen. Gleich nach mir kommt Birgit und als letzte Stefanie. Wir sind alle drei ganz aufgeregt und schnattern um die Wette.
Meine Freundinnen fragen mich, ob ich keine Gewissensbisse habe, den Schoko-Traum jetzt, im Weihnachtsgeschäft, allein zu lassen. Ich teile ihnen mit, dass Max heute den Laden alleine schmeißen und ihm Alina morgen Nachmittag zur Hand gehen wird.

Der Zug fährt ein – oh Wunder – sogar pünktlich. In Mannheim steigen wir um in den ICE nach Berlin. Zu unserer Überraschung trifft auch dieser zeitgenau ein. Wir haben eine Reservierung im Wagen 1. Da heute die Wagenreihung andersherum sein soll, stehen wir am Ende des Zuges. Leider fährt der ICE doch ganz normal ein und jetzt rennen wir mit unseren Trolleys zum Zuganfang. Wir kommen aber nur bis zur Mitte des Zuges, dann hören wir die Durchsage: »Bitte einsteigen. Die Türen schließen selbsttätig. Bitte zurückbleiben.« Wir schaffen es gerade noch in den Zug und müssen uns nun ganz nach vorne ins erste Abteil quälen. Zu dumm nur, dass diejenigen, die aufgrund der Anzeige vorne eingestiegen sind, nach hinten wollen. Jetzt treffen wir uns in der Mitte des Zuges, was das Vorankommen nicht gerade einfacher macht. Alle schieben und drängeln gleichzeitig.

Endlich haben wir die Spitze des Zuges erreicht. Wo allerdings ist der Wagen mit der Ordnungsnummer 1? Sollen wir etwa im Führerstand beim Zugführer mitfahren? Vielleicht, wir alle drei auf seinem Schoß? Leider kommen wir dort nicht hinein, also treten wir den Rückzug an. Im Wagen 4 verstauen wir unser Gepäck und setzen uns an einen Tisch, an dem noch drei Plätze frei sind.

»Ich habe extra im Ruhebereich reserviert«, belehrt uns der etwa fünfzigjährige Anzugträger, der schon vor uns allein mit seinem Laptop am Tisch saß.

Tja, da hat er die Rechnung ohne uns gemacht.

Steffi mustert ihn einige Sekunden, um ihm dann die Frage zu stellen: »Wieso das denn, guter Mann, sind Sie etwa schon tot?«

Er schaut auf Steffi, sein Mund steht offen, sagen kann er aber anscheinend nichts mehr.

Diese hingegen wendet sich ihrem Nachbarn über dem Gang zu und beginnt ein lautstarkes Gespräch über Berlin, denn der hat laut Anzeige bis in die Hauptstadt reserviert.

Ich wette, das macht sie extra, um dem ruhebedürftigen Halbtoten seine vorletzte Ruhe zu rauben.

Birgit packt eine Frauenzeitschrift aus und ich krame den zweiten Rhein-Neckar-Krimi der Autorin aus meinem Rucksack, die eine kürzlich im Schoko-Traum veranstaltete Lesung organisiert hatte. In ihrem Krimi wird eine zwanzigjährige Rollstuhlfahrerin in einen Kriminalfall verwickelt und ermittelt mit ihren Freunden auf eigene Faust den Täter. Sehr spannend! Ich tauche mal ab in eine andere Welt.

Als ein missgelaunter Kommissar in dem Kriminalroman vorkommt, muss ich unweigerlich an Rauenberg denken. Gestern Nachmittag hatte ich noch einmal versucht, mit ihm über den Fall Maier/Bauer zu sprechen. Dieser Mann jedoch ist dermaßen borniert, der ließ mich einfach nicht zu Wort kommen. Noch ehe ich ihm erläutern konnte, was ich herausgefunden habe, fuhr er mir gleich wieder über den Mund. Als ich ihm trotzdem meine Argumentation darlegen wollte, hat der erneut einfach aufgelegt. Ich habe mich derart über den geärgert, dass ich ihn am liebsten noch einmal zurückgerufen hätte, um ihn wüst zu beschimpfen. Nach dreimaligem tiefem Durchatmen habe ich zum hundertsten Mal vergeblich versucht, Cem zu erreichen. Dann eben nicht! Ich pfefferte das Telefon in eine Ecke, in meinem Zimmer knallte ich die Klamotten für die Reise in den Koffer.

Endlich packt Biggi ihre Essensration aus, damit könnte man glatt den halben Zug versorgen. In einer Dose hat Biggi zehn Frikadellen, die sie jetzt großzügig an uns verteilt. Dazu gibt es Butterbrot mit gesunden Gurken- und Paprikasticks. Lecker! Der Anzugträger sieht mehrfach tadelnd von seinem Laptop auf. Nützt nichts, wir drei schmatzen um die Wette und der bekommt nichts ab. Da hätte er sich schon anders benehmen müssen. Birgit hat auch Wurst- und Käsebrote dabei. Und Nachtisch.

Ich lese weiter in meinem Kriminalroman. Wenn ich aus dem Fenster sehe, rast dort eine weiße Winterlandschaft vorbei. In der Rhön hat es heute Nacht einige Zentimeter geschneit. Noch liegt die weiße Pracht auf den vorbeifliegenden Wäldern, Feldern und Hausdächern. Ab und an kommen auch Bahnhöfe mit Trauben von wartenden Menschen ins Bild.

Beim Fahrkartenkontrolleur bestellen wir nach dem Essen drei Becher Kaffee, diese werden uns umgehend mit kleinen Schoko-Lebkuchen gereicht.

Um kurz nach vierzehn Uhr kommen wir fast pünktlich in Berlin an. Wir fahren am Hauptbahnhof nicht regulär oben, sondern tief ein. Gegenüber fährt zwei Minuten später eine Regionalbahn Richtung Gesundbrunnen ab. Perfekt! Kurze Zeit danach steigen wir aus und rollen mit den Trolleys in unser Hotel unweit des Bahnhofs. In der Lobby steht eine riesige geschmückte Nordmanntanne.

Wir haben ein Zwei-Bett-Zimmer und ein Einzelzimmer mit Verbindungstür gebucht. Somit können wir alles in Ruhe besprechen, ohne dass wir uns erst verabreden müssen. Zunächst losen wir aus, wer von uns wo schlafen wird. Stefanie zieht das Los für das Einzelzimmer, also machen Biggi und ich es uns im Ehebett gemütlich.

Nachdem wir unsere wenigen Kleidungsstücke und Habseligkeiten in die Schränke und ins Bad geräumt haben, beschließen wir, einen Spaziergang zu machen.

Ich überrede meine Freundinnen, nach Hohenschönhausen zu fahren. Was sie nicht wissen, ich habe in der Gedenkstätte Berlin-Hohenschönhausen nachgefragt und erfahren, dass heute um sechzehn Uhr eine letzte Führung stattfindet, an der wir teilnehmen können. Ich dirigiere die beiden zum Bahnhof Gesundbrunnen, dort steigen wir in die S41 und fahren bis Landsberger Allee.

»Wo genau fahren wir eigentlich hin?«, will Biggi wissen.

»Wir sehen uns das zentrale Untersuchungsgefängnis der Stasi an.«

»Och nee, Tanja, ich will was von Berlin sehen«, motzt Birgit.

»Das ist Berlin«, sage ich.

Stefanie zeigt auf die einfahrende Bahn: »Nehmen wir jetzt diese Straßenbahn?«

»Tram heißt das. Wir sind in Berlin«, korrigiere ich.

»Na gut, nehmen wir halt die Tram.«

»Man sieht, dass das hier die DDR war. Ein Plattenbau neben dem anderen«, stellt Birgit fest.

An der Haltestelle *Genslerstraße* steigen wir aus.

»Guck mal da, eine Gaststätte.« Birgit hat schon wieder Hunger.

»Erst gehen wir in den Knast«, bestimme ich.

Stefanie schüttelt den Kopf. »Das ist jetzt nicht dein Ernst, oder?«

»Also ich muss da hin. Das Schicksal dieser Mutter, Frau Bauer, die hier einsaß und der gesagt wurde, dass ihre beiden Kinder als Totgeburten auf die Welt gekommen seien, das berührt mich sehr. Wir kommen sonst an diesem Wochenende sicherlich nicht dazu, die Gedenkstätte zu besichtigen.« Ich sehe meine beiden Freundinnen mit flehendem Blick an.

»Dir zuliebe, aber wenn ich umfalle, ist es allein deine Schuld.« Steffis Bauch brummt laut wie auf Kommando. So hungrig können die beiden gar nicht sein, bei dem, was wir drei alles während der ICE-Fahrt gefuttert haben.

Wir stehen vor der Gedenkstätte. Ich besorge die Karten für die Führung und bekomme drei blaue runde Aufkleber, die wir uns auf die dicken Winterjacken heften. Wir haben noch zwanzig Minuten Zeit, daher besuchen wir schon mal die Dauerausstellung in dem Backsteingebäude. Hier wird über die verschiedenen Stationen des Gefängnisses berichtet und über zahlreiche bekannte und unbekannte Insassen. Nach einem kurzen Rundgang begeben wir uns in die Cafeteria, in der die Führung beginnt.

Ein etwa achtzig Jahre alter Mann stellt sich uns als unser Referent vor, er wird uns durch die Gedenkstätte begleiten. Er erwähnt sogleich, dass er selbst 1960 acht Monate hier im Gefängnis einsaß. Draußen am Modell zeigt er uns den riesigen Sperrbezirk des Ministeriums der Staatssicherheit der DDR. Von außerhalb waren lediglich geschlossene Blechtore, Wachtürme, Überwachungskameras und bewaffnete Sicherheitskräfte zu sehen. In den Stadtplänen Ostberlins war das Gelände als Leerfläche verzeichnet. Noch einmal mit einer hohen Mauer mit Wachtürmen abgesichert, befand sich mitten im Sperrbezirk das zentrale Untersuchungsgefängnis der Staatssicherheit. Während des Zweiten Weltkrieges als Großküche genutzt, wurde das Gebäude ab 1945 von der sowjetischen Besatzungsmacht zum Speziallager umfunktioniert. Ab 1947 entstand hier das zentrale sowjetische Untersuchungsgefängnis für Deutschland. Im Keller wurden bunkerartige Zellen angelegt, das sogenannte *U-Boot*. Ab März 1951 übernahm das Ministerium für Staatssicherheit das Kellergefängnis. Die feuchtkalten Kammern ohne Tageslicht waren nur mit einer Holzpritsche und einem Kübel ausgestattet. 1961 wurde der angrenzende Neubau mit über zweihundert Zellen und Vernehmerzimmern in Betrieb genommen. Später wurde auf dem Gelände noch das Gefängniskrankenhaus erbaut.

Zunächst begeben wir uns ins *U-Boot*. Auf den Treppen hinunter in den Keller atmet unser Begleiter schwer. Immer wenn er diese Treppen hinabsteige, müsse er an das erste Mal denken und dann habe er ein beklemmendes Gefühl in seiner Brust. Das kann ich gut nachempfinden. Nachdem wir unten den Zellentrakt sehen, wissen wir auch, wieso das Gefängnis von den Insassen das *U-Boot* genannt wurde. Die im Keller liegenden kalten und feuchten Zellen haben kein Tageslicht und auch nur eine geringe

Luftzufuhr. An den Decken der Flure sind zahlreiche Rohre befestigt. Es vermittelt alles den Eindruck, als befände man sich in einem U-Boot.

»Die Zellen waren mit bis zu vier Personen belegt. Außer einer Holzpritsche und einem Eimer zur Toilettenverrichtung gab es nichts. Überhaupt nichts. Keine Bücher. Kein Papier. Keine Beschäftigung. Nichts!«

»Nicht einmal ein Handy?« Steffi nun wieder. Da muss selbst unser Guide schmunzeln.

»Man kannte ausschließlich die Menschen, mit denen man auf einer Zelle einsaß, alle anderen bekam man nicht zu Gesicht. Niemals. Man wusste nicht, wer sonst noch aus der Familie oder des Freundeskreises verhaftet worden war. Die Menschen waren hermetisch von der Außenwelt abgeriegelt, auch über ihren Aufenthaltsort blieben sie im Unklaren.«

Es muss für die Menschen schrecklich gewesen sein, hier einzusitzen. Wie lebendig begraben, ohne jeglichen Kontakt zur Außenwelt. Nur mit dem zuständigen Vernehmer der Stasi, der die Befragungen durchführte, hatten die Gefangenen Kontakt. Von diesem wurden sie monatelang immer wieder verhört, so lange, bis sie die belastenden Aussagen unterschrieben hatten. Im Jahr 1961 wurde der Neubau eingeweiht, aber die Angst und die Hoffnungslosigkeit seien dorthin mit umgezogen, auch wenn hier die Haftbedingungen um ein Vielfaches besser gewesen seien. Im Neubau gab es immerhin Tageslicht und die Zellen hatten eine Toilette. Viele der Menschen, die hier einsitzen mussten, waren einzig aus dem Grund hier gefangen, weil sie einen Fluchtversuch gewagt oder nur die Absicht hatten, die DDR zu verlassen. Andere waren eingesperrt, weil sie Kritik am System und seinen Organisationen geübt hatten oder aus völlig nichtigen Gründen.

»In der Haft kursierte ein oft erzählter Witz: Drei Gefangene finden sich in einer Zelle wieder und wollen voneinander wissen, weshalb sie eingesperrt seien. Antwortet der Erste: ›Ich bin hier, weil ich für den Minister Nowak war.‹ Der Zweite empört sich: ›Mich hat man eingesperrt, da ich gegen den Minister Nowak war.‹ ›Beruhigt euch‹, sagt der Dritte. ›Ich bin der Minister Nowak.‹«

Danach gehen wir am früheren Haftkrankenhaus vorbei. In diesen Mauern gebar Frau Bauer ihre Zwillinge. Die Führung endet in der Buchhandlung der Gedenkstätte. Ich kaufe mir schnell noch das Buch unseres Referenten, in dem er seine Zeit in der Haft beschreibt, und lasse es mir von ihm signieren.

»Wir hätten lieber vor der Führung durch den Knast essen gehen sollen.« Biggi scheinen die Schilderungen nicht bekommen zu sein.

»Ach was, ich will jetzt was zu essen.« Steffi ist da härter im Nehmen.

Wir laufen vor zur Haltestelle der Tram.

»Lasst uns mal das Restaurant auf der anderen Straßenseite ansehen.« Biggi steuert schon drauf zu.

»Sieht gutbürgerlich aus.« Steffi möchte lieber gediegen in den Hackeschen Höfen essen.

»Jetzt kommt doch mal rüber!« Biggi winkt uns zu sich. »(N)ostalgisches Essen gibt es hier. Da will ich hin. Das Restaurant ist bestimmt schon seit Neunzehnhundert-was-weiß-ich eine Gaststätte.«

Jetzt lesen auch Stefanie und ich die Speisekarte. Ich muss sagen, das klingt gut. Steffi zögert noch. Wir überzeugen sie, indem wir ihr versichern, dass wir für morgen Abend in den Hackeschen Höfen reservieren.

Und schon gehen wir rein. Der nette Wirt zeigt uns gleich einen sehr guten Platz. Richtig kuschelig ist es hier. Die Tische sind schön mit einigen weihnachtlichen Zweigen dekoriert. Wir sind noch früh, abends ist hier sicher eine Menge los.

»Guckt doch mal, die dicken Vorhänge zur Raumabteilung, ob die noch aus DDR-Zeiten stammen?« Steffi staunt.

»Schon möglich. Hier gefällt es mir. Typisch berlinerisch.«

»Biggi, das ist nostalgisch ostalgisch«, sage ich.

Wir vertiefen uns in die Speisekarte.

Ich bestelle gebratene Kalbsleber nach Berliner Art mit Zwiebeln und Apfelringen, dazu Kartoffelbrei. Biggi wählt Gulasch vom Schweineschinken mit Rotkohl und Klößen. Für Medaillons vom Schweinefilet in Pfeffermantel mit grünen Bohnen, Rahmchampignons und Kroketten entscheidet sich Stefanie.

Die Weine kommen aus der Pfalz. Na sieh mal einer an!

»Es ist schon ein enormer Luxus in dieser Gaststätte zu speisen, nachdem man sich den Stasi-Knast angesehen hat«, sage ich.

Meine Freundinnen pflichten mir bei und schon sind wir mittendrin in einer Unterhaltung über die ehemalige DDR und die Staatssicherheit.

»Die mussten damals die Bürger durch Spitzel ausspähen oder es aus den Leuten herausquetschen«, sage ich. »Heute ist das doch völlig überflüssig. Die Geheimdienste überwachen alle Mobiltelefone, Mail- und Internetverbindungen. So wissen die innerhalb kürzester Zeit mehr über uns als wir selbst.«

»Na toll, die Stasi lässt grüßen.« Biggi nippt an ihrem Riesling.

Es dauert nicht lange und der Wirt kommt mit unserem Essen. Das sieht lecker aus. Und so schmeckt es auch. Wir drei stöhnen um die Wette. Zum Abschluss trinkt jede noch einen Espresso, bevor wir uns auf den Heimweg in unser Hotel begeben.

Dort suchen wir sogleich die Hotelbar auf und ich berichte meinen Freundinnen ausführlich nicht nur über das, was ich von Frau Wenzel erfahren habe, sondern teile zudem mein Wissen aus den gelesenen Artikeln zu den Themen Zwangsadoption und Kindesraub mit. Die genaue Anzahl der Fälle, in denen es aus politischen Gründen zu Zwangsadoptionen gekommen sei, könne nicht beziffert werden. Zahlreiche Kinder seien zunächst im Heim gelandet, viele seien an Pflegeeltern weitergegeben worden. Eine große Anzahl wurde von den systemkonformen Paaren, bei denen sie lebten, adoptiert. Zahlreiche Menschen wüssten nicht einmal, dass sie von diesem Kindesraub betroffen seien. Vielen Adoptionsfamilien sei nichts Genaues über die Herkunft der Kinder verraten worden.

»Wenn zum Beispiel jemand versuchte, aus der DDR zu flüchten, konnten ihm die Kinder abgenommen werden, entweder weil er diese durch die Flucht gefährdete oder weil er sie nicht im Sinne des Staates erzogen hatte. Im Falle von Frau Bauer stellte sich alles noch viel dramatischer dar. Sie war damals hochschwanger, als sie im Stasi-Untersuchungsgefängnis Hohenschönhausen einsaß, wahrscheinlich hatte sie einen Fluchtversuch unternommen. Sie gebar ihre Zwillinge im Haftkrankenhaus. Ihr wurde mitgeteilt, dass beide Kinder als Totgeburten auf die Welt gekommen seien.«

Biggi und Steffi bestellen noch einen Absacker, ich bestehe auf Wasser.

»Manchmal frage ich mich, ob Frau Bauer noch lebt. Was, wenn sie jetzt erfahren würde, dass ihre Zwillinge am Leben geblieben sind und einer ihrer Söhne ein Vergewaltiger ist und der andere sich das Leben nahm, weil er der Taten seines Bruders bezichtigt wurde?« Meine Freundinnen hören mir aufmerksam zu. »Ich weiß nicht, was schlimmer für sie wäre, bis zum Ende ihrer Tage mit der falschen Annahme zu leben, dass beide Kinder Totgeburten waren oder mit dieser schrecklichen Wahrheit konfrontiert zu werden.«

»Man kann nur hoffen, dass die arme Frau das alles niemals erfahren muss«, sagt Stefanie.

Die beiden Holländer, die inzwischen an der Hotelbar neben uns sitzen, haben irgendetwas über DDR mitbekommen und verwickeln uns in ein Gespräch über DDR-Nostalgie. Eigentlich möchte ich jetzt gehen. Schließlich haben wir morgen noch eine Kleinigkeit vor.

Steffi jedoch bettelt: »Kommt, nur noch einen einzigen Absacker.«

Von wegen nur noch ein Einziger. Das hätte ich mir denken können, dass wir aus dieser Nummer nicht mehr so schnell herauskommen. Nach längeren weiteren Diskussionen über die DDR verabschieden wir uns, wobei wir Stefanie in unsere Mitte nehmen. Untergehakt verlassen wir die Bar. Unsere gemeinsame Freundin steht der Rettungsaktion allerdings mit wenig Dankbarkeit gegenüber. Ganz im Gegenteil, sie beschimpft uns wüst, wir hätten ihr die Nacht verdorben. Ich bin sicher, dass sie uns morgen dankbar sein wird, dass wir sie aus den Klauen dieser Männer befreit haben.

21

Meine Freundinnen scheuche ich ungnädig am nächsten Morgen aus dem Bett. Sie motzen, denn beide haben einen ausgewachsenen Kater. Birgit gibt eine Runde Kopfschmerztabletten aus. Ich lehne dankend ab, nach dem ersten Absacker habe ich gestern Abend als Einzige zu Wasser gegriffen. Biggi und Steffi hingegen trinken jede ein Glas mit mehreren Brausetabletten. Es zischt heftig in ihren Gläsern, als hätte sich dort eine Schlange eingenistet.

Während ich nach einigen Minuten geduscht und angezogen bin, sitzen die beiden Grazien noch immer stöhnend in ihren Schlafanzügen rum. Ich gehe schon mal vor, um zu frühstücken, im Gegensatz zu ihnen habe ich Hunger. Hoffentlich kommen sie bald nach.

Im Frühstücksraum sitzen die beiden Holländer. Sie sehen nicht ganz taufrisch aus, auch sie scheinen einige Gläschen zu viel gehabt zu haben. Nach mehreren Aufforderungen setze ich mich an ihren Tisch. Sie wollen wissen, wo ich Stefanie und Birgit gelassen habe. Ich versichere ihnen, dass die beiden sicher gleich nachkommen werden.

Ich bediene mich derweil schon mal am reichhaltigen Frühstücksbüffet. Erst als ich mit meinem beladenen Teller an den Tisch komme, fällt mir auf, dass der eine, dessen Name ich schon wieder vergessen habe, nur Kaffee trinkt. Wahrscheinlich hatte er heute Morgen auch schon eine Runde Kopfschmerztabletten. Sein Kollege hingegen, auch den Namen habe ich – oh Wunder – vergessen, isst mit leidenschaftlicher Inbrunst. Obwohl, der hat gestern am meisten zugeschlagen. Ich wette, der ist Alkohol gewohnt, braucht vielleicht sogar ein bestimmtes Quantum davon. Steffi und Biggi treffen ein, als ich mir die dritte Tasse Kaffee einschenke und mich über eine weitere Portion Lachs hermache. Beide halten mir sogleich ihre leeren

Tassen hin. Ich lasse die Luft raus. Heute Morgen ist zunächst ein kurzer Besuch im Museum der DDR geplant. Dieses Museum, direkt an der Spree, gegenüber dem Berliner Dom, möchten wir uns auf keinen Fall entgehen lassen. Danach steht eine Stadtrundfahrt mit dem Bus in unserem Terminkalender. Im Anschluss an das Sightseeing-Programm wird die *SOKO Maier/Bauer* tätig. Wir beginnen mit der Kontrolle der uns bekannten Adresse Bauers, nach Möglichkeit sollte eine erste anonyme Kontaktaufnahme stattfinden, bevor wir zur Umsetzung unseres Plans schreiten. Ich hoffe nur, dass auf meine Freundinnen heute mehr Verlass ist, als bei der allerersten Beschattungsaktion. Damals wollten wir einen Verdächtigen in Frankfurt observieren. Meine Freundinnen jedoch zogen es vor, erst in Ruhe zu frühstücken, weshalb ich mich alleine aufmachen musste. Mal ehrlich, meine erste Observation war kein glorreicher Einstieg ins Geschäft einer unfreiwilligen Privatschnüfflerin. Der Neffe von Frau von Lingenthal dachte allerdings, ich hätte mich extra so dämlich angestellt. Besser nicht daran denken!

Meine Freundinnen verschmähen das ausladende Frühstücksbüffet und kauen stattdessen auf trockenen Brötchen rum. Aber immerhin können sie schon wieder mit den Holländern schäkern.

Ich treibe die beiden zur Eile an. Wir sind schließlich nicht zum Vergnügen hier in Berlin.

Schon seit gestern überlege ich, ob ich mich nicht doch an Cem wenden soll. Noch vor dem Frühstück versuchte ich abermals, ihn auf seinem Mobiltelefon zu erreichen, dies ist jedoch noch immer abgeschaltet. Ich frage mich, ob ich ihn nicht direkt über das Bundeskriminalamt anrufen könnte. Der Mann hat doch garantiert auch einen Festnetzanschluss. Ich teile meinen Freundinnen die Idee mit und beide raten mir zu. Steffi googelt sogleich die Telefonnummer des BKA.

Ich wähle die Nummer und lasse mich mit Cem Yilmaz verbinden.

»Yilmaz«

»Hallo Cem, hier ist Tanja. Ich bin in Berlin. Können wir uns sehen?«

»Bitte, wer ist dort?« Ein Mann mit einer viel tieferen Stimme als Cem ist am Telefon.

»Hier ist Tanja Eppstein. Ich hätte gerne Cem Yilmaz gesprochen.«

»Sie sprechen mit Cem Yilmaz.«

Total verdattert sage ich ihm, dass ich ihn nicht kenne. Ihm gehe es genauso. Noch einmal betone ich, dass ich den Profiler Cem Yilmaz sprechen möchte, der zurzeit in Berlin tätig ist. Er behauptet, er sei der Leiter der IT und der einzige Cem Yilmaz beim BKA. Ich frage ihn nach einer Telefonliste, dort müsse Cem doch draufstehen. Noch einmal teilt er mir sehr eindringlich mit, dass er der einzige Cem Yilmaz beim BKA sei und daher kein anderer auf der Liste stehe.

Ich beende das Telefonat und sehe meine Freundinnen verwirrt an.

Steffi sagt überzeugt zu mir: »Sicher haben die eine Telefonliste für die Mitarbeiter, die immer einen festen Standort haben. Dein Cem, der wechselt doch häufiger. Diese Nummer steht wahrscheinlich nicht in der Liste.«

»Stimmt!« Birgit sieht das genauso. »Die können die Liste ja nicht jeden Tag ändern. Dort stehen garantiert nur die drauf, die ihren Einsatzort nicht wechseln.«

Ich bin mir nicht ganz sicher, ob mich die beiden lediglich in sanfter Ruhe wiegen wollen oder ob sie tatsächlich felsenfest von dieser Argumentation überzeugt sind. Mich überflutet ein anderer Gedanke: Ob Cem überhaupt beim BKA arbeitet? Aber aus welchem Grund sollte er mir die Unwahrheit sagen? Ich beschließe, mich aufgrund der einleuchtenden Logik Biggis und Steffis Aussage anzuschließen.

Gemeinsam fahren wir in Richtung Innenstadt.
Vom interaktiven Museum der DDR sind wir alle drei begeistert. Hier kommt jede auf ihre Kosten. Wir öffnen Schubladen, drehen an Rädchen, begeben uns in eine Zelle und setzen uns an einen Verhörtisch. Dann pflanzen wir uns auf die DDR-Couch und besprechen unser weiteres Vorgehen.
»Am liebsten würde ich jetzt ein Spreewaldgürkchen essen.« Steffi leckt sich die Lippen.
Hier kann man alle Klischees bedienen, die man über die DDR besitzt. Sicherlich gibt es auch noch andere Aspekte dieses gescheiterten Sozialismus.
»Schade, dass keine von uns dreien zuvor mal in der DDR war, als sie noch real existent war«, sage ich etwas betrübt.
Biggi bemerkt: »Ich wusste ja nicht, dass sie dem Niedergang geweiht ist, sonst hätte ich ihr doch noch schnell einen Besuch abgestattet.«
»Steffi und ich waren zu jung, um uns damals viele Gedanken darüber zu machen, und unsere Eltern hatten keinerlei Kontakte nach drüben. Na ja, man kam halt nicht auf die Idee, Urlaub in der DDR zu machen.«
Im Shop ersteht Biggi noch schnell einen pinkfarbenen Trabi für ihre Enkelin. Steffi können wir gerade noch davon abhalten, ein Glas Spreewaldgurken zu kaufen. Ich meine, wir haben jetzt andere Sorgen, als uns ständig darum zu kümmern, dass dieses Glas in ihrer Umhängetasche heil bleibt.
Oben an der Karl-Liebknecht-Straße angekommen, kaufen wir ein Ticket für eine City-Bus-Tour. Wir haben die Wahl zwischen einem Bus mit Kopfhörern oder mit einem echten Reiseführer, der uns alles nacheinander auf Deutsch und Englisch erklärt. Wir entscheiden uns für die Kopfhörer, wenn es uns zu viel wird, können wir einfach den Stecker ziehen.

Biggi muss unbedingt noch zum Weihnachtsmarkt *Am Schlossplatz*. An einem Kunsthandwerksstand ersteht sie selbst gebastelte Weihnachtskarten, Stefanie kauft sich einen kunstvoll gestalteten Weihnachtsengel aus Keramik. Während wir uns Glühwein und gebrannte Mandeln besorgen, werden wir mit *Stille Nacht, heilige Nacht* berieselt. Gestärkt stehen wir kurze Zeit später an der Haltestelle *Berliner Dom*, bis ein Doppeldeckerbus vorfährt. Wir steigen ein und setzen uns ins Obergeschoss. Biggi sitzt links am Fenster, Steffi rechts am Fenster und ich neben ihr.

Der Bus fährt los, muss aber sofort wieder anhalten. Ich sehe aus dem Fenster auf das Straßenschild der von rechts querenden Straße, sie heißt *Am Lustgarten*. Auch im Bus ist die Musik des Weihnachtsmarktes zu hören: »Nur das traute hochheilige Paar, holder Knabe im lockigen Haar.« Einige Fußgänger überqueren die Ampel. Ich will gerade eine blöde Bemerkung über den Straßennamen machen, da sehe ich ein Paar, das Händchen haltend den Zebrastreifen überquert.

Nein! Das kann unmöglich sein. Doch! Keinen leisen Zweifel, da unten, das ist Cem.

»CEM! Da ist CEM!«, rufe ich Steffi zu. »Der hält die Hand einer jungen Frau.« Ungläubig sehe ich den beiden hinterher. Auf dem Bürgersteig angekommen, bleibt Cem kurz stehen, blickt seiner Angebeteten in die Augen und gibt ihr einen langen filmreifen Kuss. »Der küsst die«, sage ich fassungslos.

»Stimmt«, bestätigt Steffi, »das war mit hundertprozentiger Sicherheit Cem. Und dieses junge, verdammt hübsche Model, mit den langen schwarzen Haaren, ist eindeutig nicht seine Schwester.«

»Also ich habe Cem nicht gesehen«, behauptet Biggi, die auf der anderen Seite des Busses sitzt.

Ich stehe auf. Unverzüglich muss ich aussteigen. Ich will jetzt Cem beschatten und nicht Bauer. Was interessiert mich dieser Bauer? Mich interessiert einzig und allein Cem.

Durch die Anfahrt des Busses werde ich jedoch wieder in meinen Sitz gepresst. Der Bus fährt einfach weiter. Er wird erst am nächsten Stopp halten und Cem ist dann mit seiner Göttin sicherlich schon über alle Berge.

Deshalb macht der sich so rar und hat keine Zeit zum Telefonieren. Von wegen zu viel Arbeit.

Ja, ja, ja, sie hat ja recht, meine innere Stimme.

Ich hasse Cem! Ich hasse Berlin! Ich möchte auf der Stelle nach Hause. Ich will weinen. Einfach nur in Ruhe weinen.

Meine Freundinnen sehen mich mitfühlend an. Biggi, die inzwischen hinter mir sitzt, legt mir ihre rechte Hand auf die Schulter und betont noch einmal: »Ich habe ihn nicht gesehen. Vielleicht war es ein anderer Mann, der ihm ähnlich sah. Ein Doppelgänger. Soll's ja geben. Ich sage nur: Bauer.«

Steffi, die genau gesehen hat, dass der Mann auf dem Zebrastreifen eindeutig Cem war, behauptet: »Du hast ihn schon einmal für einen Schuft gehalten und er war unschuldig, vielleicht ...«

»Ja, aber damals hat er keine Frau auf offener Straße geküsst. Ich meine: Hallo? Ich hab's gesehen!«

»Es gibt bestimmt eine Erklärung dafür«, beharrt Steffi.

»Eine Erklärung? Auf diese Art von Erklärungen kann ich gerne verzichten.«

Jetzt muss ich doch tatsächlich losflennen. Nicht richtig, aber aus meinem rechten Auge macht sich eine Träne selbstständig. Ich will das nicht. Und dieser dicke Kloß in meinem Hals schmerzt.

Warum musst du dir auch immer Männer suchen, die dich enttäuschen. Dafür hast du echt ein Händchen.

Ach, halt du doch jetzt deine Klappe, schneide ich meiner inneren Stimme das Wort ab.

Energisch wische ich mir die Tränen aus den Augen. Für Gefühlsduselei habe ich jetzt keine Zeit. Ich muss mich auf unsere Aktion konzentrieren. Schließlich habe ich meine

Freundinnen in diese Sache mit hineingezogen. Jetzt müssen wir das auch zu Ende bringen.

Ich stecke mir meine Kopfhörer wieder in die Ohren und lasse mich von den beiden Konserven-Stadtführern, die ich überhaupt nicht mehr witzig finde, berieseln, auch wenn ich mich ständig dabei erwische, dass ich den beiden nicht zuhöre. Was interessiert mich Berlin? Außerdem habe ich diese City-Bus-Tour vor etlichen Jahren schon einmal mit Oliver gemacht. Die vielen Sehenswürdigkeiten Berlins wie das Brandenburger Tor, der Reichstag, die Siegessäule, und alles andere auch, ausnahmslos, rauschen sie unbeachtet an mir vorbei. Und die vielen Weihnachtsmärkte Berlins nerven mich nur noch. Es hat den Anschein, als hätte hier jede Ecke ihren eigenen Weihnachtsmarkt. Ich mag dieses ganze Weihnachtsgedöns nicht. Ich hasse Weihnachtsmärkte! Ich hasse Weihnachten! Ich hasse Berlin! Ich hasse Cem!

Und in Anbetracht der Tatsache, dass ich Cem küssend mit diesem Model gesehen habe, bekommt der morgendliche Anruf beim BKA eine neue Bedeutung. Bis jetzt hat mir Cem keinen Beweis dafür geliefert, dass er als Profiler beim BKA tätig ist. Gut, er hat Obduktionsergebnisse besorgt. Wenn er kein Polizist ist, wäre ihm dies wohl kaum möglich gewesen. Ach, ich weiß auch nicht, alles in meinem Kopf dreht sich. Keinen einzigen klaren Gedanken kann ich mehr fassen.

Am Zoologischen Garten steigen wir aus. In einem kleinen Café trinken wir einen Cappuccino, während mich die Freundinnen sehr mitfühlend ansehen. In meinem Kopf arbeitet es ununterbrochen.

»Scheiß auf Cem, Mädels!«, sage ich, wie um mir selbst Mut zuzusprechen.

»Scheiß auf Cem!«, wiederholen meine besten Freundinnen.

»Kommt, lasst uns einen Prosecco bestellen«, schlägt Steffi vor.

»Nein«, sage ich sehr bestimmt, »in der letzten Zeit scheint Alkohol zu meiner Hauptproblemlösungsstrategie zu werden. Zudem sollten wir nüchtern und klar im Kopf bleiben, sonst vermasseln wir die Aktion. Cem knöpfe ich mir zu einem späteren Zeitpunkt vor. Jetzt kommt erst mal dieser Bauer an die Reihe.«

Nach fünfzehn Minuten machen wir uns auf den Weg, um uns die Wohnung von Bauer anzusehen.

Wir steigen in die Linie U9 Richtung Rathaus Steglitz.

Ich weiß, Biggi und Steffi würden sich lieber die eindrucksvollen Baudenkmäler Berlins ansehen, als sich um Bauer zu kümmern. Ich würde jetzt auch gerne etwas anderes machen. Im Bett liegen und weinen, ganz viel weinen und sehr lange. Oder mich anständig besaufen, bis ich nicht mehr wüsste, wie unser Hotel heißt. Scheiß auf falsche Problemlösungsstrategien! Aber –, das Leben ist nun mal keine Castingshow.

»Wo wohnt dein Cem denn eigentlich?«, will Biggi wissen als wir nebeneinander aufgereiht, wie die Tauben auf dem Balkongeländer, in der U-Bahn sitzen.

Ich gestehe, dass ich in Berlin keinerlei Adresse von ihm besitze und ihn nur telefonisch erreichen könne. Aber in der letzten Zeit sei sein Mobiltelefon immer ausgeschaltet. Der Blick meiner Freundinnen spricht Bände. Ich weiß, was sie denken, dass er in Berlin mit dieser anderen Frau liiert ist. Nein, ich möchte jetzt nicht an Cem denken. Ich darf jetzt nicht an Cem denken. Ich muss mich auf Bauer fokussieren, sonst begehe ich einen Fehler und bringe uns dadurch alle drei in Gefahr.

An der Haltestelle *Berliner Straße* steigen wir aus und gehen die nächste Straße nach links rein bis zur Prinzregentenstraße.

»Dieser Bauer wohnt aber verdammt vornehm«, stellt Steffi fest.

»Stimmt. Hier in Wilmersdorf, das ist garantiert eine sehr beliebte und teure Wohngegend.« Rechts und links ist die

Straße mit Bäumen gesäumt. Bei schönem Wetter zwitschern hier sicherlich die Vögel um die Wette. Zahlreiche Fenster und auch viele Außenfassaden sind ausladend mit Weihnachtsschmuck dekoriert.

»Da!«, rufe ich, »da ist seine Hausnummer.«

Wir stehen vor einem modernisierten Altbau mit hohen Decken, großen hellen Fenstern, die Fassade in zartem Beige gestrichen.

»In dieses Haus würde ich sofort einziehen«, merkt Biggi an.

Wir stimmen ihr zu. Hier lässt es sich leben.

Neben einer der Klingeln steht der Name *Bauer*. In diesem Haus sind wir hoffentlich richtig. Inzwischen hat es angefangen zu nieseln und der Wind wird immer heftiger.

»An diesem Platz können wir nicht stehen bleiben. Kommt, lasst uns in den Hauseingang gegenüber gehen«, schlage ich vor.

»Wieso hat der Mensch eigentlich keinen Festnetzanschluss? Dann könnten wir jetzt mit unterdrückter Nummer anrufen und wüssten sogleich, ob Bauer zu Hause ist oder nicht.« Biggi hat keinen Bock auf diese Beschattungsaktion.

»So wüssten wir, ob Bauer zu Hause ist, aber wir wüssten noch nicht, ob es auch unser Bauer ist. Dazu müssen wir ihn sehen«, erkläre ich.

»Wir bleiben jetzt aber nicht hier in dem zugigen Hauseingang stehen, bis dieser Bauer seine Wohnung verlässt? Ich meine, wer sagt uns denn, dass er überhaupt daheim ist?«, auch Steffi motzt.

»Also, wenn ihr beide nicht wollt, ich mach das hier auch alleine«, biete ich großzügig an.

»Man darf doch mal fragen«, lenkt Stefanie ein.

Es stimmt natürlich, wir können hier nicht ewig warten. Ich wüsste nur zu gerne, ob wir überhaupt auf das richtige Pferd gesetzt haben, sprich: ob wir unseren Bauer ausfindig gemacht haben. Sollte dies nämlich nicht der richtige

Anton Bauer sein, steht in zwei Stunden höchstwahrscheinlich ein Polizeiaufgebot parat, um uns zu verhaften.

»Wir könnten wieder die Zeugen-Jehova-Nummer abziehen, das würde das Ganze verkürzen«, schlage ich vor. Meine Freundinnen sehen mich fragend an.

»Eine klingelt bei Bauer«, erkläre ich, »und fragt, ob sie ein Gespräch über Gott mit ihm führen dürfe.«

»Das ist aber keine gute Idee. Was, wenn der diejenige hereinbittet und sich an ihr vergeht?«

»Stimmt Biggi, zwei von uns sollten an der Tür klingeln, das ist sicherer.«

»Und was, wenn der die Frauen nicht vergewaltigt hat, in diesem Fall war der doch schon längst bei der Polizei. Ich meine, dann werden wir nachher hopsgenommen.«

»Da ist was dran, Steffi. Aber ich glaube, wenn es unser Bauer ist, ist er auch der Täter und ich bin mir sicher, dass er in diesem Fall keine Polizei eingeschaltet hat. Da wäre er echt blöd. Die haben den ja bis jetzt nicht verdächtigt.«

»Wir knobeln«, schlägt Biggi vor.

»Der war doch schon einmal im Schoko-Traum, was wenn er dich dort gesehen hat«, gibt Steffi zu bedenken.

»An dem Tag war nicht ich, sondern Alina im Laden.«

»Und was, wenn er deine Chocolaterie gegoogelt hat? Wir gehen, Biggi und ich. Du bleibst hier«, entscheidet Steffi.

»Okay«, sage ich. »Ich warte da hinten, ein paar Häuser weiter in einem Hauseingang.«

Musst du jetzt schon wieder deine Freundinnen einer Gefahr aussetzen?

Was soll ich denn machen?, antworte ich meiner inneren Stimme. *Vielleicht weiß er tatsächlich, wie ich aussehe und dann ist die gesamte Aktion vermasselt. Steffi und Biggi, die machen das schon.*

Die beiden klingeln und verschwinden im Haus. Ich ziehe mir die Kapuze über den Kopf und gehe ein paar Meter. Einige Häuser weiter warte ich in einem Hauseingang.

Schon wieder muss ich an Cem denken. Nein, ich werde diesen Schuft aus meinen Gedanken verdrängen.

Jetzt hält vor dem Haus, in dem Bauer wohnt, ein Paketdienst.

Nach drei Minuten halte ich es schon fast nicht mehr aus. Ich versuche, tief und ruhig zu atmen. Aber alles, was ich vor mir sehe, ist Cem, wie er mit dieser jungen Frau Händchen haltend den Zebrastreifen überquert, um stehen zu bleiben und sie zu küssen. Das Nächste, was ich sehe, ist Bauer, der meine beiden Freundinnen in seine Wohnung bittet, um sie zu vergewaltigen. Ich halte das alles nicht mehr aus. Wieso musste ich auch nach Berlin kommen? Wieso musste ich mich überhaupt in diesen Kriminalfall einmischen? Hätte ich das nicht getan, würde ich jetzt seelenruhig im Schoko-Traum sitzen und meine kleine Welt wäre noch halbwegs heil. Stattdessen weine ich schon wieder mal um den falschen Mann und bin dabei, mit meinen Freundinnen einen gefährlichen Verbrecher stellen zu wollen. Die beiden sind vor über zehn Minuten im Haus verschwunden. Ich möchte mir gar nicht ausmalen, was alles mit ihnen passieren könnte.

Da, Steffi, und jetzt kommt Biggi zur Haustür des Gebäudes heraus. Ein Stein plumpst mir vom Herzen.

»Er ist's!«

»Jeb!«, sagt Steffi.

»Kannst du dieses *Jeb* bitte lassen, das erinnert mich an eine bestimmte Person, an die ich jetzt nicht im Geringsten denken möchte«, sage ich schon wieder mit weinerlicher Stimme. Warum habe ich auch derart nah ans Wasser gebaut?

Steffi berichtet, dass sie noch überlegt hätten, wie sie vorgehen sollten, als ein Paketbote das Haus betreten habe.

»Ich habe gleich angeboten, ihm das Paket abzunehmen. Er sagte einen Namen, ich konterte, dass ich ihre Nachbarin, Frau Jordan, sei und ihr gerne das Paket hochbringen könne. Er sagte, das könne gar nicht sein, Frau Jordan würde er kennen und die sei über siebzig. Ich erklärte ihm dann, dass ich ihre Tochter sei und über Weihnachten bei ihr wohne.«

»Steffi war so überzeugend, dass sie sofort unterschreiben durfte.«

»Mit dem Paket habe ich an Bauers Tür geklingelt.« Zunächst hätte er ihr die Wohnungstür nicht geöffnet, als sie aber nicht mit dem Läuten nachließ, sei er missmutig an der Tür erschienen. Sie hätte ihn gebeten, ein Paket für eine Nachbarin anzunehmen. Bauer wollte wissen, für wen das Paket sei, lehnte dann die Annahme ab und knallte seine Tür zu. Das Paket brachten sie zur Eigentümerin.

»Immerhin wissen wir jetzt, dass wir dem richtigen Bauer auf den Fersen sind.« Ich schlage vor, schon in Richtung des Platzes der Geldübergabe zu fahren. »Im Café warten wir erst mal ab, vielleicht können wir von dort den Platz überblicken. Falls ja, wissen wir immerhin, ob dort eine Hundertschaft der Polizei Stellung bezieht oder nicht.«

Meine Freundinnen stimmen zu.

Wir gehen zurück in Richtung Haltestelle *Berliner Straße* und fahren zum Franz-Neumann-Platz.

»Mensch Steffi, das ist ein Scheißplatz für eine Geldübergabe! Wo ist denn das viele Grün? Wenn wir hier das Geld aus dem Mülleimer fischen, befinden wir uns ja auf einem Präsentierteller.«

»Tut mir leid, Tanja. Aber ich hatte den Platz irgendwie viel grüner in Erinnerung. Na ja, jetzt im Winter wären die Bäume und Sträucher ohnehin kahl.«

»Mädels, das Lamentieren nützt jetzt nichts. Wir können den Platz nicht gegen einen anderen eintauschen. Lasst uns ins Café setzen.«

Wie konnte ich mich nur auf diesen Platz einlassen? Nachdem Bauer in Wilmersdorf wohnt wollten wir unbedingt einen Platz weiter entfernt von seiner Wohnung aussuchen. Nicht, dass der da jeden Tag vorbeikommt und sich dort auskennt, wie in seiner Westentasche. Obwohl, der kennt sich in Berlin auf jeden Fall sehr viel besser aus als wir, da hat er immer einen Standortvorteil. Da haben wir einen echten Volltreffer gelandet. Einen schlechteren Platz für unser Vorhaben hätten wir in ganz Berlin nicht finden können.

Im Café lassen wir uns an einem Fensterplatz nieder. Von hier aus können wir immerhin den gesamten Platz einsehen. Sollte in der nächsten Stunde eine Hundertschaft der Polizei hier Aufstellung beziehen, werden wir warten, bis die ganze Aktion vorbei ist und danach zu unserem Hotel fahren. Der Fall Maier/Bauer wäre dann ein für alle Mal erledigt.

»Wir haben noch über eine Stunde Zeit. Da können wir erst mal was essen.« Biggi hat Hunger.

Kein Wunder, Stefanie und Birgit haben heute Morgen so gut wie nichts gegessen.

Biggi bestellt sich gleich zwei Stück Kuchen. Steffi und ich begnügen uns jede mit einem Stück Torte.

Irgendwie habe ich gar keinen Hunger. Das liegt entweder am Lachs des ausgiebigen Frühstücks, der mir etwas schwer im Magen liegt, wohl aber eher am *Lustgarten*.

»Dort seht mal«, sagt Steffi, »diese Bauarbeiter, ob das Bullen sind?«

»Und dort, die Frauen, die neben der Bank stehen«, Biggi nickt mit ihrem Kopf in die entsprechende Richtung, »sind die auch von der Polizei?«

Das alles ist ganz schön aufregend.

22

»Es wäre durchaus möglich, dass diese Bauarbeiter auf der anderen Seite der Straße sowie die beiden Frauen, die neben der Bank stehen, Polizisten sind«, sagt Biggi, »das kennt man ja aus den Kriminalfilmen.«

»Könnte aber auch sein, dass die alle echt sind.« Steffi blickt uns ratlos an.

»Wir beobachten die Szenerie ganz genau, dann werden wir schon merken, ob da noch weitere Polizisten postiert werden. Wenn dies nicht der Fall ist, gehe ich davon aus, dass die Bauarbeiter Bauarbeiter sind und die Frauen ganz normale Berlinerinnen, die ein Schwätzchen halten.« Ich habe versucht, möglichst cool rüber zu kommen, bin mir aber nicht sicher, ob mir das auch nur ansatzweise gelungen ist.

Nach dem Kaffee habe ich mir eine heiße Schokolade bestellt. Sie schmeckt besser als in den meisten Cafés, aber trotzdem könnte ich jetzt dringend eine Anti-Kummer-Schokolade brauchen. Ich fühle mich gerade alles andere als cool.

»Was ist das für ein Brunnen?«, will Biggi wissen.

Steffi googelt für uns: »Der ist aus dem Jahre 1985, er besteht aus drei Becken, die aus Granit gefertigt wurden. In jedem Becken befindet sich eine Aktfigur. Eine Dame steht, eine kniet und eine liegt.«

Biggi und ich sind in Gedanken vertieft.

»Ich glaube, ihr zwei hört mir nicht die Bohne zu.«

»Wenn ich der Bauer wäre«, sage ich, »würde ich mich nachher in dieses Café setzen und warten, wer das Geld aus dem Papierkorb fischt.«

Verdammt! Auf diese Idee hätten wir mal vorher kommen sollen.

»Stimmt«, bestätigt Steffi, »was, wenn der uns nachher beobachtet?«

Das hättest du dir vorher überlegen müssen!

Das ist ja mal wieder klar, meine innere Stimme, die weiß natürlich wieder alles besser. Warum eigentlich immer erst hinterher?

»Wir müssen einfach auf alles vorbereitet sein. Eine von uns bleibt hier drin und zwei holen das Geld aus dem Papierkorb. Außerdem brauchen wir nicht gleich losputen, wenn Bauer das Geld hineinlegt. Wir können uns ja Zeit lassen. Wir beobachten ganz in Ruhe, was da draußen vor sich geht und dann, zum richtigen Zeitpunkt, gehen wir los und holen das Geld aus dem Papierkorb.«

Ich dachte, wir hätten an alles gedacht. Wir hatten uns so einen guten Plan zurechtgelegt. Jetzt wird mir doch etwas mulmig. Bei meiner Internetrecherche hätte ich bemerken müssen, dass der Platz nicht ideal ist für unsere Zwecke. Allerdings war auf keiner Aufnahme der gesamte Platz zu sehen, meist stand der Brunnen im Mittelpunkt.

Ich denke an den Erpresserbrief, den ich mit Brunetti unterschrieben habe. Auf der Stelle kommt mir nicht nur Rauenbergs Polizeicocker, sondern mein Brunetti in den Sinn, das Stofftier, welches mir Cem auf dem Dürkheimer Wurstmarkt geschossen hat. Sofort sehe ich wieder diese Schönheit mit den langen schwarzen Haaren vor mir und Cem, der sie küsst.

Vielleicht sollten wir das hier alles auf der Stelle abblasen. Ich bin heute nicht bei der Sache. Wie soll ich mich jetzt auf etwas anderes als auf Cem konzentrieren?

»Du denkst jetzt nicht schon wieder an diesen Schuft?«, will Steffi wissen, die mich genau beobachtet.

Ich antworte nicht, stattdessen atme ich nur schwer. Stefanie umarmt mich.

»Jonas, Cem, alles Gauner. Komm, wir ziehen das hier jetzt durch.« Meine Freundin Steffi sieht mich aufmunternd an. »Lassen wir diesen einen Verbrecher Bauer wenigstens in den Knast wandern.«

Ich sehe auf meine Uhr. In fünf Minuten ist es so weit.

»Da kommt Bauer. Los wegschauen!«

Wir sehen ihn draußen am Fenster vorbeigehen und schauen alle schnell in die andere Richtung. Für alle Fälle.

»Er hat gar kein Geld dabei«, stelle ich fest.

»Quatsch, sicherlich hat er das Kuvert mit den Geldscheinen in seiner Jackeninnentasche stecken. Das machen die doch immer so bei Geldübergaben«, klärt uns Steffi auf.

»Normalerweise kommen die mit einem Geldkoffer in der Hand«, weiß Birgit zu berichten.

»Na ja, für zwanzigtausend ist ein Koffer wohl übertrieben. Da hätten wir schon eine Million fordern müssen, dann würde sich ein Koffer lohnen. Aber die hätte der Bauer nicht zahlen können. Vielleicht waren zwanzigtausend für den schon zu viel.« Ich werde langsam nervös.

»Bei der Wohngegend hättest du viel mehr fordern können.« Steffi nippt an ihrem Prosecco, den sie sich bestellt hat.

»DA!«, schreit Biggi. »Er sitzt auf der Bank.«

Ich ermahne sie zur Ruhe. Muss ja nicht jeder gleich mitbekommen, dass wir drei Erpresserinnen sind.

Jetzt zieht er ein Kuvert aus seiner Jackeninnentasche, geht zum Papierkorb und lässt es unauffällig hineingleiten.

»Ach, ich hab's gewusst, in der Jackeninnentasche. Der schaut auch Krimis.«

Er sieht sich um, steht auf und verlässt den Platz in die gegenüberliegende Richtung.

So wie es aussieht, hat er nicht vor, sich hier im Café auf die Lauer zu legen. Aber fast erscheint mir das zu einfach. Also, wenn ich der Täter wäre und mich jemand erpressen würde, wollte ich doch wissen, wer dieser Kerl ist. Wer sagt ihm denn, dass sich der Erpresser mit der gezahlten

Summe zufriedengibt. Es könnte ja sein, dass der schon bald mehr fordert.

Wir beschließen, noch zu warten. Jetzt läuft ein jüngerer Mann über den Platz, am Papierkorb bleibt er stehen.

Was, wenn der jetzt das Geld rausfischt? Was, wenn der zu Bauer gehört? Was, wenn das ein Polizist ist? So wie es aussieht, wirft er das Zellophanpapier einer Zigarettenschachtel in den Papierkorb, zündet sich eine Zigarette an und geht weiter. In der Zwischenzeit treffen sich direkt vor der Bank zwei Frauen. Die eine führt einen Kinderwagen mit sich und verdeckt uns die Sicht auf den Papierkorb. Das gibt es doch nicht! Was machen die denn da?

»Los, wir gehen!« Stefanie kann keine Minute länger warten.

Biggi bleibt im Café und wird alles von hier aus beobachten.

»Ich begrüße die beiden Frauen, so, als würde ich sie seit einer Ewigkeit kennen. Dabei schirme ich den Papierkorb ab. Du holst in der Zwischenzeit die Kohle raus«, bestimmt meine Freundin.

Steffi geht auf die verdutzten Frauen zu und reicht ihnen die Hand, als wären sie alte Schulfreundinnen. Sie spricht die eine mit Laura an. Diese sagt, sie heiße nicht Laura, sie müsse sie verwechseln. Beide haben nur Augen für Steffi, die ein ganz großes Schauspiel darbietet. Sie ist in der Tat begabt. Die könnte glatt mit jeder Laienspielgruppe auftreten. Während ich ein Stück Zeitung wegwerfe, fische ich das Kuvert mit dem Geld aus dem Papierkorb. Und ab damit in meinen Rucksack. Jetzt verabschiedet sich Stefanie von den Frauen und wir beide gehen in Richtung U-Bahn-Station. Biggi folgt uns.

Wir setzen uns in die U8, mit der wir bis Gesundbrunnen fahren. In meinem Rucksack wühlend, kontrolliere ich den Inhalt des Geldumschlags.

»Sieht aus, als stimmt die Summe. Anton Bauer ist der Täter.«

Ich wähle unverzüglich Rauenbergs Nummer. Eine weibliche Stimme teilt mir mit: »Der von Ihnen gewünschte Teilnehmer ist zurzeit nicht erreichbar. Versuchen Sie es zu einem späteren Zeitpunkt noch einmal.«
Mist! Unser Plan B hieß Cem.
Ich will ins Hotel. Meine beiden Freundinnen wollen jetzt erst mal ein klein wenig shoppen. Wir einigen uns darauf, dass wir ins Einkaufszentrum Gesundbrunnen gehen. Ich werde mich dort in ein Café setzen und zunächst Rauenberg über unsere Aktion informieren. Der soll jetzt erst einmal dafür sorgen, dass dieser Bauer verhaftet wird. Meine Freundinnen werden in die Geschäfte ausschwärmen. Obwohl ich nicht ganz verstehe, warum sie unbedingt in diesem Zentrum einkaufen müssen, dort gibt es exakt die gleichen Geschäftsketten wie auch in Heidelberg. Aber, sei's drum. Steffi meint, ich soll mal was von der erpressten Kohle rausrücken, eine kleine Belohnung müsse doch drin sein, wenn wir schon die Arbeit der Polizei machen. Natürlich gebe ich ihr keinen müden Cent. Wäre ja noch schöner. Hinterher werden wir drei noch wegen Erpressung angeklagt. Die zwei machen sich dann auf.
Sobald ich Rauenberg informiert habe, und meine Freundinnen vom Shoppen zurück sind, werden wir ins Hotel gehen, um uns von den Strapazen auszuruhen. Später ziehen wir uns noch einige Berliner Sehenswürdigkeiten rein und fürs Abendessen haben wir in den Hackeschen Höfen Plätze reserviert. Morgen nach dem Frühstück beginnt die Rückreise.
Erneut versuche ich, Rauenberg zu erreichen, doch sein Mobiltelefon ist noch immer ausgeschaltet.
Ich habe heute schon Kaffee und heiße Schokolade getrunken. Noch einen Kaffee vertrage ich nicht und von der heißen Schokolade bin ich sicherlich wieder enttäuscht. Die Bedienung kommt, um meine Bestellung aufzunehmen. Ich entscheide mich für einen grünen Tee.

Und dann sehe ich schon wieder Cem und diese dunkelhaarige Schönheit vor mir. Meine Blase drückt, ich gehe erst einmal zur Toilette. Als ich zurückkomme, steht der Tee schon an meinem Platz. Erneut versuche ich, Rauenberg zu erreichen. Entweder hat der heute einen Großeinsatz oder eine lang andauernde Besprechung. Ich überlege, ob ich es bei Kommissar Bouffier versuchen soll. Nein, lieber nicht. Es reicht sicherlich, was ich mir von Rauenberg anhören muss. Die Reaktion dieses Bouffiers möchte ich mir lieber nicht ausmalen. Wenn er nicht Marens Vater wäre, ja, dann würde ich ihn auf der Stelle anrufen. Aber so? Nein! Allerdings versuche ich es jetzt in Rauenbergs Dienststelle und bin sofort mit einem seiner Kollegen verbunden. Ich sage ihm, dass ich Hauptkommissar Rauenberg in einer äußerst wichtigen Angelegenheit sprechen müsse. Die Sache sei wirklich sehr dringend. Rauenberg sei in einem Einsatz, aber in zehn Minuten zurück. Ich hinterlasse meine Handynummer, betone noch einmal die Dringlichkeit und lege auf. Wie hätte ich diesem Polizisten erklären können, was wir getan haben und was er in die Wege leiten muss? Der hätte mich garantiert für eine Irre gehalten. Der hätte höchstens einen Wagen mit zwei Männern bestellt, die mir ein Jäckchen falsch herum angezogen hätten. Dann wäre ich in einer Berliner Psychiatrie gelandet. Ich muss mit Rauenberg sprechen. Ich nippe an meinem Tee. Der schmeckt ganz schön bitter, hat ein bisschen zu lange gezogen, während ich auf der Toilette war. In Berlin schmeckt weder die heiße Schokolade noch grüner Tee. In meinem Magen beginnt es zu rumoren. Ich hätte nicht so viel Lachs zum Frühstück essen sollen, der scheint sich nicht mit dem vielen Kaffee, der heißen Schokolade und der Schoko-Torte zu vertragen. Vielleicht hilft der grüne Tee, ich trinke einen großen Schluck. Noch einmal wähle ich Rauenbergs Nummer. Wieder nichts.

Die Bauchschmerzen werden schlimmer. Mist, mir wird schlecht. Warum musste ich heute Morgen auch so viel

Lachs essen? Die Menschen im Café drehen sich im Kreis. Wieso ist mir denn jetzt schwindlig? Diese Aktion und Cem, das war alles zu viel für mich. Plötzlich bemerke ich eine bleierne Müdigkeit.

In diesem Augenblick sehe ich ihn.

Nein! Das darf doch nicht wahr sein! Das kann nicht wahr sein.

Er ist es!

Jetzt redet er mit der Bedienung und zeigt in meine Richtung. Es sieht so aus, als bezahle er meinen Tee. Er steckt seine Geldbörse wieder in die Hosentasche.

Nichts wie weg hier!

Aufstehen! Ich muss aufstehen, aber alles dreht sich, schneller und schneller, als würde ich in einem Karussell sitzen, das immer mehr an Fahrt aufnimmt.

Mach, dass du wegkommst, so lange du noch kannst.

Meine innere Stimme hat gut reden. Zu gerne würde ich fliehen, wenn ich könnte.

Aufs Neue versuche ich aufzustehen, schaffe jedoch nur einen einzigen Schritt.

»Ich helfe dir. Warum müsstest du auch wieder so viel trinken, Schatz?«

Nein, ich bin nicht sein Schatz! Verzweifelt versuche ich Blickkontakt mit der Kellnerin herzustellen.

Schreien, ich muss laut schreien!

»Hilfe!« Es ist kein Schrei, der meine Kehle verlässt, sondern ein Krächzen. Nochmals rufe ich vergeblich um Hilfe.

Leichtes Spiel hat er mit mir. Er bugsiert mich nach draußen, heraus aus dem Café, hinaus aus dem Zentrum. So wie es aussieht, wartet schon ein Taxi auf uns. Er öffnet die Hintertür des Wagens und setzt mich rein. Sogleich kippe ich tief in den Sitz. Schreien! Schreien muss ich, aber es geht nicht. Den Taxifahrer werde ich um Hilfe bitten. Die beiden lachen.

»Wir haben uns gestritten und sie hat wieder getrunken. Voll die Kante gegeben hat die sich. Macht meine Alte öfter, aber so schlimm wie heute war's noch nie.«

Der hat mir irgendetwas in meinen Tee gegeben, deshalb war der so bitter, denke ich noch und dann knipst jemand das Licht aus.

23

In meinem Kopf scheint sich ein Hummelnest angesiedelt zu haben. Es brummt und summt. Ich habe Kopfschmerzen. Mir ist schlecht. Wo bin ich?

Schlagartig fällt es mir wieder ein: in Berlin. Ich versuche, die Augen zu öffnen. Meine Augenlider sind zentnerschwer. Warum kann ich die Augen nicht öffnen? Ich gebe mir große Mühe, aber ich schaffe es nicht. Mit der rechten Hand versuche ich, an meine Augen zu fassen, aber auch das gelingt mir nicht. Ich kann meine rechte Hand nicht bewegen, auch meine linke nicht. Was ist passiert? Liege ich in einem Krankenhaus? Hatte ich einen Unfall?

In diesem Augenblick kommt die Erinnerung an Bauer wieder und überschwemmt meine Gehirnwindungen wie eine hohe Welle den Strand. Ich sehe, wie ich auf die Rückbank des Taxis verfrachtet werde und im nächsten Augenblick alles um mich herum dunkel wird.

Bauer! Verdammt! Der hat mich gefesselt und mir die Augen verbunden.

Scheiße! Scheiße! Scheiße!

Und wir dachten, wir hätten alles gut geplant. Habe ich im Café am Franz-Neumann-Platz nicht gedacht, wenn ich der wäre, würde ich den Papierkorb beobachten. So wie es aussieht, hat er das getan. Allerdings nicht aus der Richtung des Cafés. Er war besser als wir, denn er ist uns auf die Schliche gekommen. Der brauchte nur zu warten, bis ich alleine im Café saß. Ich dumme Kuh suchte nach der Bestellung die Toilette auf. Als ich zurückkam, stand der Tee schon an meinem Platz. Und schmeckte der Tee nicht bitter? Zu bitter, selbst für grünen Tee? Mist! Dieser Bauer hat uns ganz schön ausgetrickst. Wer weiß, wie lange Biggi und Steffi mit Shopping verbringen werden? Wie lange ich wohl schon hier liege? Was ist, wenn er auch Biggi und Steffi in seiner Gewalt hat?

Das hast du jetzt davon. Dieser Bauer wird dich erst vergewaltigen und danach umbringen. Am Leben lässt der dich garantiert nicht.
Ja, ja, ja, hinterher ist man immer schlauer!
Die Vorwürfe meiner inneren Stimme will ich keinesfalls hören. Die nützen mir jetzt nichts mehr, nachdem das Kind in den Brunnen gefallen ist. Ich muss an Lucas denken. Wer soll sich denn um meine Kinder und Kindeskinder kümmern, wenn mich dieser Bauer umbringt? Ich will nicht sterben. Ich will auch nicht von diesem Menschen vergewaltigt werden. Nein! Bitte nicht! Vielleicht ist es das Beste, wenn ich mich weiterhin schlafend stelle.

Ich höre Schritte. Ein Geräusch, als hätte jemand den Lichtschalter betätigt. Demnach ist es schon Abend.
»Schläfst du immer noch? Mach, dass du endlich wach wirst. Wir haben noch viel vor.«
Er rüttelt an mir, als wäre ich ein Paket.
Ich rieche ihn, er stinkt nach Schweiß und Alkohol. Auf meiner Haut weht ein Luftzug, er hat mir die Decke weggezogen. Jetzt nimmt er mir die Augenbinde ab.
»Du sollst sehen, was ich mit dir mache.«
Ich versuche, mich schlafend zu stellen, ohne Erfolg. Der weiß genau, dass ich wach bin. Langsam öffne ich die Augen. Der Geschmack in meinem Mund erinnert mich an eine tote Kröte. Außerdem klebt die Zunge am Gaumen. Ich habe Durst. Mein Mund ist derart trocken, dass ich fast nicht sprechen kann.
»Wenn du schreist, bist du ganz schnell tot. Das schwöre ich dir.«
Er steht neben dem Bett, in dem ich liege, und sieht auf mich herab. Ich bin nackt, sein Blick bereitet mir körperlichen Schmerz.
»Du hast dich für besonders schlau gehalten? Dachtest du echt, dass ich mich von dir erpressen lasse? Wie blöd kann man sein?«

»Was haben Sie vor?«, will ich wissen. Meine Stimme ist schleppend, das Reden fällt mir schwer. »Ich habe Durst, bitte.«

»Na gut, weil du so schön *bitte* gesagt hast. Du wirst noch öfter bitte sagen. Ich höre das gerne, wenn du das sagst.«

Er verlässt den Raum.

Mit einem Glas Wasser kommt er zurück. Er stützt meinen Kopf und lässt mich mehrere Schlucke trinken.

»Was mich allerdings interessiert: Wie bist du mir auf die Schliche gekommen? Ich meine, selbst die Polizei hatte mich nicht auf der Rechnung.« Er stößt mich wieder rüde an. »Rede!«

Ich berichte ihm in kurzen Worten, dass ich Theo Maier nicht für den Täter gehalten habe, erst recht nicht, nachdem er mir in der Fußgängerzone am Tag des Prozesses begegnet sei. Ich schildere ihm, wie ich seinen Arbeitgeber ausfindig gemacht, mir über diesen seine Anschrift besorgt und ihm den Brief geschrieben hätte. Was ich ihm noch nicht erzähle, ist die Tatsache, dass es sein Bruder war, den er durch seine Verbrechen in den Selbstmord getrieben hat. Auch Biggi und Steffi erwähne ich vorsichtshalber nicht.

Mit Schrecken denke ich an meine Freundinnen. Ich wüsste zu gerne, ob sich die beiden auch in seiner Gefangenschaft befinden. Wenn nicht, weiß er doch, dass sie ihm gefährlich werden können, falls ich sie in meine Pläne eingeweiht habe. Der kann sich doch denken, dass sie zur Polizei gehen werden. Dann jedoch fällt mir ein, dass wir Erpresserinnen sind. Er ist sicher, dass sie sich nicht an die Polizei wenden, sondern, dass sie erneut Forderungen an ihn stellen werden.

»Und deine beiden Freundinnen, was wissen die von dem Coup?«

»Sie wissen nichts, nur dass ich jemand erpresst habe, aber sie sind nicht eingeweiht, um wen es sich handelt und sie wissen auch nicht, um was es sich dreht. Ich wollte die beiden nur zur Verstärkung dabeihaben. Ich hatte nicht vor, das Geld mit denen zu teilen.«

»Clever, aber nicht clever genug. So jetzt erst mal Schluss mit dem Gequatsche.«

»Lassen Sie mich frei, ich werde niemandem etwas sagen. Die Polizei würde mir das doch nicht glauben, die haben den Fall Maier abgeschlossen und rollen ihn nicht noch einmal neu auf.«

»Du wolltest nur das Geld? Du hattest überhaupt nicht vor, mich bei der Polizei zu verpfeifen? Aber, wer garantiert mir denn, dass du nicht in einigen Monaten wieder auf der Matte stehst und Nachschlag forderst? Das hättest du dir vorher überlegen sollen. Und jetzt will ich endlich meinen Spaß. Geärgert habe ich mich schon genug über dich.«

Ich hole tief Luft. Ich sollte schreien, solange ich noch kann. Aber ich komme nicht dazu. Bevor ich auch nur einen einzigen Ton von mir geben kann, habe ich einen Knebel in meinem Mund, den Bauer mit Kreppband festklebt. Jetzt zieht er sich langsam aus und grinst mich dabei an.

Oh nein! Nein! Ich will das nicht! Dieser Mann ist widerlich.

Jetzt hatten wir so einen schönen Plan und haben doch wieder alles vermasselt. Warum zum Teufel war Rauenberg nicht erreichbar? Warum hat der nicht zurückgerufen? Hätte ich den Hauptkommissar erreicht, dann hätte die Polizei Bauer verhaftet. Und wir drei könnten uns jetzt in Ruhe Berlin ansehen.

Dem Kommissar die Schuld zu geben, da machst du es dir zu einfach.

Ja, meine innere Stimme sagt wie so oft die Wahrheit.

Bauer beginnt damit, mich zu betatschen. Wenn ich auch nur einen Ton von mir geben könnte, würde ich jetzt schreien. Ganz laut. Aber es kommt kein einziger Pips aus meinem Mund. Wehren kann ich mich auch nicht. Nicht einmal anspucken kann ich dieses Schwein.

Während er langsam mit dem Fingern seiner rechten Hand über meine Brust streicht, murmelt er schwer atmend: »Sag schon mal *adieu Leben*. Den Fehler, eine elende Schlampe wie dich am Leben zu lassen, werde ich nicht noch einmal machen. Erst kommst du dran und dann hole ich mir für alle Fälle deine feinen Freundinnen. Wer weiß denn, ob du mir die Wahrheit gesagt hast. Sicher ist sicher.«

Oh Gott, ich hatte eine Hotelkarte einstecken und auf die Rückseite habe ich unsere Zimmernummer notiert, das mache ich immer so.

Ich bemerke, wie mir der Schweiß aus allen Poren strömt. Ich zittere und friere, obwohl es in diesem Zimmer warm ist. Viel zu warm. Ich starre an die Decke. Bauer berührt meinen Körper. Er packt immer grober zu. Ich will das nicht. Ich ekle mich vor ihm. Jede Berührung von ihm bereitet mir Schmerzen. Ich will nicht, dass der mich jetzt nimmt. Mit Gewalt. Verdammt! Ich will nicht sterben! Mein Puls überschlägt sich. Alles in meinem Kopf dreht sich. Meine Gedanken verknoten sich vor Angst. Ich zittere. Ich schwitze. Nein! Ich will nicht sterben!

Wie der mich umbringen wird? Wird er mich ersticken? Oder benutzt er eine Überdosis seiner K.O.-Tropfen?

Jetzt steigt Bauer auf mich drauf. Keuchend liegt er auf mir und schlürft meine Angst in sich hinein.

»HILFE!« Ich schreie. Aber ich schreie lautlos. Niemand wird mich hören. Ich habe einen Knebel im Mund. Er nimmt mich mit Gewalt. Danach bringt er mich um. Eine heiße Welle Angst, Todesangst, überflutet erst meine Gedanken und dann alle meine Sinne. Zittern! Frieren! Schwitzen! Luft! Ich ringe nach Luft. Ich werde sterben. Vor Angst.

Ein lauter Knall. Was war das?

Die Tür schlug hart gegen die Wand.

Einen Wimpernschlag später bricht Bauer auf mir zusammen und ich sehe Stefanie, die mit einem Baseballschläger auf Bauers Kopf eindrischt.

»Mensch, schlag ihn nicht tot, lass der Polizei auch noch was von ihm übrig.« Das ist Birgits Stimme. Bis jetzt agiert sie noch außerhalb meines Gesichtsfeldes.

Die beiden rollen Bauer von mir runter. Jetzt liegt er bewegungslos auf dem Teppichboden neben dem Bett. Sein Hinterkopf blutet. Meine Freundinnen nehmen mir den Knebel aus dem Mund und befreien mich von den Fesseln. Jetzt wird Bauer erst mal zu einem handlichen Paket geschnürt.

»Habt ihr schon die Polizei verständigt?«, will ich wissen.

»Nein, dafür hatten wir keine Zeit. Mit der Polizei, das überlassen wir großzügig dir.« Ich muss Steffi erst mal ganz fest umarmen und Biggi auch. Meine Wangen sind bedeckt mit Freudentränen.

»Ihr seid die besten Freundinnen auf der ganzen Welt. Es gibt keine tolleren als euch. Danke!«, sage ich schniefend.

Mein Handy ist nicht im Rucksack, der in der Ecke des Zimmers liegt. Sicherlich hat Bauer es herausgenommen und ausgeschaltet. Steffi reicht mir ihr Smartphone. Ich suche in meinem Rucksack nach Rauenbergs Visitenkarte, die ich für alle Fälle eingesteckt habe. Nur, wo ist sie? Endlich! Mit zittrigen Fingern klaube ich sie aus einer Seitentasche. Ich wähle Rauenbergs Dienstnummer. Er ist sofort dran. Ich erkläre ihm in wenigen Worten die Situation. Kaum habe ich ausgesprochen, fängt der gleich wieder an, mir eine Moralpredigt zu halten.

»Herr Hauptkommissar«, sage ich bestimmt, »die Leviten können Sie mir später lesen. Sorgen Sie jetzt erst mal dafür, dass die Berliner Polizei diesen Anton Bauer verhaftet.« Ich sage ihm die Adresse und Steffi raunt mir zu, dass wir uns nicht in Bauers Wohnung, sondern in der Wohnung einer Frau Reuters, mit gleicher Adresse, aufhalten. Ich gebe die Information an Rauenberg weiter.

Während wir auf die Polizei warten, erklären mir meine Freundinnen, wie sie mich gefunden haben und ich ziehe mich an. Meine Kleidung liegt auf dem Boden, neben dem Bett.

Als die beiden im Café ankamen und ich weg war, haben sie die Bedienung nach mir gefragt. Diese wollte zunächst nichts sagen. Erst nach mehrmaligem Nachfragen berichtete sie ihnen, dass ich betrunken gewesen sei und mein Mann mich abgeholt hätte. Er habe noch betont, dass ihm das Malheur mit seiner betrunkenen Frau peinlich sei und sie daher zu niemandem ein Wort darüber verlieren solle.

»Draußen vor dem Zentrum saß ein Berber. Wir haben ihn nach euch gefragt. Der hat euch in ein Taxi einsteigen sehen.« Steffi und Biggi hätten auf der Stelle ein Taxi zu Bauers Wohnung geordert. Dort hätten sie den Hausmeister ausfindig gemacht und da eine private Wohnungsbaugesellschaft Eigentümerin des Hauses ist, verfügte er über einen Generalschlüssel für alle Wohnungen.

»Steffi hat ihm gesagt, es gehe um Leben und Tod. Aber das hat den nicht sonderlich interessiert. Er bestand auf die Vorschriften.«

Bauer stöhnt, er wird wach und sieht in unsere Richtung. Eine heiße Welle der Angst durchflutet ein weiteres Mal meinen Körper. Aber dann wird mir klar: Er kann mir nichts mehr tun.

»Erst nach einem satten Bestechungsgeld öffnete er Bauers Wohnung. Sein Domizil war allerdings leer. Wir wollten schon die Polizei verständigen, da sah Biggi neben der Eingangstür mehrere ungeöffnete Briefe liegen.«

»Der Hausmeister bestätigte, dass dies die Briefe einer Nachbarin Bauers seien, die drei Wochen bei ihrer Tochter in Suhl verbringe. Steffi zückte zum zweiten Mal ihren Geldbeutel.«

»Wir marschierten zur Nachbarwohnung und der Hausmeister schloss auch diese Wohnungstür auf. Neben der Eingangstür stand der Baseballschläger, den hatte die alte Dame wohl dort deponiert, um sich gegen ungebetene Gäste verteidigen zu können. Den tauschte ich gegen meinen Stockschirm ein.«

»Damit stürmte Steffi unverzüglich in das einzige Zimmer der Wohnung, dessen Tür geschlossen war.«

Unten hören wir das Martinshorn. Biggi geht der Polizei entgegen, während Steffi weiter berichtet.

Sie habe mit erhobenem Holzknüppel das Zimmer betreten, die Situation innerhalb einer Sekunde erfasst und auf Bauers Kopf eingedroschen.

Ich liebe meine Freundinnen.

Zwei Männer und eine Frau in Polizeiuniform betreten das Zimmer. Sie nehmen Bauer, der inzwischen wieder vollkommen bei Bewusstsein ist, die unprofessionell angelegten Fesseln ab und legen ihn in Handschellen. Notdürftig versorgen sie seine Platzwunde, bevor sie ihn abführen.

Ich kann es mir nicht verkneifen, ihn anzugrinsen.

Er spuckt in meine Richtung und keift: »Scheiß Schlampe!«

»Clever, aber nicht clever genug. Übrigens, derjenige, den Sie in den Selbstmord getrieben haben, weil er für Ihre Vergewaltigungen verantwortlich gemacht wurde, das war Ihr Zwillingsbruder Theo Maier.«

»Ich habe keinen Zwillingsbruder.«

Aber ich kann sehen, wie es in seinem Kopf arbeitet.

Wir müssen erst mal zu einer Aussage mit aufs Revier. Dort bekommen wir alle eine Tasse Kaffee, bevor wir von zwei anderen Beamten zur Sache befragt werden. Natürlich müssen wir uns einiges anhören, von wegen, was da alles hätte passieren können und wie wir dazu kämen, uns in die Polizeiarbeit einzumischen. Das Erpressungsgeld müssen wir leider abgeben.

Nach der Vernehmung fahren uns die Polizisten in unser Hotel. Ich glaube, die sind froh, dass wir Berlin morgen wieder verlassen.

»Absacker gefällig, Mädels?« Steffi sieht uns fragend an, aber eigentlich war es mehr eine Feststellung.

Biggi und ich nicken. Heute werde auch ich nicht bei Wasser bleiben. Aber erst will ich mit meinen beiden Kindern telefonieren. Ich muss ihre Stimmen hören. Schließlich wäre ihre Mutter fast vergewaltigt worden und wenn meine besten Freundinnen nicht so beherzt eingegriffen hätten, wäre ich jetzt vielleicht schon tot.

Meinen Kindern geht es gut und sie staunen nicht schlecht, was ihre Mutter in Berlin erlebt hat.

Die beiden Holländer sitzen auch an der Hotelbar und staunen nicht minder. Steffi und Biggi haben ihnen schon von ihrer Heldentat berichtet, bis ich zu ihnen stoße.

Wir essen den gesamten Erdnussvorrat auf, denn wir haben kein Abendessen bekommen. Unser Besuch in den Hackeschen Höfen musste ja leider ausfallen. Ich bleibe nicht allzu lange, denn erst jetzt bemerke ich meine starken Kopfschmerzen, außerdem habe ich weiche Knie, sogar meine Hände zitterten. Ich glaube, mir wird erst allmählich bewusst, in welcher Gefahr ich mich tatsächlich befunden habe.

Zitternd liege ich im Bett und denke: Ob das ein verspäteter Schock ist? Ich krame mir Biggis Notapotheke aus dem Nachttisch und nehme zwei Baldrian-Tabletten und eine hohe Dosis Beruhigungstropfen. Zum Glück ist meine Freundin Birgit immer für alle Eventualitäten ausgestattet.

Nach einem ausgiebigen Frühstück am nächsten Morgen rollen wir unsere Trolleys zum Bahnhof Gesundbrunnen.

Steffi zeigt mir den Berber, von dem sie den Tipp mit dem Taxi erhalten hatten. Mit seinen langen grauen Haaren und dem zotteligen Bart sieht er aus wie ein weiser Guru.

Ich gehe auf ihn zu und drücke ihm die Hand. »Danke, Sie haben mir gestern mit Ihrer Information das Leben gerettet.« Dann gebe ich ihm einen großen Schein.

Er lächelt. »Keine Ursache. Schönes Leben noch, junge Frau.«

Wir fahren zum Hauptbahnhof und von dort mit unserem pünktlichen ICE Richtung Heidelberg.

24

Dankbarkeit durchflutet mich, als ich die Tür unseres bescheidenen Heims öffne.

Lucas kommt kurz nach mir nach Hause, als ich gerade dabei bin, den Koffer auszuräumen. Mein Sohn ist zum ersten Mal seit längerer Zeit wieder blendend gelaunt. Wir setzen uns ins Wohnzimmer. Dann erzählt er, dass ihm eine Klassenkameradin mitgeteilt habe, dass Maren gar nicht schwanger sei.

»WAS?«, rufe ich aus.

»Stell dir vor, eine aus meiner Klasse hat durch Zufall gehört, wie die beste Freundin Marens diese Neuigkeit einer anderen Mitschülerin gesteckt hat, die wissen wollte, wie es der schwangeren Maren gehe. Sie sagte, dass diese nicht schwanger ist und mir nur einen Denkzettel verpassen wollte. Das Ganze sei irgendwie aus dem Ruder gelaufen und sie hätte sich nicht getraut, alles aufzuklären.«

Ich springe vom Sofa auf und umarme meinen Sohn.

»Na, das ist doch mal eine gute Nachricht. Die Enkelkinder darfst du gerne später machen, wenn du dir die Richtige dafür ausgesucht hast.«

»Okay, ich komm drauf zurück, Oma.«

Am liebsten würde ich mit meinem Sohn durch das Wohnzimmer tanzen. Stattdessen sage ich: »Lass dir das eine Lehre sein.«

»Ja, Mama, das kannst du glauben. Ab jetzt schalte ich immer erst mein Gehirn ein, bevor ich meinen Schwanz benutze.«

»Ja, mein Junge, das solltest du tun!«

Nachdem ich mit Oliver telefoniert habe, vereinbare ich für morgen Abend einen Termin mit Familie Bouffier. Die Neuigkeit aber verrate ich noch nicht. Da werden der Papa und die Mama der Kinderbarbie aber gucken. Ich hoffe, dass diese Nachricht auch der Wahrheit entspricht, sonst hätten wir uns leider zu früh gefreut.

Hauptkommissar Rauenberg ist noch spät abends am Telefon. Ich muss ihm unsere *Aktion Bauer* noch einmal in allen Details erläutern. Und dann kann ich mir wieder etwas anhören. Was will dieser Kommissar eigentlich? Schließlich habe ich mehrmals versucht, mit ihm über die Neuigkeiten zu sprechen, die ich herausgefunden hatte. Er jedoch war nicht bereit, mir zuzuhören. Und dann wundert er sich, wenn man die Fälle der Polizei im Alleingang löst. Kann er uns dankbar für sein. Ist er aber nicht. Der schimpft mit mir, als wäre ich eine Erstklässlerin und er mein Lehrer. Irgendwann lege ich einfach auf. Was der kann, kann ich schon lange!

Am nächsten Abend streitet das Prinzesschen zunächst alle Anschuldigungen ab, die Oliver sehr anwaltlike zum Besten gibt. Maren beharrt auf ihrer Schwangerschaft. Sie drückt mächtig auf die Tränendrüse. Beim Frauenarzt war sie natürlich immer noch nicht. Ihr Vater zieht sie von der Couch runter und verlässt mit ihr im Schlepptau den Raum. Im Flur hören wir Weinen und Schreie. Nach einigen Minuten kommen beide wieder ins Wohnzimmer. Der Vater mit paprikarotem Kopf und Maren mit verweintem und verschleimtem Gesicht.

»Hören Sie, so wie es aussieht, hat sich meine Tochter diese Schwangerschaft wirklich ausgedacht, weil sie Lucas einen Denkzettel verpassen wollte. Es tut mir leid.« In Richtung seiner Tochter schreit er: »Entschuldige dich gefälligst!«

»Aber, aber, Maren, das kann doch gar nicht sein …« Ihre Mutter ist sprachlos. Sie hatte Oliver zuvor mehrmals unterbrochen und immer wieder gesagt, wie er dazu komme, solche Lügen zu verbreiten. Die Helikoptermutter hatte sich schon an ihr Enkelkind gewöhnt. Jetzt will sie es nicht einfach wieder hergeben.

Mit einem kleinkindlichen Piepsstimmchen entschuldigt sich Maren sowohl bei Lucas als auch bei uns. Sie hätte das nicht gewollt. Zu Beginn wollte sie alles richtigstellen, aber irgendwie hätte sie den Zeitpunkt verpasst und ... Sie weint herzerweichend.

Wir erheben uns, wir sollten die Familie Bouffier jetzt allein lassen.

Herr Bouffier begleitet uns nach draußen und will von mir wissen, ob das stimme, was er von Hauptkommissar Rauenberg gehört habe, dass wir auf eigene Faust diesen Anton Bauer in Berlin gestellt hätten.

»Tja«, sage ich, »wenn die Polizei ihre Arbeit nicht macht, müssen das wohl oder übel andere übernehmen.«

»Also über diesen Fall und das, was Sie in Berlin getan haben, darüber müssen wir uns unbedingt noch einmal in Ruhe unterhalten, Frau Eppstein.«

Kopfschüttelnd bleibt der Mann zurück. Ich meine, was will der denn jetzt, ich habe schließlich versucht, ihm alles zu erklären, aber auch er beharrte, wie Rauenberg, darauf, dass es keinen Fall Maier mehr gäbe.

In unserer Wohnung trinken wir mit Oliver noch ein Gläschen. Immerhin kann jetzt nicht nur der *Fall Maier/Bauer*, sondern auch der *Fall Maren* ad acta gelegt werden. Auch Oliver ist sichtlich erleichtert. Allerdings muss er zunächst unserem Filius noch eine Standpauke halten. Na, der hat's nötig.

Zwei Tag später betritt Rauenberg mit Brunetti den Schoko-Traum. Zunächst schimpft er wieder mit mir.

Als ich ihm eine heiße *Weiße Weihnacht* serviere, wird er schon zugänglicher und berichtet, dass nun zweifelsfrei feststehe, dass Maier und Bauer Zwillingsbrüder gewesen seien. Es war genauso, wie dieser Kontakt von Frau Wenzel am Telefon angedeutet hatte. Die Mutter saß hochschwanger, gemeinsam mit ihrem Mann, wegen vereitelter Republikflucht im Stasi-Untersuchungsgefängnis Berlin-Hohenschönhausen ein. Im dortigen Haftkrankenhaus gebar sie durch einen Kaiserschnitt Zwillinge. Nachdem sie wieder bei Bewusstsein war, wurde ihr mitgeteilt, dass ihre beiden Kinder als Totgeburten zur Welt gekommen seien.

»Frau Bauer, lebt sie noch?«, will ich wissen.

»Nein, sie ist vor zwei Jahren an Krebs verstorben.«

»Vielleicht ist es besser, dass sie das alles niemals erfahren hat.«

Rauenberg pflichtet mir bei und lobt meine *Weiße Weihnacht*. Dann erzählt er, dass Anton Bauer seinen Bruder bei dem ersten Seminar im April letztes Jahr in der Heidelberger Fußgängerzone gesehen habe, dieser hätte sich dort mit einer Frau unterhalten. Da sei Bauer auf die Idee gekommen. Er sei davon ausgegangen, dass er die Verbrechen völlig straflos begehen könne, weil sicherlich der andere, der in der Nähe wohne, verhaftet werde. Den gelben Schutzanzug hatte er wegen Renovierungsarbeiten lange vorher im Internet gekauft. Mit dem Vorsatz, ihn für eine Tat einzusetzen, hätte er ihn zu dem zweiten Seminar Anfang Mai letztes Jahr nach Heidelberg mitgeführt. Nach der ersten Straftat hätte er die Berichterstattung in den Medien verfolgt, aber weder im Radio oder Fernsehen noch in der Zeitung sei von der Vergewaltigung berichtet worden. Zwei Tage später, an seinem letzten Abend des Seminars in Heidelberg, sei es zur zweiten Tat gekommen. Das erste Opfer hatte die Vergewaltigung erst einen Tag nach der zweiten Tat angezeigt, danach sei das Phantombild erstellt worden. Am darauffolgenden Tag hätte sich das zweite Opfer bei der Polizei gemeldet. Durch das Phantombild sei Maier verhaftet worden. Bauer war zu diesem Zeitpunkt längst wieder in Berlin.

»Die weiteren Fortbildungsseminare absolvierte Bauer in Berlin. Eineinhalb Jahre nach den Taten musste er noch einmal zwei Tage zur Abschlussprüfung der gesamten Fortbildung nach Heidelberg. Die Prüfung fand an Maiers letztem Prozesstag statt.«

»Das war der Tag«, sage ich, »an dem die Nachbarin Maiers und ich Bauer in der Fußgängerzone gesehen hatten.«

Herr Rauenberg nickt. Inzwischen habe Bauer die beiden Vergewaltigungen in vollem Umfang gestanden. Es seien nach bisherigem Ermittlungsstand seine ersten Sexualstraftaten gewesen.

»Frau Eppstein, Sie hatten großes Glück. Es hätte nicht viel gefehlt und Sie wären sein nächstes Opfer geworden. Und Sie können sicher sein, der hätte Sie nicht am Leben gelassen.«

Ich rücke das Tellerchen mit den Weihnachtspralinen in die Richtung des Kommissars. Ich will jetzt keine Moralpredigt mehr hören. Und Brunetti, den ich hinterm Ohr kraule, der bekommt auch noch ein Hundeleckerli.

»Ja, aber es ist doch noch einmal alles gut gegangen, dank meinen beiden Freundinnen.«

»Ja, Frau Eppstein, es hätte aber nicht viel gefehlt, und dann wäre das alles andere als gut verlaufen.«

Ich bin froh, als eine Kundin den Laden betritt und ich sie bedienen muss. Hauptkommissar Rauenberg trinkt kopfschüttelnd den Rest seiner heißen Schokolade aus. Ich lade ihn schnell noch zur Schoko-Traum-Weihnachtsfeier ein, die am Sonntag vor Weihnachten stattfinden wird. Er verspricht zu kommen.

Nach dem Gespräch mit Hauptkommissar Rauenberg telefoniere ich zunächst mit Frau Wenzel und danach mit Theo Maiers Schwester und unterrichte sie über alle Neuigkeiten. Mit ihr hatte ich schon einmal kurz nach Bauers Verhaftung gesprochen. Die gesamte Familie sei sehr froh, dass Maier nicht der Täter war und rehabilitiert wurde. Sie dankt mir und meinen Freundinnen vielmals. Ich verspreche ihr, den heutigen Zeitungsartikel über den Fall zuzuschicken.

Heute steht ein großer Bericht in der Zeitung. Darin wird ausgeführt, dass der Tatverdächtige Theo Maier unschuldig war und sein, ihm nicht bekannter Zwillingsbruder, Anton Bauer, die beiden Vergewaltigungen begangen habe. Von uns dreien steht übrigens nichts in der Zeitung, auch von unserer vorgetäuschten Erpressung ist nicht die Rede. Es wird lediglich nebenbei bemerkt, dass es der Berliner Polizei gelungen sei, Bauer durch die Hilfe einiger aufmerksamer Bürgerinnen zu verhaften. In dem Artikel findet auch Erwähnung, dass er bei der Verhaftung eine weitere Frau in seiner Gewalt hatte, die durch die Polizei gerettet werden konnte.

Am nächsten Tag findet endlich Max' Berufungsverhandlung statt.

Diesmal sind alle ganz aufgeregt, Max, seine Mutter, Vanessa, ich, meine Kinder und sogar Oliver. Auch Steffi und Biggi fiebern mit. Ich bediene meine Kunden. Jetzt vor Weihnachten stehen die im Schoko-Traum Schlange. Ich sehe immer wieder auf die Uhr.

Endlich erreicht mich der sehnlich herbeigefieberte Anruf. Oliver teilt mir mit, dass Max' Haftstrafe in eine achtzehnmonatige Bewährungsstrafe umgewandelt wurde. Ich atme auf. Für diesen Fall habe ich Max heute freigegeben.

Und was macht der Junge? Kurze Zeit später steht er in der Chocolaterie.

»Ich kann dich doch jetzt im Weihnachtsgeschäft nicht allein lassen.«

Ganz fest umarme ich ihn und muss fast ein klein wenig weinen vor Freude. Ich bin so glücklich, dass der Richter nicht Max' Leben zerstört hat. Aber für Sentimentalität bleibt uns keine Zeit. Die Kunden im Laden wollen bedient werden.

Einen Tag später, am Freitag, steht Yvonnes Besuch an. Wie vereinbart steigt sie im Hotel ab.

Am Nachmittag trifft sie im Schoko-Traum ein. Mit ihren kinnlangen Haaren sieht meine Schwester fantastisch aus; man bemerkt nicht, dass sie die Ältere von uns beiden ist. Wenigstens trägt sie einen Steppmantel und keinen Pelz, sonst hätte Alina ihr sicherlich eine Standpauke gehalten. Teuer und elegant gekleidet ist sie, mit einem lindgrünen Hosenanzug, darunter trägt sie eine weiße Bluse. Yvonne kommt auf mich zu und ich umarme sie. Ich führe sie ins Lager, hier kann sie ihre Tasche abstellen und ihren Mantel ablegen.

»Es tut mir leid, dass wir uns so lange nicht gesehen haben«, sage ich.

»Ja, mir tut es auch leid, Tanja.«

Wir gehen wieder nach vorne in den Laden.

»Bist du Lucas?«

»Nein, das ist Max, meine Hilfe im Schoko-Traum, ohne ihn wäre mein Umsatz viel geringer. Max ist ein wahres Verkaufstalent.« Dass er seine Karriere als Verkäufer auf der Drogenszene begann, verschweige ich ihr. »Lucas und Alina lernst du heute Abend kennen.«

Ich serviere uns drei eine Anti-Kummer-Schokolade. Die können meine Schwester und ich brauchen, nach so langer Zeit der Funkstille. Unsere Unterhaltung fühlt sich an, als würden wir mit abgetretenen Sohlen auf eisglattem Untergrund ganz vorsichtig versuchen, einen Schritt vor den anderen zu setzen, ohne auszurutschen. Aber, das wird schon werden. Wir müssen uns vorsichtig vorwärts tasten. Ich weiß nicht einmal, welche Schoko-Spezialitäten meine Schwester am liebsten mag.

Daher lege ich verschiedene Pralinen zum Probieren auf ein Tellerchen. Yvonne schmeckt meine Süße Sünde besonders gut. Sie mag es schokoladig, süß und scharf, genau wie ich. Immerhin haben wir schon eine Gemeinsamkeit entdeckt.

Nach einer Stunde verabschiedet sich Yvonne, es steht ein Einkaufsbummel in Heidelberg an.

Für den Abend habe ich für uns vier, Alina, Lucas, Yvonne und mich, einen Tisch bei unserem Lieblingsitaliener reserviert. Dort können wir uns auf neutralem Terrain gegenseitig kennenlernen.

Meine Schwester ist ganz hingerissen von meinen beiden Kindern. Sie benehmen sich heute auch ausgesprochen gut. Ich kann sie ihr ja ein paar Wochen ausleihen, da hätte sie ihren Spaß.

Yvonne erzählt von ihrem neuen Mann und seinem Betrieb, in dem sie mitarbeitet. Alina teilt ihr ihre Weltanschauung als Veganerin mit. Lucas führt die Verwirrungen um Marens nicht vorhandene Schwangerschaft aus. Und ich erläutere, allerdings erst nach mehrmaliger Aufforderung durch meine Kinder, wie ich den Fall Maier, gemeinsam mit meinen besten Freundinnen Steffi und Biggi, einer Lösung zuführen konnte. Zwischen den Erzählungen übertrumpfen sich Alina und Lucas fast mit der Angabe über ihre Mutter. Die beiden finden das echt cool, dass ihre Mutter jetzt schon zum dritten Mal einen Kriminalfall aufklären konnte. Natürlich möchte meine Schwester jetzt auch die beiden anderen Geschichten hören. Ich werfe meinen Kindern böse Blicke zu. Musste das jetzt sein? Dann gebe ich diese Fälle auch noch zum Besten.

Am nächsten Tag arbeite ich mit Max im Schoko-Traum. Für abends habe ich mich mit Yvonne zum Essen in unserer Wohnung verabredet. Meine Kinder werden den Abend bei Freunden verbringen. Yvonne und ich müssen uns mal richtig aussprechen, das wäre schon lange vonnöten gewesen.

Als hätten wir es abgesprochen, unterhalten wir uns beim Abendessen über Belanglosigkeiten. Danach verziehen wir uns ins Wohnzimmer. Ich setze meine Schwester davon in Kenntnis, dass sie mir vor zwanzig Jahren die Liebe meines Lebens, zumindest fühlte es sich in dieser Zeit so an, ausgespannt hatte. Ich verstehe nicht, warum mir das Geständnis auch heute noch – nach so vielen Jahren – dermaßen schwerfällt.

»Ich war von Jörg schwanger.«

»Du warst von Jörg schwanger?« Meine Schwester ist entsetzt. »Das ... das tut mir so leid, wenn ich das gewusst hätte ... Mensch Tanja, ich habe ihn niemals geliebt. Das war alles ziemlich blöd von mir ...«

»Als ich es bemerkte, wart ihr seit einigen Tagen ein Paar. Ich habe das Kind abgetrieben.«

Meine Schwester kommt auf mich zu und umarmt mich. »Es tut mir so unendlich leid. Jetzt verstehe ich dich. Deshalb hast du den Kontakt zu mir abgebrochen.« Sie wischt sich eine Träne aus dem Gesicht und auch ich weine.

Das alles ist so lange her. Warum tut das immer noch derart weh?

Wir halten uns ganz fest.

Nachdem wir eine weitere Stunde über damals gesprochen haben, reicht es mir. »Lass es uns einfach noch einmal miteinander versuchen. Okay?«

»Ja, Tanja. Ich bin so froh, dass ich hier bei euch sein darf.«

Yvonne macht sich auf ins nahe gelegene Hotel. Wir vereinbaren, dass sie am nächsten Morgen bei uns vorbeikommt.

Mein Handy klingelt und spielt *Tage wie diese* von den *Toten Hosen*. Cem! Schon wieder. Ich weigere mich seit Tagen, mit dem Menschen zu telefonieren. Wir haben uns nichts mehr zu sagen. Mit Männern, die auf offener Straße leidenschaftlich eine andere Frau küssen, will ich keine Beziehung haben. Da nützen auch die vielen Kurz- und Mailnachrichten nichts. Er will mir mündlich alles erklären. Diese *Erklärungen* kenne ich nur zu gut von Oliver. Ich verstehe nicht, warum wir Frauen immer wieder auf den gleichen Typ Mann reinfallen müssen. Warum können wir nicht aus unseren Fehlern lernen?

25

Nach einem ausgiebigen Frühstück am nächsten Morgen beginnen Alina, Yvonne und ich damit, die Salate für das abendliche Buffet zuzubereiten. Gegen dreizehn Uhr kommen Steffi und Biggi. Stefanie bringt ihren legendären Waldorfsalat mit und meine Freundin Birgit hat eine Käse-Sahne-Torte gebacken. Also ich glaube nicht, dass wir heute Abend hungern müssen. Dann bereiten wir Lamm-Couscous zu und als vegane Variante Gemüse-Couscous. Um kurz nach fünfzehn Uhr sind wir endlich mit dem Kochen und Vorbereiten fertig.

Mit vollgepackten Tüten machen wir uns auf in den Schoko-Traum. Lucas kommt gerade rechtzeitig von Florian zurück, um uns beim Schleppen zu helfen. Er grinst wie ein Honigkuchenpferd. Ich sehe ihn fragend von der Seite her an und er gesteht mir, dass er mit Hülya telefoniert habe. Vielleicht wäre sie einem Aufleben der Freundschaft nicht ganz abgeneigt, Lucas hätte schließlich seine Lektion gelernt. Da bin ich gespannt, wie sich die Freundschaft der beiden weiterentwickeln wird.

Während ich hinten in der Küche der Chocolaterie den Kühlschrank fülle, trifft Vanessa mit der kleinen Mia ein. Jetzt sehen alle gleichzeitig in den Kinderwagen und bewundern die süße Maus, bis sie einen Schreck bekommt und anfängt zu weinen. Aber Frau Wilhelm, die gerade den Laden betritt, nimmt Mia aus dem Kinderwagen und sofort ist die Kleine still. Vanessa hilft uns bei den Vorbereitungen unseres Abendbuffets. Auf dem ovalen Tisch, der normalerweise mit Pralinenschachteln und Schokoladen-Spezialitäten übersät ist, richten wir jetzt das Essen an. Der Couscous allerdings bleibt noch in der Küche. Die Brotsonnen und Salate drapieren wir schon auf dem Tisch.

Nachdem wir alles hergerichtet haben, können wir noch durchschnaufen, bevor die restlichen Gäste kommen.

Birgit holt ihre Engelkarten hervor. Zunächst möchte sie von mir und Stefanie wissen, ob wir noch einmal unsere Engel befragt hätten. Typisch Biggi.

Natürlich haben weder Steffi noch ich die Engel in der näheren Umgebung konsultiert. Stefanie glaubt ebenso wenig wie ich an eine Hilfe durch himmlische Wesen. Biggi kramt jetzt einen Zettel aus ihrer Handtasche.

»Darauf habe ich mir die Engel notiert, die ihr beide gezogen habt. Jetzt werden wir den Weissagungen mal auf den Grund gehen.«

Birgit erinnert sich anhand ihrer Stichpunkte: »Steffi, in deiner Nähe befand sich der Engel der Hingabe. Er bewahrte deine, aber auch die Geheimnisse der Menschen in deiner Nähe. Der Engel des Lichts half dir, Dinge aufzudecken, die bis dato im Dunkeln lagen. Mit seiner Assistenz wurden Beziehungen neu definiert, diese Veränderungen konntest du durch den Engel der Einsicht annehmen.«

Gebannt sehen wir alle auf unsere Eso-Freundin.

»Oh verdammt, diese verflixten Engel wissen tatsächlich eine Menge. Aber der Engel der Hingabe hat eindeutig darin versagt, Geheimnisse zu bewahren, sonst hätte ich von der ganzen Sache mit Jonas und seiner sehr viel älteren Geliebten ja nichts mitbekommen.«

Biggi nimmt einen großen Schluck Mineralwasser, bevor sie sagt: »Selbst Engel sind nicht unfehlbar.«

Wir lachen.

Meine Freundin nimmt nochmals ihre Notizen zur Hand. »Jetzt zu dir, Tanja. Als Erstes hatten wir den Engel der Gerechtigkeit. Durch sein Zutun und durch dein Handeln sollte jemand Gerechtigkeit erfahren. Mit Unterstützung des Engels der Erkenntnis konntest du Wahrheiten sehen, die andere nicht wahrnehmen können. Als Drittes war da dein persönlicher Schutzengel. Ich sagte dir voraus, dass der in der nächsten Zeit mehr als sonst auf dich aufpassen müsse, da du dich in sehr große Gefahr begeben würdest.«

Wow! Da könnte ich glatt vergessen, dass ich an diesen Mumpitz nicht glaube. »Bei mir scheinen alle drei Engel ihre Arbeit zur vollsten Zufriedenheit erledigt zu haben. Mein persönlicher Schutzengel, der hat allerdings nicht alleine agiert. Ich hatte ja zwei Schutzengel, wer weiß, vielleicht wäre ich ohne euch beide schon im Reich der Seligen.«

»Du hast nur einen Schutzengel, Tanja«, belehrt mich Biggi, »aber der hat dir uns rechtzeitig zur Seite gestellt.«

Manchmal ist mir unsere gemeinsame Freundin schon ein bisschen unheimlich, dann mutmaße ich, dass Birgit tatsächlich über hellseherische Fähigkeiten verfügt. Aber vielleicht kann man ja alles irgendwie in eine bestimmte Richtung interpretieren. Jetzt will sie uns erneut die Karten legen. Stefanie und ich lehnen dankend ab. In meiner Schwester Yvonne hat sie ein neues Opfer gefunden. Na, ich gehe mal in die Küche und setzte den Couscous auf.

Flugs vergeht die Zeit und die weiteren Gäste treffen ein. Herr Rauenberg betritt als Erster mit meiner Lieblingsspürnase Brunetti den Laden. Ich bin schon sehr gespannt auf Niklas, den neuen Freund meiner Tochter. Und endlich steht er vor mir. Jeans und schwarzer Kapuzenpulli, schulterlange schwarze Haare, dunkle große Augen.

»Das ist Niklas und das ist meine Mama.«

»Angenehm, Frau Eppstein.«

Dieser Niklas ist einer der beiden süßen Jungs, den meine Tochter gemeinsam mit Jana im Naturkostladen aufgegabelt hat. Natürlich lebt er vegan. Und so wie er mich ansieht, hat meine Tochter wieder mächtig mit ihrer Mutter angegeben. Ich möchte nicht wissen, was Alina dem alles erzählt hat.

Grantler betritt gemeinsam mit Schwester Katharina den Schoko-Traum. Die beiden waren letzte Woche zusammen abends essen. Der freut sich vielleicht.

Auch Frau Wenzel nimmt an der Feier teil. Ich stelle ihr alle Anwesenden vor.

Oliver kommt und begrüßt Yvonne. Die beiden haben sich erst einmal zufällig bei meinen Eltern getroffen.

Wir sind beim Nachtisch, als jemand an der Tür des Schoko-Traums rüttelt.

»Mama, geh doch mal an die Tür.« Alina zeigt zum Eingang.

Ich sehe ihn erst, als ich vor der Tür stehe. Was soll ich denn jetzt machen? Am liebsten würde ich einfach die Tür nicht öffnen.

»Was willst du denn hier?«, frage ich unwirsch.

»Alina und Lucas haben mich eingeladen, die beiden sind der Meinung, ich hätte dir Einiges zu erklären. Tanja, es tut mir so leid. Das klingt jetzt saublöd, ich weiß, aber, es ist alles ganz anders, als es für dich aussah. Ich kann das alles erklären. Ehrlich!«

»Jetzt komm erst mal rein, Cem. Sicherlich hast du Hunger.«

Ich hole noch ein Gedeck aus der Küche. Auf diese Erklärung bin ich gespannt.

»Hilfst du mir mal«, mit Alina verschwinde ich in der Küche.

»Habt ihr Cem eingeladen?«, will ich wissen.

»Ja Mama, wir haben mit ihm telefoniert. Er hat ja ständig angerufen. Und er hat gesagt, er könne dir alles erklären. Da haben wir beschlossen, ihn heute einzuladen, damit ihr beiden euch mal richtig aussprechen könnt.«

»Was fällt euch ein? Ihr könnt euch doch nicht auf diese Art in mein Leben einmischen!« Diese Kinder denken, sie könnten einfach über meinen Kopf hinweg entscheiden.

»Mama, wir kennen dich doch. Du wärst keinen Millimeter auf Cem zugegangen.«

»Aber ...«

»Nix aber, Mama. Ich sage nur: Yvonne.«

Gott, was habe ich vernünftige Kinder.
Oliver will wissen, wann wir uns zum Weihnachtsessen treffen. Alina und Lucas sehen mich an.
Dann lassen wir die Bombe platzen.
»Tja Papa, aus dem Weihnachtsessen wird wohl nichts.« Alina sieht ihren Vater verschmitzt an.
Lucas ergänzt: »Die nächsten zehn Tage, ab Weihnachten, verbringen wir in Teneriffa.«
»Wie? Was soll das denn heißen? Ihr wolltet doch ein gemeinsames Weihnachtsfest. Jetzt habe ich das alles organisiert ...«
»Oliver, der Einzige, der dieses gemeinsame Weihnachtsfest wollte, das warst du. Du hast uns angelogen. Von wegen, meine Kinder wünschen sich dieses Fest so sehr. Aber danke für deine Gutscheine für das Reisebüro. Die haben wir drei gleich eingelöst, um unsere Weihnachtsreise zu buchen. Am Vierundzwanzigsten geht es los.«
»Du kannst doch deinen Schoko-Traum nicht alleine lassen. Fast hätte ich euch diesen Witz abgenommen.«
»Oliver, das ist kein Witz. Max wird das Geschäft so lange übernehmen. Der macht das ganz hervorragend. Da habe ich keinerlei Bedenken.«
»Na, dann bleibt mir ja nur noch, euch einen schönen Urlaub zu wünschen.« Oliver steht auf und will die Chocolaterie verlassen.
Alina hält ihren Vater zurück, in dem sie ihm erklärt, dass er auch ganz schön unfair gewesen sei und daher einen kleinen Denkzettel verdient habe.
»Ich wollte doch nur euer Bestes.«
»Papa«, sagt Lucas, »jetzt hör endlich auf, so einen Scheiß zu labern. Setz dich und trink deinen Kaffee.«
Ich bringe die Tassen mit den jeweils gewünschten Kaffee-Spezialitäten. Auf jeden Unterteller lege ich einen Schoko-Engel, die sind echt der Renner des diesjährigen Weihnachtsgeschäfts.

Hauptkommissar Rauenberg berichtet Neuigkeiten über den Fall Bauer: »Inzwischen können auch die geköpften Schoko-Engel zugeordnet werden, die Bauer an den beiden Tatorten zurückgelassen hatte. Die haben wohl mit seiner Zeit im Heim zu tun. Dort wurde er im Alter von neun bis zehn Jahren mehrmals von einem Erzieher missbraucht, nach der Tat hätte der ihm immer einen geköpften Schoko-Engel zurückgelassen. In Bauers Wohnung wurden noch weitere drei Schoko-Engel gefunden.« Damit verrät der Kommissar kein Geheimnis, das stand heute so in der Zeitung. »Sie hatten wirklich großes Glück, Frau Eppstein«, sagt er jetzt in meine Richtung und sein Blick wirkt äußerst besorgt.

Und schon sind wir wieder bei der Befreiungsaktion. Zum wiederholten Male muss ich in allen Details berichten, wie meine besten Freundinnen mir in Berlin das Leben gerettet haben. Cem sieht mich dabei entsetzt an.

Als wir später das Geschirr in der Küche spülen, sind plötzlich alle im Laden verschwunden und nur noch Cem und ich stehen an der Spüle.

»Tanja, das war verdammt gefährlich, was ihr in Berlin gemacht habt!«

Ich zucke mit der kalten Schulter, die ich ihm zeige.

»Bei mir war alles nur dienstlich«, behauptet er jetzt.

»Ach Cem, willst du mir weismachen, dass du diese Frau als Profiler aus dienstlichen Gründen geküsst hast? Für wie blöd hältst du mich?«

Na, der hat Nerven!

»Ich bin kein Profiler.«

»Wie, du bist kein Profiler?« Das glaube ich jetzt nicht! Ich halte im Abtrocknen des Tellers inne.

»Tanja, ich arbeite seit vier Jahren als verdeckter Ermittler.«

»Du arbeitest als verdeckter Ermittler?«

Jetzt wird mir so einiges klar.

»Es dauert nur noch wenige Wochen, bis alles vorbei ist. Ich werde dann niemals wieder an einem Undercovereinsatz teilnehmen.«

Der lügt doch, wenn er den Mund aufmacht!
Jeder hat eine zweite Chance verdient, lass ihn halt erst mal ausreden.

»Ich erklär dir alles. Das hätte ich schon längst tun sollen. Bis vor viereinhalb Jahren arbeitete ich als Polizeipsychologe. Bei meiner Tätigkeit lernte ich Sonja kennen, ihr Kollege war bei einem Einsatz getötet worden. Sie wurde meine Klientin und schon beim ersten Gespräch funkte es zwischen uns heftig. Ich thematisierte das beim zweiten Termin und gab sie als Klientin an einen Kollegen weiter. Wir waren sehr schnell ein Paar. Vor Sonja hatte ich mehrere Beziehungen, aber es war nie ernst gewesen. Jetzt war alles anders. Vier Monate später geschah das Unvorstellbare. Sonja und einer ihrer Kollegen wurden bei einem Einsatz getötet.«

»Das ist ja schrecklich. Es tut mir so leid«, sage ich mit gebrochener Stimme.

»Es war, als würde man mir den Boden unter den Füßen wegziehen. Das Leben war unlebbar geworden. Ich wusste nicht, wie ich die Tage überstehen sollte. Und erst die Nächte. Ich war krank vor Schmerz und Trauer. Obwohl ich schon so viele traumatisierte Kollegen behandelt hatte, konnte ich mir selbst nicht helfen. Auch sonst ließ ich niemanden an mich heran.«

Wir setzen uns an den Tisch.

»Ich war am Boden zerstört. Wir hatten vor, zu heiraten. Wir wollten Kinder. In den Wochen vor Sonjas Tod hatten wir unser zukünftiges Leben minutiös geplant. Und mit einem Schlag gab es kein gemeinsames Leben mehr. Ich konnte nicht mehr arbeiten. Das Einzige, an das ich dachte, war: Wie kann ich Sonjas Mörder zur Rechenschaft ziehen? Das wurde zu einer fixen Idee. Es gab natürlich einen Verdacht. Aber derjenige hatte den Mord nicht selbst ausgeführt, somit konnte ihm nichts nachgewiesen werden. Ich hatte mich an ganz oben gewandt und eine verdeckte Ermittlung vorgeschlagen, die genehmigt wurde. Schnell bin ich in immer tiefere Kreise dieses kriminellen Familienclans vorgedrungen. Ich wollte ja nicht nur Sonjas Mörder, ich wollte den Auftraggeber. Der sollte seine Strafe bekommen. Der Einsatz wurde verlängert, da ich immer mehr Einblick in die Strukturen und später Eingang in den inneren Zirkel der Gruppierung erhielt. Es geht um Drogen-, Waffen- und Menschenhandel. Diese Kriminellen schrecken vor nichts zurück. Jetzt sind wir kurz davor, den gesamten Familienclan hochgehen zu lassen. Wir haben inzwischen so viele Beweismittel, da kann sich keiner der Verantwortlichen mehr herauswinden. In vier bis sechs Wochen ist alles erledigt.«

Cem kam mir immer so unbeschwert vor, als ich ihn in den Schokoladen-Seminaren erlebt habe. Was hat dieser Mann in den letzten Jahren alles durchmachen müssen? Erst verlor er die Frau, die er über alles liebte, auf derart tragische Weise. Und dann gab er sein gesamtes Leben auf, um Sonjas Mörder ins Gefängnis zu bringen.

»In der Nähe des Berliner Doms hast du mich mit Alexa, einer Kollegin, gesehen. Wir wurden beobachtet. Irgendjemand hatte Verdacht geschöpft. Wir mussten aufpassen. Übrigens«, Cem lächelt mich entwaffnend an, »Alexa ist glücklich verheiratet.«

»Und einmal, als du mich angerufen hast, war das Alexas Stimme im Hintergrund?«

»Ja, sie hat irgendetwas gerufen, mit Schatz oder Liebling. Unsere Wohnung war verwanzt worden. Jetzt galt es, ganz besonders vorsichtig zu sein. Aber Alexa nannte mich zuvor schon immer *Schatz* oder *Liebling*, allerdings mit einem überaus ironischen Unterton. Du musst wissen, ich bin überhaupt nicht ihr Typ. Ihr Mann ist Norweger. Sie steht auf große blonde und nordische Männer. Wir beide, wir sind grundverschieden, haben jedoch eine Basis gefunden, wie wir unseren Job erledigen können. Alexa ist eine tolle Kollegin, sie ist sehr professionell. Aber sie ist froh, wenn sie mich bald los ist. Sie will zurück in ihr eigenes Leben. Das will ich auch.«

»Vielleicht wäre es einfacher gewesen, mir gleich die Wahrheit zu sagen.«

»Ich dachte, je weniger du über diesen Einsatz weißt, umso besser. Ich wollte dich nicht in Angst und Schrecken versetzen und ... ich wollte dich nicht verlieren. Ich habe Sonja sehr geliebt. Damals habe ich nicht im Traum daran gezweifelt, dass es falsch sein könnte, mein Leben aufs Spiel zu setzen, um diesen Mörder vor Gericht zu stellen. In der letzten Zeit merke ich, dass sich etwas geändert hat. Durch dich. Nach Sonjas Tod hatte ich einige Affären, aber das war nichts Ernstes. Mit dir, Tanja, da spürte ich zum ersten Mal wieder diese Ahnung, dass eine gemeinsame Zukunft mit einer anderen Frau möglich ist.«

Ich stehe auf und gehe auf Cem zu. Wir umarmen und küssen uns.

»In den letzten Jahren konnte ich nur selten in mein eigenes Leben schlüpfen. Es gab einige Familienfeiern, die Schokoladen-Seminare und die wenigen Stunden mit dir. An ein normales Leben werde ich mich erst wieder gewöhnen müssen.«

»Cem, ich möchte, dass du das in Berlin zu Ende bringst, danach sehen wir weiter.«

Und dann küssen wir uns noch einmal ausgiebig, bevor wir zu den anderen zurückkehren.

Tanjas Weihnachts-Trüffel ›Nugat-Traum‹

Zutaten für die Ganache (Füllung):
150 g Nussnugat
40 ml Sahne
10 g Butter
¼ Teelöffel Weihnachtsgewürzmischung

Zutaten zum Verschließen:
50 g Vollmilchkuvertüre

Zutaten für die Glasur:
150 g Vollmilchkuvertüre

Zusätzlich werden benötigt:
25 runde Vollmilch-Schokoladen-Hohlkörper (Fachhandel)
Spritzbeutel
Thermometer
Trüffelgitter

Zubereitung:
Sahne aufkochen, Butter unterrühren. Nuss-Nugat im Wasserbad schmelzen. Buttersahne und Gewürzmischung zugeben. Abkühlen lassen, dann in einen Spritzbeutel geben und damit die Schoko-Hohlkörper füllen.
Die Pralinen an einem kühlen Ort (ca. 18 Grad) über Nacht stehen lassen.

Am nächsten Tag 50 g Vollmilchkuvertüre temperieren (siehe unten), in einen Spritzbeutel füllen und die Hohlkörper mit einem Klecks Schokolade verschließen.

Für den Überzug 150 g Vollmilchkuvertüre temperieren. Die verschlossenen Hohlkörper hineintunken und auf einem Trüffelgitter ablegen. Sobald die Kuvertüre beginnt fest zu werden, Hohlkörper auf Gitter rollen. Hierdurch entsteht die typische *Igelung* der Trüffel.

Die Vollmilchkuvertüre temperieren:

Das mehrmalige Temperieren ist für den guten Geschmack und den Glanz der Schokolade erforderlich.

Geben Sie die zerkleinerte Vollmilchkuvertüre in eine Edelstahlschüssel und setzen Sie diese auf einen kleinen Topf, der 3 cm hoch mit Wasser gefüllt ist. Die Schüssel darf das Wasser nicht berühren. Topf bei niedriger Temperatur erhitzen. Die Schokolade stetig umrühren, damit sich die Hitze verteilt. Nicht höher als 40 bis 45 Grad erwärmen.

Geschmolzene Kuvertüre danach unter Rühren auf 26 Grad abkühlen.

Nun ein kleines Stück Kuvertüre *zum Impfen* zugeben und die Vollmilchkuvertüre erneut unter Rühren vorsichtig auf 30 bis 32 Grad erhitzen. Kuvertürestück entfernen. Jetzt kann man die Kuvertüre verarbeiten.

Beim Temperieren darauf achten, dass die Kuvertüre nicht höher als angegeben erhitzt wird und dass kein Wasser in die Kuvertüre gelangt, sonst ist sie nicht mehr zu gebrauchen.

Diese Ganache können Sie selbstverständlich nicht nur in runde Schokoladen-Hohlkörper füllen. Auch in Sternen- oder Tannenbaumform schmecken diese Weihnachtstrüffel köstlich.

Wenn Sie gemahlene Vanille statt der Weihnachtsgewürzmischung verwenden, passen die Pralinen zu jeder Jahreszeit.

Tanjas heiße Trinkschokolade ›Weiße Weihnacht‹

Zutaten: (Menge für eine Portion)
50 g weiße Kuvertüre
150 ml Milch
je eine Prise Zimt, Koriander, Sternanis, Muskatblüte, Nelken und Kardamom
etwas Zitronenschale (Bio)
(Statt der einzelnen Gewürze kann man auch eine entsprechend große Prise Weihnachtsgewürzmischung verwenden.)

Zubereitung:
Die Milch mit den Gewürzen auf ca. 60 Grad erhitzen. Die Kuvertüre zuvor zerkleinern und in der gewürzten Milch auflösen.

Sollte es an Weihnachten mal wieder keine weiße Weihnacht geben – was ja meist der Fall ist – dann kann man sich als Trost noch ein Sahnehäubchen auf der heißen Schokolade gönnen. Selbstverständlich darf man die ›Weiße Weihnacht‹ mit Sahnehäubchen auch bei Schnee genießen.

Die vegane Variante:
Tanjas vegane ›Heiße Weihnacht‹
Vegane Kuvertüre (›Vollmilch‹- oder Zartbitterkuvertüre aus dem Naturkostladen oder Reformhaus) und statt der Milch Soja- oder Reismilch o.ä. verwenden. Das Sahnehäubchen schmeckt auch mit Sahneersatz aus Soja. Ehrlich! Restliche Zubereitung siehe oben!

Tanjas vegane Schoko-Spezialitäten

Zutaten:
50 g Mandelsplitter
50 g Cornflakes
kandierte Ingwerstäbchen
Trockenfrüchte (z.B. Aprikosen, Pflaumen, Datteln)
150 g vegane Kuvertüre

Zubereitung:
Die Mandelsplitter in einer Pfanne rösten. Diese mit der temperierten Kuvertüre vermischen und mit einem Teelöffel Häufchen auf ein mit Backpapier belegtes Blech setzen.
Die Cornflakes können direkt mit der temperierten Kuvertüre vermischt werden. Dann mit einem Teelöffel Häufchen auf ein mit Backpapier belegtes Blech setzen.
Die kandierten Ingwerstäbchen zur Hälfte mit der temperierten Kuvertüre überziehen und auf einem Trüffelgitter auskühlen lassen.
Die Trockenfrüchte mit einer Pralinengabel in die temperierte Kuvertüre tauchen und auf einem Trüffelgitter ablegen.

Die Kuvertüre temperieren:
Das mehrmalige Temperieren ist für den guten Geschmack und den Glanz der Schokolade erforderlich.
Geben Sie die zerkleinerte Kuvertüre in eine Edelstahlschüssel und setzen Sie diese auf einen kleinen Topf, der 3 cm hoch mit Wasser gefüllt ist. Die Schüssel darf das Wasser nicht berühren. Topf bei kleiner Temperatur erhitzen. Die Schokolade stetig umrühren, damit sich die Hitze verteilt. Nicht höher als 40 bis 45 Grad erwärmen.

Geschmolzene Kuvertüre danach unter Rühren auf 26 Grad abkühlen.
Nun ein kleines Stück Kuvertüre *zum Impfen* zugeben und die Kuvertüre erneut unter Rühren vorsichtig auf 30 bis 32 Grad erhitzen. Kuvertürestück entfernen. Nun kann man die Kuvertüre verarbeiten.
Beim Temperieren darauf achten, dass die Kuvertüre nicht höher als angegeben erhitzt wird und dass kein Wasser in die Kuvertüre gelangt, sonst ist sie nicht mehr zu gebrauchen.

Sie können die Schoko-Spezialitäten selbstverständlich auch mit nichtveganer Kuvertüre herstellen. Und natürlich lassen sich die Trockenfrüchte auch mit unterschiedlicher Kuvertüre (weiße Kuvertüre, Vollmilchkuvertüre oder Zartbitterkuvertüre) überziehen.

Die Schoko-Spezialitäten können Sie entweder selbst genießen oder verschenken. Die mit unterschiedlicher Kuvertüre überzogenen Leckereien mischen und in Zellophantütchen verpacken. Das ist ein sehr schönes und leckeres Geschenk!

Rezepte: Petra Scheuermann

Über das Buch

Tanja Eppstein, Inhaberin der Chocolaterie Schoko-Traum, hat mit dem Geschäft, ihren beiden pubertierenden Kindern und einer neuen Liebe alle Hände voll zu tun. Dennoch begibt sie sich in gefährliche Ermittlungen auf eigene Faust. Diese offenbaren eines der dunkelsten Geheimnisse der ehemaligen DDR.

Theo Maier, ein Stammkunde Tanjas, wird verdächtigt, im letzten Jahr zwei Frauen brutal vergewaltigt zu haben. Obwohl er in einem spektakulären Prozess freigesprochen wird, glaubt niemand an seine Unschuld. Sein Leben wird zum Spießrutenlauf. Er erschießt sich. Doch in Tanja nagen Zweifel. War Maier tatsächlich der Täter? Wieso mochte er plötzlich keine Zartbitterschokolade mehr? Wer war der Mann in der Bar? Und weshalb ließ der Täter die Schoko-Engel an den Tatorten zurück?

Heißhunger auf Schokolade? Stillen Sie ihn mit den Krimis um Tanjas Schoko-Traum, restlos kalorienfrei, jedoch spritzig, humorvoll und spannend.

Mit leckeren Schokoladen-Rezepten zum Ausprobieren.
Ort der Handlung: Heidelberg und Berlin

Petra Scheuermann
Schoko-Leiche

TWENTYSIX, 2019
12 €
ISBN 978-3-740725-82-2

Tanja Eppstein ist stolze Besitzerin der Chocolaterie Schoko-Traum in der Heidelberger Altstadt. Bei heißer Schokolade und köstlichen Pralinen löst sie die kleinen, manchmal auch die großen Probleme ihrer Kunden und Freundinnen.
Erschlagen, von oben bis unten mit Schokoladen-Peeling beschmiert, liegt Tanjas beste Kundin in ihrem Wellnessbad. Zu eigenen Ermittlungen sieht sich Tanja gezwungen, als die Polizei den Freund ihrer Tochter als mutmaßlichen Täter verhaftet. Zu dumm nur: Statt ihrem Hauptverdächtigen kräftig auf den Zahn zu fühlen, verliebt sich Tanja in ihn. Aber ist er tatsächlich unschuldig? Wo hielt sich der Neffe der Toten zur Tatzeit auf? Und was hat es mit diesem ›Testa-Spaß‹ auf sich?

Frech und spritzig geschrieben macht dieser spannende Schoko-Krimi Lust auf mehr.

Mit leckeren Schokoladen-Rezepten zum Ausprobieren.
Ort der Handlung: Heidelberg und Frankfurt/Main

Petra Scheuermann
Schoko-Pillen

TWENTYSIX, 2019
12 €
ISBN 978-3-740728-61-8

Tanja Eppstein ist Inhaberin der Chocolaterie Schoko-Traum in der Heidelberger Altstadt. In Schoko-Pillen wird sie in ihren zweiten Kriminalfall verwickelt. Plötzlich steht sie selbst im Fadenkreuz der polizeilichen Ermittlungen. Und dieses Problem lässt sich nicht mit einer heißen Anti-Kummer-Schokolade lösen.
Zwei ehemalige Drogenabhängige sterben an einer Überdosis Heroin. Max, Tanjas Hilfe im Schoko-Traum, mutmaßt, dass da jemand nachgeholfen haben könnte. Mussten die beiden jungen Männer sterben, weil sie zu viel über die Geschäfte eines Crystal-Meth-Dealers wussten? Nach einem Drogenfund im Schoko-Traum werden Tanja und Max verhaftet. Jetzt sehen sie sich gezwungen, auf eigene Faust zu ermitteln. Unvermutet bekommt der Fall eine ganz neue Dimension. Als Tanja sich beim Besuch auf dem größten Weinfest der Welt, dem Dürkheimer Wurstmarkt, in den Profiler Cem verliebt, fährt ihr Gefühlsleben mehr als einmal Achterbahn.

Dieser mit leichter Feder geschriebene Schoko-Krimi steigert sein Tempo rasant und wartet auf mit zahlreichen überraschenden Wendungen.

Mit leckeren Schokoladen-Rezepten zum Ausprobieren.
Ort der Handlung: Heidelberg und die Pfalz

Petra Scheuermann
Schoko-Killer

Leinpfad Verlag, 2019
12 €
ISBN 978-3-945782-50-7

Tanja Eppstein ist zufrieden: Ihre Chocolaterie Schoko-Traum in Heidelberg ist blendend eingeführt, bei ihren beiden Kindern läuft alles glatt und selbst ihr Ex ist nicht nur auf Kollisionskurs. Doch dann wird in Heidelberg ein Apotheker ermordet, und zwei Wochen später kommt ein Gewürzhändler in Michelstadt gewaltsam zu Tode. An beiden Tatorten werden Tanjas Cappuccino-Trüffel gefunden und die Presse spricht sehr schnell vom Schoko-Killer. Als die Polizei den Verdacht äußert, der Mörder komme aus dem Umfeld des Schoko-Traums, stellt Tanja Nachforschungen auf eigene Faust an und muss plötzlich um ihr Leben fürchten.
Auch ihr Privatleben wird immer turbulenter: Ein unbekannter Verehrer verwöhnt Tanja mit Aufmerksamkeiten, Tochter Alina wird verhaftet und die Fernbeziehung zu ihrem Freund Cem belastet sie zusätzlich.

Petra Scheuermann erzählt so witzig und flott, dass man kaum bemerkt, wie ernst ihr Thema eigentlich ist: der Handel mit gefälschten Medikamenten.

Mit leckeren Schokoladen-Rezepten zum Ausprobieren
Ort der Handlung: Heidelberg und der Odenwald

Über die Autorin

© Petra Scheuermann

Petra Scheuermann wurde in Frankenthal/Pfalz geboren. Seit vielen Jahren lebt sie in Mannheim. Von Beruf Sozialarbeiterin, Heilpädagogin und Erzieherin, widmet sie sich heute hauptberuflich dem Schreiben. Seit 2010 wurden zahlreiche ihrer Kurzgeschichten in Anthologien veröffentlicht, einige hiervon bei Literaturwettbewerben nominiert und ausgezeichnet.

Ihre Kriminalromane **Schoko-Leiche**, **Schoko-Pillen** und **Schoko-Engel** wurden in den Jahren 2014 und 2015 veröffentlicht, 2019 wurden sie neu aufgelegt. Mit **Schoko-Killer** wurde die Serie um Tanjas Schoko-Traum 2019 fortgesetzt.

Die Autorin ist Mitglied im Verband deutscher Schriftstellerinnen und Schriftsteller, im SYNDIKAT, bei den ›Mörderischen Schwestern‹ und dem Literarischen Zentrum Rhein-Neckar e.V. ›Die Räuber `77‹.

Weitere Informationen: **www.petrascheuermann.de**